# El Principito

## Y OTRAS OBRAS

El aviador

Vuelo nocturno

Piloto de guerra

Antoine de Saint-Exupéry

Títulos: El Principito / El aviador / Vuelo nocturno / Piloto de guerra
Títulos originales: *Le Petit Prince / L'Aviateur/ Vol de nuit / Pilote de guerre*
Autor: Antoine de Saint-Exupéry


© Edimat Libros, SA
C/ Primavera, 10, nave 35
28500 Arganda del Rey
Madrid-España
www.edimat.es


Traducción: Juan González Leblanc
Diseño e ilustraciones de cubierta: Karakachoff Estudio


ISBN: 978-84-9794-666-7
Depósito Legal: M-956-2025

Impreso en España - *Printed in Spain*

# INTRODUCCIÓN

Antoine Marie Jean-Baptiste Roger, conde de Saint-Exupéry, conocido como Antoine de Saint-Exupéry, nació en Lyon el 29 de junio de 1900. Fue el tercer hijo del conde Jean-Marie de Saint-Exupéry, inspector de seguros, y de Andrée Marie Louise Boyer de Fonsconlombe, fueron un matrimonio aristocrático venido a menos. Hasta los dos años de edad estuvo entre la finca de Môle, propiedad de la abuela materna, y la finca de Ain, propiedad de una de sus tías. Tuvo una infancia feliz con su hermano y sus tres hermanas, pero en 1904 el padre murió accidentalmente atropellado por un tren, con lo que su esposa quedó sola con la educación de sus cinco hijos: Marie Madeleine, Simone, el propio Antoine, François y Gabrielle.

En 1909 la familia se instaló en Le Mans, región de origen del padre. Antoine y su hermano François ingresaron como internos en el colegio jesuita de Notre-Dame de Sainte-Croix en octubre de ese año. Antoine estuvo siempre muy ligado a su madre, cuya sensibilidad y cultura lo marcaron profundamente, y con quien mantuvo una continua y voluminosa correspondencia durante toda su vida. En 1912 pasó unas vacaciones escolares en Saint-Maurice-de-Rémens, y quedó fascinado por el nuevo aeródromo (estamos a principios de la Aviación) que estaba a unos kilómetros de distancia; iba allá en su bicicleta y se quedaba hablando con los mecánicos durante horas para conocer el funcionamiento de los aviones. Un día convenció a un piloto para que le diese su primer vuelo, su «bautismo de aire», y quedó tan entusiasmado por la experiencia que escribió un poema para manifestar su nueva pasión por los aviones, que ya no lo dejó nunca.

Ya por entonces se dedicaba a la escritura, y a pesar de que como alumno fue mediocre, ganó el premio de narrativa por una de sus redacciones. Al inicio de la Primera Guerra Mundial, la madre fue nombrada enfermera de un hospital militar en la zona. En 1915, la madre decidió que sus hijos no estaban a gusto en aquel colegio, y como estaba preocupada por protegerlos y darles una educación que les permitiese desarrollar sus dones, los inscribió en el colegio francés de Friburgo, en Suiza, que había elaborado un método educativo moderno que era el que ella buscaba para ellos. En 1917 completó los estudios de Bachillerato, aunque como alumno destacaba más en las materias científicas que en las literarias. Ese mismo verano, su hermano François murió víctima del reuma articular que le provocó una pericarditis (cuenta en un relato una conversación que mantuvo con él poco antes de morir, en la que François dicta testamento de sus pocas posesiones de adolescente). Esta muerte marcó el paso de la adolescencia al período adulto de Antoine.

Quiso presentarse a la Escuela Naval, pero fracasó en el examen de ingreso (buenas notas en materias científicas, pero pobres en las literarias) y se matriculó de alumno oyente en la Escuela Nacional Superior de Bellas Artes. Compaginaba sus clases con pequeños trabajos para ayudar a su madre, como el de figurante de representaciones de óperas. Durante ese período, sus poemas tienen un tinte melancólico, pues se encontraba en un período difícil, sin proyecto vital y con poca perspectiva de futuro. Algunos de esos poemas fueron caligrafiados a mano e ilustrados con sus propios dibujos.

En abril de 1921 comenzó su servicio militar como mecánico en el Regimiento de Aviación de Estrasburgo. Movido por su pasión de volar, tomó cursos de piloto por su cuenta. A finales de julio, volando solo, consiguió aterrizar un avión en llamas. Ese incidente reveló su sangre fría y su pericia a los mandos. Sin embargo, su historial como piloto está lleno de incidentes, pues a veces se distraía, no recogía el tren de aterrizaje y se olvidaba de conectar sus instrumentos de vuelo. Y a veces se perdía. En abril de 1922 siguió cursos de entrenamiento, que dejó para ir a la zona de París con el grado de subteniente. A principios de agosto se incorporó al Regimiento de Aviación en Casablanca, donde consiguió su título de piloto civil. Se incorporó como piloto militar, y en la primavera de 1923 tuvo su primer accidente grave, en el que se fracturó el cráneo. Fue desmovilizado, pero seguía planeando entrar en las Fuerzas Aéreas. Contaba con buenos apoyos, pero la familia de su prometida, Louise de Vilmorin, a quien había conocido en 1918, se opuso a ello. Para él empezó un largo período de aburrimiento, viéndose trabajando en un despacho como controlador de fabricación. En septiembre de ese mismo año terminó la relación con Louise.

En 1924 trabajó como representante de una empresa fabricante de camiones, pero en un año y medio sólo consiguió vender uno. Se cansó y presentó su dimisión. A finales de 1926, el director de explotación de las líneas de la compañía Latécoère (la futura Aéropostale) lo contrató para transportar correo por avión entre Toulouse, Barcelona, Málaga,

Tetuán y Casablanca, hasta las antiguas colonias francesas en lo que luego fue Senegal. Entonces escribió su primer relato, *El aviador,* y lo publicó en la revista *La nave de plata.* En ese mismo aeropuerto de Toulouse conoció a Jean Mermoz y a Henri Guillaumet, quienes aparecen en varios de sus relatos. Dos meses después hizo su primer vuelo postal a Alicante. A finales de 1927 fue nombrado director del aeródromo de Cap Juby, en Marruecos, bajo administración española, con la misión de mejorar las relaciones de la empresa con las tribus bereberes insurrectas. Fue allí donde descubrió la ardiente soledad del desierto, que luego describió extensamente. En 1929 publicó su primera novela, *Correo del Sur.*

En septiembre de 1929 se unió a sus amigos y compañeros Mermoz y Guillaumet para ayudar al desarrollo en América del Sur de la compañía Aéropostale, con correos desde Chile, Paraguay y la Patagonia, que se reunían en Buenos Aires para que otros compañeros llevasen el correo a Europa, y regreso. En 1931 publicó su segunda novela, *Vuelo nocturno,* en la que relata la lucha por hacer vuelos de noche, que no se hacían debido a lo precario de la tecnología existente en aviones y en las previsiones meteorológicas. La novela fue un éxito rotundo y consiguió el premio *Femina,* uno de los más prestigiosos de Francia. A partir de 1931, el progresivo hundimiento financiero de la Aéropostale, minada por la política, y la imposibilidad de la compañía para integrarse en Air France, puso término a uno de los capítulos más difíciles de los pioneros de la aviación comercial, tiempos que regresaron para él con la revolución aeronáutica militar que provocó la Segunda Guerra Mundial.

Ese mismo año de 1931, el 22 de abril, se casó con la escritora y artista de origen salvadoreño Consuelo Suncín Sandoval de Gómez. Se dice que Consuelo fue el modelo para la «rosa temperamental» de *El principito.* A pesar de que tuvieron un matrimonio escandaloso, Consuelo fue de gran importancia para Antoine y esto se reflejó en la obra con los gestos del principito hacia su rosa, a la cual protegía con una pantalla contra el viento y bajo una cúpula de cristal. Asimismo, la infidelidad de Saint-Exupéry y las dudas de su matrimonio fueron representadas en el libro por el gran jardín de rosas que se encuentra el principito y que le muestran que su rosa es una flor común, al fin y al cabo.

Desde 1932, Saint-Exupéry subsistió con dificultad y se dedicó al periodismo y la escritura. Hizo reportajes sobre la Indochina Francesa (hoy Vietnam) en 1934, sobre Moscú en 1935, y sobre España en 1936, durante la Guerra Civil. Sin embargo, no dejó de volar como piloto de pruebas, participando en algunos «raids» o intentos de récords, que en ocasiones se saldaron con graves accidentes, como el ocurrido en la zona del Sahara vecina a Egipto en 1935. El 30 de diciembre de 1935, después de un viaje de 19 horas y 38 minutos, Saint-Exupéry y su navegador André Prevot se vieron obligados a realizar un aterrizaje forzoso en la parte de Libia del desierto del Sahara, de camino a Saigón. Pretendían batir el récord de tiempo de vuelo de París a Saigón por un premio de ciento cincuenta mil francos. Ambos sobrevivieron al aterrizaje que destrozó el aparato, pero sufrieron los estragos de la rápida deshidratación en el Sahara, no tenían idea de su ubicación y, según sus memorias, lo único que tuvieron para alimentarse eran uvas y dos naranjas, y para beber, el agua que recogían como podían del rocío nocturno. Dieron vueltas por el lugar, sufrieron espejismos, dejaron señales y encendieron hogueras para el equipo de rescate, que no llegó nunca. Experimentaron alucinaciones visuales y auditivas, para el tercer día estaban tan deshidratados que dejaron de transpirar y finalmente, al cuarto día, un beduino en camello los descubrió y les salvó la vida. Saint-Exupéry relató esa experiencia en *Tierra de hombres,* libro publicado en 1939.

Ese mismo año 1939, inicio de la Segunda Guerra Mundial, fue movilizado por el Ejército del Aire como piloto de una escuadrilla de reconocimiento aéreo, caracterizada por misiones suicidas y estratégicamente absurdas, en pleno avance alemán, rodeado de cazas enemigos y soportando el ataque de proyectiles desde tierra. Tras completarse la ocupación alemana, abandonó Francia y a través de sus agentes literarios se instaló en Nueva York, llegando a participar en alguna de las campañas orquestadas para que los estadounidenses entraran en la guerra.

Después de dos años en América del Norte (estuvo cinco semanas también en Canadá), regresó a Europa para volar con las Fuerzas francesas libres y luchar en un escuadrón con base en el Mediterráneo. Con cuarenta y cuatro años, no sólo era mayor que la mayoría de los hombres en servicio, sino que también sufría dolores debido a sus múltiples fracturas en graves accidentes, y además no lo consideraban apto para pilotar los aviones modernos; no obstante, fue asignado con algunos otros pilotos a un escuadrón de cazas bimotor P-38 Lightning, que un funcionario describió como aeronaves «desgastadas por la guerra, sin condiciones de aeronavegabilidad». Después de destrozar uno de ellos debido a un fallo de motor en su segunda misión, se quedó en tierra durante ocho meses, pero fue reinstalado en misiones de vuelo por el mando aliado estadounidense.

En 1943, el general Charles de Gaulle afirmó públicamente que Saint-Exupéry apoyaba a Alemania. Esta afirmación fue hecha tras publicarse *Piloto de guerra* en la Francia de Vichy, en 1942. Se editaron sólo dos mil cien copias y el libro fue prohibido en 1943. Esa insinuación por parte de De Gaulle fue devastadora para el autor y, aunada con problemas económicos y personales que Saint-Exupéry tenía en aquella época, dio origen posteriormente a la teoría de que se suicidó arrojando su avión en picado vertical sobre el Mediterráneo. Descontento con su participación pasiva en el conflicto y habiendo sido rechazado sistemáticamente como piloto, debido a su mal estado de salud y a sus muchos accidentes, por fin, en la primavera de 1944, fue destinado a Cerdeña y luego a Córcega en una unidad de reconocimiento fotográfico del frente alemán para preparar el desembarco aliado en el sur de Francia. El 31 de julio de 1944, a las 8:45 horas, Saint-Exupéry despegó a bordo de un P-38 Lightning para una misión de reconocimiento sobre los movimientos de las tropas alemanas en el valle del Ródano, un vuelo sin armamento desde una base aérea en Córcega, con una autonomía de vuelo de seis horas. No regresó jamás de aquella misión en solitario.

A las 14:30 de ese día se dio por perdido al avión. Más adelante hubo testigos que dijeron haber visto caer un avión francés que podría coincidir con el suyo, y años después un antiguo piloto alemán dijo que había derribado un avión francés de ese tipo en esas fechas por aquella zona, donde había aparecido un cadáver sin identificar con insignias francesas, que fue enterrado anónimamente, pero no hubo nada concluyente, pues fue imposible realizar investigaciones sobre el terreno en tiempos de guerra. En 1998 se encontró en el mar una pulsera identificativa con su nombre. En su memoria se llevó a cabo una celebración solemne en Estrasburgo en 1945, y en 1948 fue oficialmente reconocido como «muerto por Francia». Su obra literaria, sin ser completamente autobiográfica, está basada en su vida de piloto aeropostal y de reconocimiento fotográfico en la guerra. Quizá la excepción sea *El Principito*, mucho más en el terreno de la ficción, pues los demás «personajes» de sus relatos son personas reales que él conoció, en muchos casos identificadas con sus propios nombres. Él decía que era necesario haber vivido en primera persona los acontecimientos para que sea legítimo escribir sobre ellos. Su obra está entre el relato periodístico y de crónica realista, y abunda en los más finos detalles de observación humana.

## El Principito

Es su obra más conocida mundialmente. En la actualidad se siguen haciendo ediciones de una obra traducida a más de doscientos cincuenta idiomas, incluso el Braille, y es una de las más vendidas, con millones de ejemplares cada año en todo el mundo.

La novela, escrita en su exilio norteamericano, fue publicada en abril de 1943, tanto en francés como en inglés, por la editorial estadounidense Reynal & Hitchcock; mientras que la editorial francesa Gallimard no pudo imprimirla hasta 1945, tras la liberación de Francia al final de la guerra. Está incluida entre los mejores libros del siglo xx en Francia, y se ha convertido en el libro escrito en francés más leído y más traducido de todos los tiempos.

Por la forma en que está escrito y por su dedicatoria, se lo considera un libro infantil, pero en realidad es una crítica a la adultez en la que se tratan temas profundos como el sentido de la vida, la soledad, la amistad, el amor y la pérdida.

En *el relato*, el autor afirma que conoció al singular personaje —un niño rubio que no contesta nunca a lo que se le pregunta, que no deja de insistir hasta encontrar la respuesta a las preguntas que hace, y que expresa clara y directamente sus opiniones— que da título al libro seis años antes, en el desierto del Sahara, después de haber sufrido un accidente de avión. Nos cuenta su historia, y nos la pinta en sus magníficas ilustraciones. El principito procedía de un asteroide tan pequeño que bastaba con desplazar un poco la silla hacia atrás para ver continuamente la puesta de sol. Un día, en aquel asteroide brotó del suelo una rosa; el principito se enamoró de ella, pero no pudiendo soportar su orgullo y presunción, decidió abandonar el asteroide y emprendió un viaje que lo llevó a otros pequeños planetas. En cada uno de ellos vivía un único personaje que, como enseguida aprecia el lector, encarna algún defecto humano: la vanidad, el egoísmo, la ambición... Finalmente, el principito llegó a la Tierra, donde descubrió, consternado, que su rosa no era la única del universo. Entabló amistad con un zorro, y después se produce el encuentro con el narrador. Los sutiles simbolismos y el desenlace de la historia sugieren el sentido del libro: una indagación sobre el amor y la amistad, sentimientos que, pese a su naturaleza incomprensible y los sufrimientos que pueden acarrear, se revelan como una necesidad ineludible y enriquecedora.

## Viento, arena y estrellas

Bajo este título, tan suyo, se ha querido agrupar otros relatos de Saint-Exupéry, concretamente *El aviador, Vuelo nocturno* y *Piloto de guerra*.

La prosa de Saint-Exupéry impresiona por un rigor en el que la sobria desnudez retórica asegura la eficacia del relato de acción. Saint-Exupéry mostró siempre que el hombre no es más que aquello que hace. Como se ha dicho, estos relatos no tienen nada de ficticio, son prácticamente crónicas de la actividad aérea de la época, con aviones poco fiables y contando con unos sistemas de información meteorológica muy precarios. Son los tiempos de los pioneros de la aviación civil y militar.

*El aviador* apareció en 1926, fue el primer texto publicado por Saint-Exupéry, aunque tiene todo el aspecto de ser parte de un conjunto mayor.

Relata sus primeras experiencias como piloto profesional, sus sensaciones, sus reacciones y su descubrimiento paulatino del tipo de hombres con los que trataría en el futuro.

*Vuelo nocturno* se publicó en diciembre de 1931, con prólogo de su amigo André Gide. Con él ganó el Premio Femina y se consagró como hombre de letras. Fue un éxito inmenso desde su publicación y se ha traducido a muchos idiomas, llegando a interesar a Hollywood para hacer una versión cinematográfica. El personaje principal, el director Rivière (inspirado en su propio jefe, Didier Daurat), es un jefe que sabe estimular al máximo a sus hombres, desde el peón más sencillo a los grandes pilotos expertos con los que cuenta la línea de Correo que desde Brasil, la Patagonia y Paraguay hacía su transporte hasta Buenos Aires, y desde allí a Europa. Es el inicio de los vuelos nocturnos, no probados hasta entonces. El Correo tiene que llegar a cualquier precio, la misión está casi por encima de la vida humana, y el director tiene la responsabilidad absoluta de controlar cada detalle, personal y colectivo, de cada una de las misiones.

*Piloto de guerra* fue publicado en 1942. En él, «Saint-Ex» (como le llamaban los compañeros) relata sus vivencias como piloto de reconocimiento del Grupo 2/33 al inicio de la invasión alemana en la Segunda Guerra Mundial, especialmente sobre la ciudad de Arras. Se describen muy bien las estelas de condensación que dejan los aviones a gran altura, los pilotos las llamaban «velos de novia» y las utilizaban los alemanes para divisar a los aviones. Además de críticas por lo absurdo de la situación, hay un relato estremecedor de las evacuaciones de pueblos huyendo de los invasores; quizá esto fue lo que disgustó al general De Gaulle.

Además de estas obras, publicó *Correo del Sur* (1928), *Carta a un rehén* (1944), *Escritos de guerra* (compilados en 1982) y *Ciudadela,* en edición póstuma (1948).

# El Principito

*A Leon Werth.*

Pido perdón a los niños por haber dedicado este libro a una persona mayor. Tengo una buena excusa: esta persona mayor es el mejor amigo que tengo en el mundo. Tengo otra excusa: esta persona mayor puede comprenderlo todo, hasta los libros para niños. Tengo una tercera excusa: esta persona mayor vive en Francia, donde tiene hambre y frío. Tiene mucha necesidad que la consuelen. Si no bastasen todas estas excusas, quiero dedicar este libro al niño que fue antes esta persona mayor. Todas las personas mayores han sido niños primero (pero pocas de ellas se acuerdan de ello).

Así que entonces corrijo mi dedicatoria:

A LEON WERTH,
cuando era niño.

# CAPÍTULO PRIMERO

Cuando yo tenía seis años, una vez vi una imagen magnífica en un libro sobre la selva virgen que se llamaba «Historias reales». Representaba a una serpiente boa que se tragaba a un animal. Esta es la copia del dibujo.

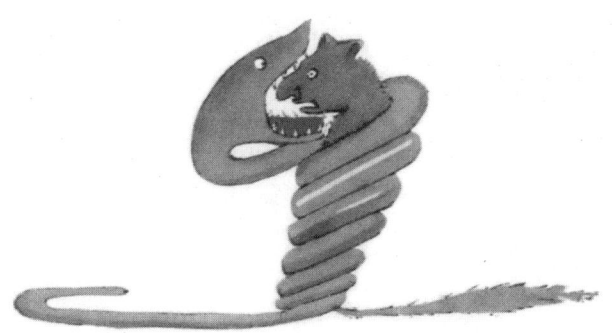

En el libro se decía: «Las serpientes boa se tragan sus presas enteras, sin masticarlas. Después ya no pueden moverse y duermen durante los seis meses de la digestión».

Entonces pensé mucho en las aventuras de la jungla y a mi vez conseguí trazar, con un lápiz de color, mi primer dibujo. Mi dibujo número 1.

Era así:

Enseñé mi obra maestra a las personas mayores y les pregunté si mi dibujo les daba miedo.

Me respondieron: «¿Por qué iba a dar miedo un sombrero?».

Mi dibujo no representaba a un sombrero; representaba a una serpiente boa que digería un elefante. Entonces dibujé el interior de la serpiente boa para que las personas mayores pudieran comprender. Las personas mayores siempre necesitan muchas explicaciones. Mi dibujo número 2 era así:

Las personas mayores me aconsejaron que dejase de lado los dibujos de serpientes boa abiertas o cerradas, y que mejor me interesase en la geografía, la historia, el cálculo y la gramática. Así fue como abandoné, a los seis años de edad, una magnífica carrera en pintura. Me había desanimado el fracaso de mi dibujo número 1 y de mi dibujo número 2. Las personas mayores no comprenden nunca nada por sí mismas, y para los niños es muy fastidioso tener que estar siempre y siempre dándoles explicaciones.

De modo que tuve que elegir otro oficio y aprendí a pilotar aviones. He volado casi por todas las partes del mundo. Y la geografía, es cierto, me sirvió de mucho. Yo sabía distinguir desde el primer vistazo a China de Arizona. Eso es muy útil si uno se pierde por la noche.

Así que en el transcurso de mi vida he tenido multitud de contactos con montones de gentes serias. He vivido mucho con las personas mayores. Las he visto muy de cerca. Eso no ha mejorado demasiado mi opinión.

Cuando me encontraba con alguna de ellas que me parecía un poco lúcida, hacía que pasase por la experiencia de mi dibujo número 1, que he conservado siempre. Quería saber si era realmente comprensiva. Pero siempre me respondía: «Es un sombrero». Entonces no le hablaba ni de serpientes boa, ni de selvas vírgenes, ni de estrellas. Me ponía a su altura. Le hablaba de bridge, de golf, de política y de corbatas. Y la persona mayor se quedaba muy contenta al conocer a un hombre tan razonable.

# CAPÍTULO II

Así que viví solo, sin nadie con quien hablar verdaderamente, hasta que tuve una avería en el desierto del Sáhara, hace seis años. Algo se había roto en mi motor. Y como yo no tenía conmigo ni mecánico, ni pasajeros, me preparé para intentar conseguir, yo solo, una reparación difícil. Para mí se trataba de un asunto de vida o muerte. Apenas tenía agua potable para ocho días.

Así pues, la primera noche me dormí sobre la arena a mil millas de toda tierra habitada. Estaba mucho más aislado que un náufrago en una balsa en mitad del océano. Entonces, imagínense mi sorpresa, al romper el día, cuando una vocecilla extraña me despertó. Decía:

—Por favor... ¡dibújame una oveja!

—¿Eh?

—Dibújame una oveja...

Me puse en pie de un salto como si un rayo me hubiese golpeado. Me froté mucho los ojos. Miré muy bien. Y vi un hombrecito enteramente extraordinario que me observaba con seriedad. Este es el mejor retrato que más tarde conseguí hacer de él. Pero mi dibujo, por supuesto, es mucho menos encantador que el modelo. No es culpa mía. Me habían desanimado de mi carrera de pintor las personas mayores, a la edad de seis años, y no había aprendido a dibujar nada, salvo las boas cerradas y las boas abiertas.

Así que miré a esa aparición con los ojos muy abiertos por la extrañeza. No os olvidéis de que yo me encontraba a mil millas de toda región habitada. Ahora bien, no me parecía que mi hombrecito estuviese perdido, ni muerto de cansancio, ni muerto de hambre, ni muerto de sed, ni muerto de miedo. No tenía en nada el aspecto de un niño perdido en mitad del desierto, a mil millas de toda región habitada. Cuando al fin conseguí hablar, le dije:

—Pero, ¿qué haces tú aquí?

*Aquí está el mejor retrato que conseguí hacerle más tarde.*

Y entonces me repitió, muy suavemente y como algo muy serio:

—Por favor... dibújame una oveja...

Cuando el misterio es demasiado impresionante, uno no se atreve a desobedecer. Por absurdo que me pareciese, estando a mil millas de todos los lugares habitados y en peligro de muerte, me saqué del bolsillo una hoja de papel y una estilográfica. Pero entonces me acordé de que sobre todo había estudiado geografía, historia, cálculo y gramática y le dije al hombrecito (con un poco de mal humor) que yo no sabía dibujar. Me respondió:

—Eso no importa. Dibújame una oveja.

Como yo no había dibujado nunca una oveja, volví a hacer, para él, uno de los dos únicos dibujos de los que era capaz. El de la boa cerrada. Y me quedé atónito al oír que el hombrecito me respondía:

—¡No!, ¡no!, yo no quiero un elefante dentro de una boa. La boa es muy peligrosa y el elefante es muy voluminoso. En mi casa todo es pequeño. Necesito una oveja. Dibújame una oveja.

Entonces, dibujé.

Él miró con mucha atención, y después dijo:

—¡No! Esa ya está muy enferma; haz otra.

Y yo dibujé:

Mi amigo sonrió amablemente, con indulgencia:

—Mira bien... eso no es una oveja, es un carnero. Tiene cuernos...

Así que volví a hacer otra vez mi dibujo; pero fue rechazado como los anteriores:

—Esa es demasiado vieja. Yo quiero una oveja que viva mucho tiempo.

Entonces, como estaba corto de paciencia y tenía prisa por comenzar a desmontar mi motor, garabateé este dibujo.

Y le lancé:

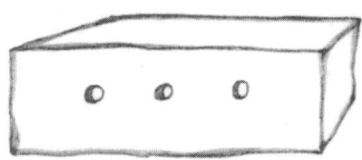

—Eso es la caja. La oveja que quieres está adentro.

Pero me quedé muy sorprendido al ver que la cara de mi joven juez se iluminaba:

—¡Es exactamente así como lo quería! ¿Crees que a esta oveja le hará falta mucha hierba?

—¿Por qué?

—Porque mi casa es muy pequeña...

—Seguramente bastará. Te he dado una oveja muy pequeñita.

Inclinó la cabeza hacia el dibujo:

—Pero no tan pequeña... ¡Anda! Se ha dormido...

Y así fue como conocí al principito.

# CAPÍTULO III

Me costó mucho tiempo comprender de dónde venía. El principito, que me hacía muchas preguntas, parecía que no oía nunca las mías. Fueron unas palabras pronunciadas al azar las que, poco a poco, me lo revelaron todo. Así, cuando vio mi avión por primera vez (no voy a dibujar mi avión, es un dibujo demasiado complicado para mí), me preguntó:

—¿Qué es eso de ahí?

—«Eso» no es una cosa. «Eso» vuela. Es un avión. Es mi avión.

Y me sentí orgulloso al hacerle saber que yo volaba. Entonces, exclamó:

—¿Cómo? ¿Tú has caído del cielo?

—Sí —dije modestamente.

—¡Ah! ¡Qué gracioso!...

Y el principito se echó una carcajada que me molestó mucho. Yo deseo que se tomen en serio mis desgracias. Después, añadió:

—Entonces, ¡tú también vienes del cielo! ¿De qué planeta eres?

Enseguida entreví una débil luz en el misterio de su presencia, y le pregunté bruscamente:

—¿Así que tú vienes de otro planeta?

Pero no me respondió. Meneaba la cabeza suavemente mientras miraba mi avión:

—La verdad es que encima de «eso» no puedes venir desde muy lejos...

Y se sumergió en una ensoñación que duró mucho tiempo. Luego, sacándose mi oveja del bolsillo, se zambulló en la contemplación de su tesoro.

Ya os imaginaréis lo muy intrigado que yo estaba por esa medio confidencia sobre «los otros planetas», así que me esforcé en saber más de ello:

—¿De dónde vienes tú, hombrecito? ¿Dónde está «tu casa»? ¿Dónde quieres llevarte a mi oveja?

Me respondió tras un silencio meditativo:

—Lo bueno de la caja que me has dado es que por la noche le servirá de casa.

—Por supuesto. Y si eres amable, te daré también una cuerda para atarla durante el día. Y una estaca.

Pareció que la propuesta contrariaba al principito:

—¿Atarla? ¡Qué idea más rara!

—Pero si no la atas, se irá por cualquier lado y se perderá...

Y mi amigo volvió a lanzar una carcajada:

—¡Pero dónde va a ir!

—A cualquier sitio. Derecho delante de ella...

Entonces, el principito observó con seriedad:

—Eso no importa, ¡mi casa es tan pequeña!

Y añadió, quizá con un poco de melancolía:

—Derecho delante de uno no se puede ir muy lejos...

*El principito en el asteroide B 612.*

# CAPÍTULO IV

Así aprendí una segunda cosa muy importante: ¡que su planeta de origen era apenas más grande que una casa!

Eso no podía extrañarme mucho. Bien sabía yo que aparte de los planetas grandes como la Tierra, Júpiter, Marte o Venus, a los que se les han dado nombres, hay centenares de otros planetas que a veces son tan pequeños que cuesta mucho verlos al telescopio. Cuando un astrónomo descubre uno de ellos, le da un número por nombre. Lo llama, por ejemplo, «asteroide 3251».

Tengo serias razones para creer que el planeta de donde venía el principito es el asteroide B 612.

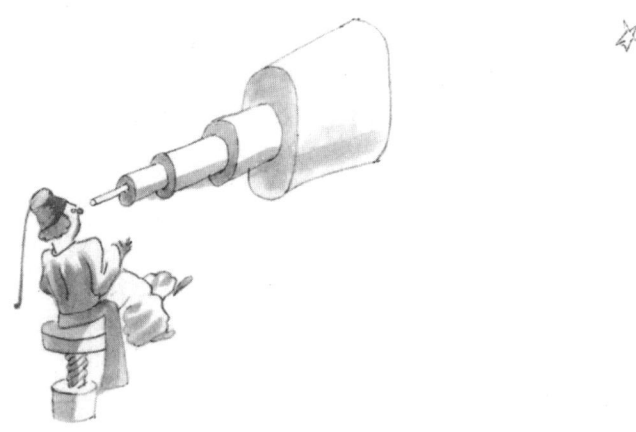

Ese asteroide fue visto sólo una vez al telescopio, en 1909, por un astrónomo turco.

Entonces hizo una gran presentación de su descubrimiento en un Congreso Internacional de Astronomía.

Pero no lo creyó nadie debido a su vestimenta. Las personas mayores son así.

Afortunadamente para la reputación del asteroide B 612, un dictador turco impuso a su pueblo, bajo pena de muerte, que se vistiese a la europea.

El astrónomo volvió a hacer su presentación en 1920, en un traje muy elegante. Y esa vez todo el mundo estuvo de acuerdo con él.

Si os he contado esos detalles sobre el asteroide B 612 y os he revelado su número, es debido a las personas mayores. A las personas mayores les encantan las cifras. Cuando les habláis de un amigo nuevo, nunca os preguntan lo esencial. No os dicen nunca: «¿Cómo es el sonido de su voz? ¿Qué juegos prefiere? ¿Colecciona mariposas?». Os preguntan: «¿Cuántos años tiene? ¿Cuántos hermanos tiene? ¿Cuánto pesa? ¿Cuánto gana su padre?». Solamente entonces creen que lo conocen. Si les decís a las personas mayores: «He visto una casa preciosa de ladrillos rosa, con geranios en las ventanas y palomas en el tejado...», no consiguen imaginarse esa casa. Hay que decirles: «He visto una casa de cien mil francos». Entonces exclaman: «¡Qué bonita es!».

Así que si les decís: «La prueba de que el principito existió es que era encantador, que reía y que quería una oveja. Cuando se quiere una oveja, es la prueba de que se existe», ¡se encogerán de hombros y os tratarán de niño! Pero si les decís: «El planeta de donde venía es el asteroide B 612», entonces se convencerán y os dejarán tranquilos con sus preguntas. Los mayores son así. No hay que tomárselo a mal. Los niños tienen que ser muy indulgentes con las personas mayores.

Pero, por supuesto, nosotros, que comprendemos la vida, ¡nos burlamos mucho de los números! Me habría gustado empezar esta historia a la manera de los cuentos de hadas. Me habría gustado decir:

«Érase una vez un principito que vivía en un planeta apenas más grande que él, y que necesitaba un amigo...». A los que comprenden la vida, eso les habría parecido mucho más verdadero. Porque no me gusta que se lea mi libro a la ligera.

Siento mucha pena al contar estos recuerdos. Ya hace seis años que mi amigo se fue con su oveja. Si intento describirlo aquí, es para no olvidarlo. Es triste olvidar a un amigo. No todo el mundo ha tenido un amigo. Y yo puedo volverme como las personas mayores, que sólo se interesan por las cifras. También por eso me compré una caja de lápices de colores.

Se hace difícil ponerse otra vez a dibujar, a mi edad, cuando no se han hecho nunca más intentos que el de la boa cerrada y el de la boa abierta, ¡y a los seis años! Por supuesto, intentaré hacer retratos que sean lo más parecidos posible. Pero no estoy completamente seguro de lograrlo. Un dibujo funciona, y el otro no se parece. También me equivoco un poquito sobre el tamaño. Aquí el principito es demasiado grande; allí es demasiado pequeño. Y también dudo del color de su traje. Entonces tanteo así y asá, mal que bien. En fin, me equivocaré en ciertos detalles más importantes, pero eso habrá que perdonármelo. Mi amigo no daba explicaciones nunca. Quizá es que creía que yo era parecido a él. Pero yo, desgraciadamente, no sé ver ovejas a través de las cajas. Quizá soy un poco como las personas mayores. He debido envejecer.

# CAPÍTULO V

Yo aprendía cada día algo sobre el planeta, sobre la partida, sobre el viaje. Eso ocurría suavemente, al azar de las reflexiones. Fue así como, al tercer día, conocí el drama de los baobabs.

Esta vez también fue gracias a la oveja, porque el principito me preguntó bruscamente, como si tuviese una duda muy seria:

—¿De verdad es cierto que las ovejas se comen los arbustos?

—Sí. Es verdad.

—¡Ah! ¡Qué contento estoy!

Yo no comprendí por qué era tan importante que las ovejas se comiesen los arbustos. Pero el principito añadió:

—Por consiguiente, ¿se comen también los baobabs?

Le hice notar al principito que los baobabs no son arbustos, sino árboles altos como iglesias, y que, incluso si se llevaba con él una manada de elefantes, esa manada no se acabaría un solo baobab.

La idea de la manada de elefantes hizo reír al principito:

—Habría que ponerlos unos encima de otros...

Pero observó con perspicacia:

—Antes de crecer, los baobabs empiezan por ser pequeños.

—¡Exactamente! Pero, ¿por qué quieres que tus ovejas se coman a los baobabs pequeños?

Me respondió: «¡Bueno! ¡Pues claro!», como si se tratase de una evidencia.

Y necesité un gran esfuerzo de inteligencia para comprender ese problema por mí mismo.

Y, en efecto, en el planeta del principito había, como en todos los planetas, hierbas buenas y malas hierbas. Por consiguiente, buenas semillas de hierbas buenas y malas semillas de malas hierbas. Pero las semillas son invisibles. Duermen en el secreto de la tierra hasta que a una de ellas le da la fantasía de despertarse. Entonces se estira, y al principio lanza tímidamente hacia el sol una hermosa ramita inofensiva. Si se trata de una ramita de rábano o de rosal, se puede dejar que crezca como quiera. Pero si se trata de una planta mala, hay que arrancarla enseguida, en cuanto se la haya podido reconocer. Ahora bien, había semillas terribles en el planeta del principito... eran semillas de baobabs. El suelo del planeta estaba invadido de ellas. Sin embargo, de un baobab, si se lo agarra demasiado tarde, ya no puede liberarse uno. Sobrecarga todo el planeta. Lo perfora con sus raíces. Y si el planeta es demasiado pequeño y los baobabs son demasiado numerosos, lo hacen que estalle.

«Es cuestión de disciplina —me dijo después el principito—. Cuando uno ha terminado de asearse por la mañana, hay que hacer cuidadosamente el aseo del planeta. Hay que obligarse con regularidad a arrancar los baobabs en cuanto se los distingue de entre los rosales, a los que se parecen mucho cuando son pequeñitos. Es un trabajo muy aburrido, pero muy fácil».

Y un día me aconsejó que me aplicase a conseguir un buen dibujo para que eso les entrase bien en la cabeza a los niños de mi tierra. «Si un día viajan —me dijo—, eso podría venirles bien. A veces no hay inconveniente en dejar para más tarde el trabajo. Pero si se trata de baobabs, eso siempre es una catástrofe. Conocí un planeta habitado por un perezoso. Había desatendido tres arbustos...».

Y con las indicaciones del principito, dibujé ese planeta. No me gusta nada tener el tono de un moralista. Pero el peligro de los baobabs es tan poco conocido, y los riesgos que correría quien se extraviase en un asteroide son tan considerables, que, por una vez, hago excepción a mi reserva. Digo: «¡Niños, tened cuidado con los baobabs!». Fue por avisar a mis amigos de un peligro del que estaban cerca desde hacía mucho tiempo sin conocerlo, como yo mismo, por lo que trabajé tanto en ese dibujo. La lección que yo daba valía la pena.

Quizá os preguntéis: ¿Por qué no hay en este libro más dibujos tan grandiosos como el de los baobabs? La respuesta es muy sencilla: Lo he intentado, pero no he podido conseguirlo. Cuando dibujé los baobabs estaba animado por la sensación de la urgencia.

*Los baobabs.*

# CAPÍTULO VI

¡Ah, principito! Así comprendí, poco a poco, tu pequeña vida melancólica. Durante mucho tiempo no habías tenido para distraerte más que la dulzura de las puestas de sol. Yo aprendí ese detalle nuevo al cuarto día por la mañana, cuando me dijiste:

—Me gustan mucho las puestas de sol. Vayamos a ver una puesta de sol...

—Pero habrá que esperar...

—¿Esperar a qué?

—Esperar a que el sol se ponga.

Al principio tuviste aspecto de estar muy sorprendido, y luego te reíste de ti mismo. Y me dijiste:

—¡Sigo creyendo que estoy en mi casa!

En efecto. Cuando es mediodía en los Estados Unidos, todo el mundo sabe que el sol se pone en Francia. Bastaría con poder ir a Francia en un minuto para asistir a la puesta de sol. Desgraciadamente, Francia está muy alejada. Pero en tu planeta tan pequeño te bastaría con mover la silla unos cuantos pasos. Y mirarías el crepúsculo cada vez que quisieras...

—¡Un día vi al sol ponerse cuarenta y cuatro veces!

Y un poco después añadiste:

—¿Sabes?... Cuando uno está tan triste le gustan las puestas de sol...

—Entonces, el día ese de las cuarenta y tres veces, ¿tú estabas tan triste?

Pero el principito no respondió.

# CAPÍTULO VII

Al quinto día, siempre gracias a la oveja, me fue revelado ese secreto de la vida del principito. Me preguntó con brusquedad, sin preámbulo, como si fuera fruto de un problema meditado largo tiempo en silencio:

—Si la oveja se come los arbustos, ¿se come también las flores?

—Una oveja se come todo lo que encuentra.

—¿Hasta las flores que tienen espinas?

—Sí. Hasta las flores que tienen espinas.

—Entonces, ¿para qué sirven las espinas?

Yo no lo sabía. En aquel momento estaba muy ocupado intentando desatornillar un perno demasiado apretado de mi motor. Estaba muy preocupado, porque la avería empezaba a parecerme muy grave, y el agua potable, que se agotaba, me hacía temer lo peor.

—¿Para qué sirven las espinas?

El principito no renunciaba nunca a una pregunta una vez que la había lanzado. Yo estaba irritado por el perno y respondí cualquier cosa:

—Las espinas no sirven para nada, ¡son pura maldad por parte de las flores!

—¡Oh!

Pero tras un silencio, me lanzó con una especie de rencor:

—¡No te creo! Las flores son débiles. Son ingenuas. Se tranquilizan como pueden. Se creen que son terribles con sus espinas...

Yo no respondí nada. En ese momento, me estaba diciendo: «Si este perno se resiste todavía, lo haré saltar de un martillazo». El principito volvió a interrumpir mis reflexiones:

—¿Y tú crees que las flores...?

—¡Claro que no! ¡Claro que no! ¡Yo no creo nada! Te he respondido cualquier cosa. ¡Yo me ocupo de cosas serias!

Me miró, asombrado.

—¡De cosas serias!

Él me veía con el martillo en la mano y los dedos negros de aceite usado, inclinado sobre un objeto que le parecía feísimo.

—¡Tú hablas como las personas mayores!

Eso me dio un poco de vergüenza. Pero él añadió, implacable:

—¡Tú lo confundes todo... tú lo mezclas todo!

El principito estaba verdaderamente irritadísimo. Sacudió al viento sus cabellos dorados:

—Conozco un planeta donde hay un señor carmesí. No ha olido nunca una flor. No ha mirado nunca una estrella. No ha querido nunca a nadie. No ha hecho nunca nada más que sumas. Y todo el día repite como tú: «¡Soy un hombre serio! ¡Soy un hombre serio!». Y eso lo hace hincharse de orgullo. Pero ese no es un hombre, ¡es una seta!

—¿Una qué?

—¡Una seta!

El principito estaba ahora completamente pálido de cólera.

—Hace millones de años que las flores fabrican espinas. Hace millones de años que las ovejas se comen hasta las flores. ¿Y no es serio que se intente comprender por qué se toman las flores tanto trabajo para fabricarse espinas que no sirven nunca para nada? ¿No es importante la guerra de las ovejas y las flores? ¿Es que no es más serio y más importante que las sumas de un señor gordo y rojo? Y si yo conozco una flor única en el mundo, que no existe en ninguna parte salvo en mi planeta, y que una ovejita puede aniquilar de un solo golpe, así como así, una mañana, sin darse ni cuenta de lo que hace, ¡eso no es importante!

Se ruborizó, y luego siguió:

—Si alguien ama a una flor de la que no existe más que un ejemplar en los millones y millones de estrellas, eso basta para que ese alguien sea feliz cuando la mira. Se dice a sí mismo: «Mi flor está por allí, en algún sitio...». Pero si la oveja se come la flor, ¡para él es como si todas las estrellas se apagasen de repente! ¡Y eso no es importante!

No pudo decir nada más. Estalló repentinamente en sollozos. La noche había caído. Yo había dejado mis herramientas. Me burlaba mucho de mi martillo, de mi perno, de la sed y de la muerte. ¡Había en una estrella un planeta, el mío, la Tierra, y un principito al que consolar!

Lo tomé en mis brazos. Lo acuné. Le dije: «La flor que amas no está en peligro... Le dibujaré un bozal a tu oveja... Te dibujaré una armadura para tu flor... Yo...». Yo no sabía muy bien qué decir. Me sentía muy torpe. No sabía cómo llegar a él, ni dónde alcanzarlo... ¡El país de las lágrimas es tan misterioso!

# CAPÍTULO VIII

Aprendí muy aprisa a conocer mejor esa flor. En el planeta del principito siempre había habido flores muy sencillas, adornadas con una sola fila de pétalos, que no ocupaban sitio y que no molestaban a nadie. Aparecían una mañana en la hierba, y luego se extinguían por la noche. Pero aquella había germinado un día de una semilla traída de no se sabía dónde, y el principito había vigilado muy de cerca esa ramita que no se parecía a las demás ramitas. Podía ser una clase nueva de baobab. Pero el arbusto dejó de crecer deprisa y empezó a preparar una flor. El principito, que asistía al establecimiento de un capullo enorme, notaba claramente que de allí saldría una aparición milagrosa, pero la flor no terminaba de prepararse para ser bella en el refugio de su cámara verde. Escogía sus colores con cuidado. Se vestía lentamente, ajustaba sus pétalos uno a uno. No quería salir toda arrugada como las amapolas. No quería aparecer más que en la magnificencia plena de su belleza. ¡Pues sí; era muy coqueta! Así que su vestimenta misteriosa había durado días y días. Y luego, una mañana, allí estaba, se mostró justo a la hora del amanecer

Y ella, que había trabajado con tanta precisión, dijo bostezando:

—¡Ah! Acabo de despertarme... Te pido perdón... Todavía estoy toda despeinada...

Entonces, el principito no pudo contener su admiración:

—¡Qué hermosa eres!

—¿Verdad? —respondió suavemente la flor—. Y he nacido al mismo tiempo que el sol...

El principito adivinó claramente que no era demasiado modesta, ¡pero era tan conmovedora!

—Creo que es la hora del desayuno —añadió ella enseguida—, si tuvieses la bondad de pensar en mí...

Y el principito, muy avergonzado, fue a buscar una regadera de agua fresca y sirvió a la flor.

De manera que la flor lo había atormentado muy rápido con su

vanidad un poco sombría. Un día, por ejemplo, al hablar de sus cuatro espinas, le dijo al principito:

—¡Ya pueden venir los tigres con sus garras!

—No hay tigres en mi planeta —objetó el principito—, y además, los tigres no comen hierba.

—Yo no soy una hierba —respondió suavemente la flor.

—Perdóname...

—No temo a los tigres para nada, pero le tengo horror a las corrientes de aire. ¿No tendrías un biombo?

«Horror a las corrientes de aire... no es buena suerte para una planta, observó el principito. Esta flor es muy complicada...».

—Por la noche me meterás bajo un globo. Hace mucho frío en tu casa. Está mal instalada. De donde yo vengo...

Pero se interrumpió. Había venido en forma de semilla. No había podido conocer nada de los demás mundos. Humillada por haberse dejado sorprender preparando una mentira tan ingenua, tosió dos o tres veces para poner al principito en falta.

—¿Y ese biombo?

—¡Iba a buscarlo, pero me estabas hablando!

Entonces la flor forzó la tos para imponerle remordimientos de todas formas.

Así que el principito, a pesar de la buena voluntad de su amor, dudó de ella enseguida. Se tomó en serio palabras sin importancia, y se volvió muy desgraciado.

Pero yo era demasiado joven para saber amarla.

—No habría debido escucharla —me confió un día—, no hay que escuchar nunca a las flores. Hay que mirarlas y que olerlas. La mía perfumaba todo mi planeta, pero yo no podía alegrarme por ello. Aquella historia de las garras, que me molestó tanto, habría debido enternecerme...

Y me confió también:

—¡Entonces no supe comprender nada! Habría debido juzgarla por los actos, y no por las palabras. La flor me perfumaba y me iluminaba. ¡No tendría que haber huido nunca! Habría debido adivinar su ternura tras sus pobres artimañas. ¡Las flores son tan contradictorias! Pero yo era demasiado joven para saber amarla.

# CAPÍTULO IX

Creo que para su evasión aprovechó una migración de pájaros silvestres. La mañana de su partida puso su planeta muy ordenado. Deshollinó cuidadosamente sus volcanes activos. Poseía dos volcanes activos. Y eso era muy cómodo para calentar el desayuno de la mañana. Poseía también un volcán extinto. Pero, como él decía, «¡Nunca se sabe!». Así que deshollinó igualmente el volcán extinto. Si están bien deshollinados, los volcanes arden suave y regularmente, sin erupciones. Las erupciones volcánicas son como los fuegos de la chimenea. Evidentemente, en nuestra tierra nosotros somos demasiado pequeños para deshollinar nuestros volcanes. Por eso provocan montones de dificultades.

El principito arrancó también, con un poco de melancolía, los últimos brotes de baobabs. Creía que no iba a volver nunca. Pero todos esos trabajos familiares le parecieron aquella mañana sumamente dulces. Y cuando regó por última vez la flor y se preparó para ponerla a cubierto bajo su globo, descubrió que tenía ganas de llorar.

—Adiós —le dijo a la flor.

Pero la flor no le respondió.

—Adiós —repitió.

La flor tosió. Pero no era por causa de su resfriado.

—He sido una tonta —le dijo ella al final—. Te pido perdón. Intenta ser feliz.

Él estaba sorprendido por la ausencia de reproches. Se quedó ahí, completamente desconcentrado, con el globo en el aire. No comprendía aquella dulzura calmada.

—Pues claro que sí, te quiero —le dijo la flor—. Tú no has sabido nada por mi culpa. Eso no tiene importancia alguna. Pero tú has sido tan tonto como yo. Intenta ser feliz... Deja ese globo en paz. Ya no lo quiero.

—Pero el viento...

*Deshollinó cuidadosamente sus volcanes activos.*

—No estoy tan resfriada... El aire fresco de la noche me hará bien. Soy una flor.

—Pero los animales...

—Será muy necesario que aguante dos o tres orugas si quiero conocer las mariposas. Parece que son bellísimas. Y si no, ¿quién me hará visitas? Tú estarás lejos. En cuanto a los animales grandes, no temo nada. Tengo mis garras.

Y mostraba ingenuamente sus cuatro espinas. Luego añadió:

—No te arrastres así, es muy molesto. Te has decidido a partir. Vete.

Porque no quería que la viese llorar. Era una flor tan orgullosa...

# CAPÍTULO X

Se encontró en la zona de los asteroides 325, 326, 327, 328, 329 y 330. Así que comenzó por visitarlos, para encontrar allí una ocupación y para instruirse.

El primero estaba habitado por un rey. El rey estaba sentado, vestido de púrpura y armiño, en un trono muy sencillo y, sin embargo, majestuoso.

—¡Ah! Aquí tenemos un súbdito —exclamó el rey cuando vio al principito.

Y el principito se preguntó:

—¿Cómo puede reconocerme si no me ha visto nunca?

No sabía que, para los reyes, el mundo está muy simplificado. Todos los hombres son súbditos.

—Acércate para que te vea mejor —le dijo el rey, que estaba muy orgulloso de ser al fin rey para alguien.

El principito buscó con los ojos dónde sentarse, pero el planeta estaba completamente obstruido por el magnífico manto de armiño. Así que se quedó de pie, y, como estaba cansado, bostezó.

—Va contra la etiqueta bostezar en presencia de un rey —le dijo el monarca—. Te lo prohíbo.

—No puedo evitarlo —respondió el principito muy avergonzado—. He hecho un viaje muy largo y no he dormido...

—Entonces —le dijo el rey—, te ordeno que bosteces. Hace años que no he visto bostezar a nadie. Para mí, los bostezos son curiosidades. ¡Vamos!, bosteza otra vez. Es una orden.

—Eso me intimida... ya no puedo... —dijo el principito ruborizándose.

—¡Hum! ¡Hum! —respondió el rey—. Entonces yo... yo te ordeno que unas veces bosteces y que otras...

Farfullaba un poco y parecía ofendido.

Porque el rey se aferraba esencialmente a que su autoridad fuese respetada. No toleraba la desobediencia. Era un monarca absoluto. Pero como era muy bueno, daba órdenes razonables.

«Si yo le ordenase —dijo con soltura—, si yo le ordenase a un general que se transformase en un ave marina, y si el general no me obedeciese, eso no sería culpa del general. Sería culpa mía».

—¿Puedo sentarme? —inquirió tímidamente el principito.

—Yo te ordeno que te sientes —le respondió el rey, que recogió majestuosamente una parte de su manto de armiño.

Pero el principito estaba extrañado. El planeta era minúsculo. ¿Sobre qué podía reinar el rey?

—Majestad —le dijo—. Os pido perdón por interrogaros...

—Yo te ordeno que me interrogues —se apresuró a decir el rey.

—Majestad... ¿Sobre qué reináis?

—Sobre todo —respondió el rey con una gran sencillez.

—¿Sobre todo?

Con un gesto discreto, el rey señaló su planeta, los demás planetas y las estrellas.

—¿Sobre todo eso? —dijo el principito.

—Sobre todo eso... —respondió el rey.

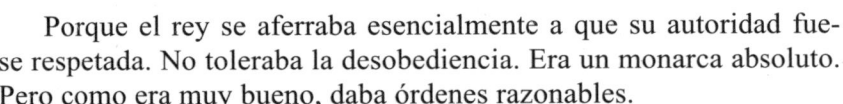

Porque no solamente era un monarca absoluto, sino que era un monarca universal.

—¿Y las estrellas os obedecen?

—Por supuesto —le dijo el rey—. Obedecen enseguida. Yo no tolero la indisciplina.

Un poder semejante maravilló al principito. Si él lo hubiese ostentado, habría podido asistir ya no a cuarenta y cuatro, sino a setenta y dos, o incluso a cien, o hasta a doscientas puestas de sol en el mismo día, ¡y sin haber tenido que mover nunca su silla! Y como se sentía un poco triste debido al recuerdo de su pequeño planeta abandonado, se arriesgó a solicitar una gracia del rey:

—Quisiera ver una puesta de sol... Dadme el gusto... Ordenad al sol que se acueste...

—Si yo le ordenase a un general que volase de flor en flor como una mariposa, o que escribiese una tragedia, o que se transformase en un ave marina, y si el general no ejecutase la orden recibida, ¿de quién sería el error, de él o de mí?

—Sería vuestro —dijo firmemente el principito.

—Exacto. De cada uno hay que requerir lo que cada uno puede dar —reanudó el rey—. En principio, la autoridad se apoya en la razón. Si le ordenas a tu pueblo que vaya a tirarse al mar, hará la revolución. Yo tengo el derecho de exigir obediencia porque mis órdenes son razonables.

—Entonces, ¿mi puesta de sol? —recordó el principito, que no olvidaba nunca una pregunta una vez que la había formulado.

—Tendrás tu puesta de sol. Lo exigiré. Pero esperaré, en mi ciencia del gobierno, a que las condiciones sean favorables.

—¿Y cuándo será eso? —se informó el principito.

—¡Ejem! ¡Ejem! —le respondió el rey, que primero consultó un calendario muy grueso, ¡ejem!, ¡ejem!, eso será hacia... hacia... ¡será esta tarde sobre las siete horas y cuarenta! Y verás lo bien que me obedecen.

El principito bostezó. Lamentaba haberse perdido su puesta de sol. Y además, ya se estaba aburriendo un poco:

—Ya no tengo nada más que hacer aquí —le dijo al rey—. ¡Voy a marcharme!

—No te marches —respondió el rey, que estaba tan orgulloso de tener un súbdito—. No te marches, ¡te hago ministro!

—¿Ministro de qué?

—De... ¡de Justicia!

—¡Pero si no hay nadie a quien juzgar!

—Eso no se sabe —le dijo el rey—. Todavía no le he dado la vuelta a mi reino. Soy muy viejo, no tengo sitio para una carroza y andar me cansa.

—¡Oh! Pero yo ya lo he visto —dijo el principito, que se inclinó para echar un vistazo más al otro lado del planeta—. Ahí abajo tampoco hay nadie...

—Entonces te juzgarás a ti mismo —le respondió el rey—. Eso es lo más difícil. Es mucho más difícil juzgarse a uno mismo que juzgar a otro. Si consigues juzgarte bien, es que eres un verdadero sabio.

—Yo puedo juzgarme a mí mismo en cualquier lugar —dijo el principito—. No tengo necesidad de vivir aquí.

—¡Ejem! ¡Ejem! —dijo el rey—, tengo entendido que en mi planeta hay por algún sitio una rata vieja. La oigo por la noche. Podrás juzgar a esa rata vieja. De cuando en cuando, la condenarás a muerte. Así su vida dependerá de tu justicia. Pero la indultarás cada vez para economizar. No hay más que una.

—A mí no me gusta condenar a muerte —respondió el principito—, y creo que me voy.

—No —dijo el rey.

Pero el principito, que había terminado sus preparativos, no quiso apenar al viejo monarca:

—Si Vuestra Majestad desea ser obedecido puntualmente, podría darme una orden razonable. Podría ordenarme, por ejemplo, que me marchase antes de un minuto. Me parece que las condiciones son favorables...

Como el rey no respondió nada, al principio el principito vaciló, y después, con un suspiro, se puso en marcha.

—Yo te hago embajador mío —se apresuró entonces a gritar el rey. Tenía mucho aire de autoridad.

«Las personas mayores son muy extrañas», se dijo el principito para sí durante su viaje.

# CAPÍTULO XI

El segundo planeta estaba habitado por un vanidoso:

—¡Ah! ¡Ah! ¡Tenemos visita de un admirador! —exclamó de lejos el vanidoso en cuanto vio al principito.

Porque, para los vanidosos, los demás hombres son admiradores.

—Buenos días —dijo el principito—. Tiene usted un sombrero muy gracioso.

—Es para saludar —le respondió el vanidoso—. Es para saludar cuando me aclaman. Desgraciadamente, no pasa nunca nadie por aquí.

—¿Ah, sí? —dijo el principito, que no comprendió.

—Golpéate las manos una contra la otra —aconsejó entonces el vanidoso.

El principito golpeó sus manos una contra la otra. El vanidoso saludó modestamente levantándose el sombrero.

«Esto es más divertido que la visita del rey», se dijo para sí el principito. Y volvió a golpearse las manos una contra la otra. El vanidoso volvió a saludar levantándose el sombrero.

Después de cinco minutos de ejercicio, el principito se cansó de la monotonía del juego:

—Y para que el sombrero caiga —preguntó—, ¿qué hay que hacer?

Pero el vanidoso no lo escuchó. Los vanidosos no escuchan nunca más que las alabanzas.

—¿Verdad que me admiras realmente mucho? —le preguntó al principito.

—¿Qué significa «admirar»?

—«Admirar» significa reconocer que soy el hombre más hermoso, el mejor vestido, el más rico y el más inteligente del planeta.

—¡Pero si tú estás solo en tu planeta!

—Dame ese gusto. ¡Admírame de todas formas!

—Te admiro —dijo el principito, alzándose un poco de hombros—, pero, ¿en qué puede interesarte eso?

Y el principito huyó.

«Sin duda, las personas mayores son muy raras», se dijo para sí el principito durante su viaje.

# CAPÍTULO XII

El planeta siguiente estaba habitado por un bebedor. Esa visita fue muy corta, pero sumió al principito en una gran melancolía.

—¿Qué haces tú ahí? —le dijo al bebedor, al que encontró instalado en silencio delante de una colección de botellas vacías y una colección de botellas llenas.

—Bebo —respondió el bebedor con aire lúgubre.

—¿Por qué bebes? —le preguntó el principito.

—Para olvidar —respondió el bebedor.

—¿Para olvidar, qué? —inquirió el principito, que ya lo compadecía.

—Para olvidar que tengo vergüenza —confesó el bebedor, bajando la cabeza.

—¿Vergüenza de qué? —quiso informarse el principito, que deseaba socorrerlo.

—¡Vergüenza de beber! —finalizó el bebedor, que se encerró definitivamente en el silencio.

Y el principito se esfumó, perplejo.

«Definitivamente, las personas mayores son extrañísimas», se decía para sí durante el viaje.

# CAPÍTULO XIII

El cuarto planeta era el del hombre de negocios. Este hombre estaba tan ocupado, que ni siquiera levantó la cabeza cuando llegó el principito.

—Buenos días —le dijo éste—. Se le ha apagado el cigarrillo.

—Tres y dos son cinco. Cinco y siete, doce. Doce y tres, quince. Buenos días. Quince y siete, veintidós. Veintidós y seis, veintiocho. No tengo tiempo para volver a encenderlo. Veintiséis y cinco, treinta y uno. ¡Uf! Entonces esto suma quinientos un millones, seiscientos veintidós mil, setecientos treinta y uno.

—¿Quinientos millones, de qué?

—¿Eh? ¿Sigues ahí? Quinientos un millones de... ya no lo sé... ¡Tengo tanto trabajo! ¡Yo soy serio, no me divierto con pamplinas! Dos y cinco, siete...

—¿Quinientos millones, de qué? —repitió el principito, que no había renunciado a una pregunta nunca en toda su vida una vez que la había planteado.

El hombre de negocios levantó la cabeza:

—En los cincuenta y cuatro años que hace que vivo en este planeta, no me han molestado más que tres veces. La primera vez fue, hace veintidós años, por un abejorro que había caído de Dios sabe dónde. Hacía un ruido espantoso y cometí cuatro errores en una suma. La segunda vez, hace once años, por una crisis de reuma. Me falta ejercicio. No tengo tiempo de holgazanear. Yo soy serio. La tercera vez... ¡Es esta! Así que yo decía quinientos un millones...

—¿Millones de qué?

El hombre de negocios comprendió que no cabía esperar paz:

—Millones de esas cositas que se ven a veces en el cielo.

—¿Moscas?

—Claro que no, de cositas que brillan.

—¿Abejas?

—Claro que no. Cositas doradas que hacen fantasear a los perezosos. ¡Pero yo soy serio! Yo no tengo tiempo para fantasear.

—¡Ah! ¿Estrellas?

—Eso es. Estrellas.

—¿Y qué haces tú con los quinientos millones de estrellas?

—Quinientos un millones, seiscientas veintidós mil, setecientas treinta y una. Yo soy un hombre serio, yo soy riguroso.

—¿Y qué haces con esas estrellas?

—¿Qué hago con ellas?

—Sí.

—Nada. Yo las poseo.

—¿Tú posees las estrellas?

—Sí.

—Pero ya he visto un rey que...

—Los reyes no poseen las cosas. «Reinan» sobre ellas. Es muy diferente.

—¿Y de qué te sirve poseer las estrellas?

—Me sirve para ser rico.

—¿Y de qué te sirve ser rico?

—Para comprar otras estrellas, si alguien encuentra alguna.

«Este —se dijo para sí el principito— razona un poco como mi bebedor».

Sin embargo, siguió haciendo preguntas:

—¿Cómo se pueden poseer las estrellas?

—¿De quién son? —replicó, gruñón, el hombre de negocios.

—No sé. De nadie.

—Entonces son mías, porque yo he pensado en ello el primero.

—¿Basta con eso?

—Por supuesto. Cuando te encuentras un diamante que no es de nadie, es tuyo. Cuando encuentras una isla que no es de nadie, es tuya. Cuando tienes una idea el primero, la haces patentar: es tuya. Y yo poseo las estrellas, puesto que nadie antes que yo había pensado nunca en poseerlas.

—Eso es verdad —dijo el principito—. ¿Y qué haces con ellas?

—Yo las curo. Yo las cuento y vuelvo a contarlas —dijo el hombre de negocios—. Es difícil. ¡Pero yo soy un hombre serio!

El principito no estaba satisfecho todavía.

—Yo, si poseo un pañuelo, puedo ponérmelo alrededor del cuello y llevármelo. Yo, si poseo una flor, puedo recoger mi flor y llevármela. ¡Pero tú no puedes recoger las estrellas!

—No, pero puedo meterlas en el banco.

—¿Qué quiere decir eso?

—Eso quiere decir que escribo en un papelito el número de mis estrellas. Y que luego guardo con llave ese papel en un cajón.

—¿Y eso es todo?

—¡Con eso basta!

«Es divertido», pensó el principito. «Es bastante poético. Pero no es muy serio».

El principito tenía sobre las cosas serias ideas muy diferentes de las ideas de las personas mayores.

—Yo poseo —siguió diciendo— una flor que riego todos los días. Poseo tres volcanes que deshollino todas las semanas. Porque también deshollino el que está extinguido. Nunca se sabe. Es útil para mis volcanes, y es útil para mi flor, que yo los posea. Pero tú no le eres útil a las estrellas...

El hombre de negocios abrió la boca, pero no encontró nada que responder, y el principito se marchó.

«Sin dudar, las personas mayores son completamente extraordinarias, se decía sencillamente para sí durante el viaje».

# CAPÍTULO XIV

El quinto planeta era muy curioso. Era el más pequeño de todos. Allí había el sitio justo para alojar una farola y un farolero. El principito no conseguía explicarse de qué podían servir, en algún lugar del cielo, en un planeta sin casas ni población, una farola y un farolero. Sin embargo, se dijo para sí:

«Bien puede ser que ese hombre sea absurdo. Sin embargo, es menos absurdo que el rey, que el vanidoso, que el hombre de negocios y que el bebedor. Al menos, su trabajo tiene un sentido. Cuando enciende su farola es como si hiciese nacer una estrella más, o una flor. Cuando apaga su farola, hace que se duerma la flor o la estrella. Es una ocupación muy bonita. Es verdaderamente útil, puesto que es bonita».

Cuando llegó al planeta, saludó respetuosamente al farolero.

—Buenos días. ¿Por qué acabas de apagar tu farola?

—Es la consigna —respondió el farolero—. ¡Buenos días!

—¿Qué es la consigna?

—Es la de apagar mi farola. ¡Buenas noches!

Y volvió a encenderla.

—Pero, ¿por qué acabas de encenderla otra vez?

—Es la consigna —respondió el farolero.

—No comprendo —dijo el principito.

—No hay nada que comprender —dijo el farolero—. La consigna es la consigna. ¡Buenos días!

Y apagó la farola.

Y luego se enjugó la frente con un pañuelo de cuadros rojos.

—Aquí estoy haciendo un trabajo terrible. Antes era razonable. Yo apagaba por la mañana y encendía por la noche. Tenía el resto del día para descansar, y el resto de la noche para dormir...

—Y después de esa época, ¿cambió la consigna?

*Aquí hago un trabajo terrible.*

—La consigna no ha cambiado —dijo el farolero—. ¡Y ahí está el drama! De año en año, el planeta ha girado cada vez más aprisa, ¡y la consigna no ha cambiado!

—¿Entonces? —dijo el principito.

—Entonces, ahora que da una vuelta por minuto, ya no tengo ni un segundo de descanso. ¡Enciendo y apago una vez por minuto!

—¡Qué divertido! ¡En tu casa los días duran un minuto!

—No es nada divertido —dijo el farolero—. Ya hace un mes que estamos hablando.

—¿Un mes?

—Sí. Treinta minutos. ¡Treinta días! ¡Buenas noches!

Y volvió a encender la farola.

El principito lo miró y amó a ese farolero que era tan fiel a la consigna. Se acordó de las puestas de sol que antes iba él mismo a buscar, moviendo su silla. Quiso ayudar a su amigo.

—¿Sabes?... Conozco un medio de que descanses cuando quieras....

—Yo siempre quiero —dijo el farolero.

Porque se puede ser, a la vez, fiel y perezoso. El principito prosiguió:

—Tu planeta es tan pequeño que puedes darle la vuelta en tres zancadas. Tú no tienes más que caminar lo bastante despacio como para quedarte siempre al sol. Cuando quieras descansar, caminarás... y el día durará tanto tiempo como quieras.

—Eso no me adelanta gran cosa —dijo el farolero—. Lo que me gusta en la vida es dormir.

—Eso es no tener suerte —dijo el principito.

—Eso es no tener suerte —dijo el farolero—. ¡Buenos días!

Y apagó la farola.

«Éste —se dijo el principito mientras proseguía más lejos su viaje—, éste sería despreciado por todos los demás, por el rey, por el vanidoso, por el bebedor y por el hombre de negocios. Sin embargo, es el único que no me parece ridículo. Quizá sea porque se ocupa de otra cosa distinta de sí mismo».

Lanzó un suspiro de pesar y se dijo además:

«Este es el único del que yo podría ser amigo. Pero su planeta es de veras demasiado pequeño. No hay sitio para dos...».

Lo que el principito no se atrevía a confesarse es que añoraría ese planeta bendito por causa, sobre todo, ¡de las mil cuatrocientas cuarenta puestas de sol cada veinticuatro horas!

# CAPÍTULO XV

El sexto planeta era un planeta diez veces más grande. Estaba habitado por un viejo señor que escribía libros enormes.

—¡Anda! ¡Tenemos un explorador! —exclamó cuando percibió al principito.

El principito se sentó sobre la mesa y jadeó un poco. ¡Había viajado tanto ya!

—¿De dónde vienes tú? —le dijo el viejo señor.

—¿Qué es ese libro tan gordo? —dijo el principito—. ¿Qué hace usted aquí?

—Soy geógrafo —dijo el viejo señor.

—¿Qué es un geógrafo?

—Es un sabio que sabe dónde se encuentran los mares, los ríos, las ciudades, las montañas y los desiertos.

—Eso es muy interesante —dijo el principito—. ¡Al fin un oficio verdadero!

Y echó un vistazo a su alrededor por el planeta del geógrafo. No había visto nunca un planeta tan majestuoso.

—Su planeta es muy hermoso. ¿Hay océanos?

—Yo no puedo saberlo —dijo el geógrafo.

—¡Ah! (El principito estaba decepcionado). ¿Y montañas?

— Yo no puedo saberlo —dijo el geógrafo.

—¿Y ciudades, ríos y desiertos?

—Yo no puedo saberlo tampoco —dijo el geógrafo.

—¡Pero usted es geógrafo!

—Eso es correcto —dijo el geógrafo—, pero yo no soy explorador. Carezco absolutamente de exploradores. No es el geógrafo quien va a hacer el cómputo de las ciudades, los ríos, las montañas, los mares, los océanos y los desiertos. El geógrafo es demasiado importante como para holgazanear. No sale de su despacho. Pero recibe allí a los exploradores. Les interroga y toma nota de sus recuerdos. Y si los recuerdos de uno de ellos le parecen interesantes, el geógrafo hace una investigación sobre la moralidad del explorador.

—¿Y eso, por qué?

—Porque un explorador que mintiese provocaría catástrofes en los libros de geografía. Y también un explorador que bebiera mucho.

—¿Y eso, por qué? —dijo el principito.

—Porque los borrachos ven doble. Entonces, el geógrafo anotaría dos montañas allí donde no hay más que una sola.

—Yo conozco a alguien —dijo el principito— que sería mal explorador.

—Es posible. Así pues, cuando la moralidad del explorador parece buena, hacemos que se haga una investigación sobre su descubrimiento.

—¿Van a verlo?

—No. Es demasiado complicado. Pero al explorador se le exige que proporcione pruebas. Si se trata, por ejemplo, del descubrimiento de una montaña grande, se exige que recoja piedras grandes de ella.

El geógrafo se emocionó de repente.

—¡Pero tú vienes de lejos! ¡Tú eres explorador! ¡Vas a describirme tu planeta!

Y el geógrafo, que había abierto su registro, le sacó punta a su lápiz. Al principio se anotan a lápiz los relatos de los exploradores. Para anotarlos a tinta se espera a que el explorador haya suministrado las pruebas.

—¿Y entonces? —interrogó el geógrafo.

—¡Oh! Mi casa —dijo el principito— no es muy interesante, es pequeñísima. Tengo tres volcanes. Dos volcanes en activo y un volcán extinto. Pero nunca se sabe.

—Nunca se sabe —dijo el geógrafo.

—También tengo una flor.

—Nosotros no anotamos las flores —dijo el geógrafo.

—¿Y eso por qué? ¡Es lo más bonito!

—Porque las flores son efímeras.

—¿Qué significa «efímeras»?

—Las geografías —dijo el geógrafo— son los libros más serios de todos los libros. Nunca pasan de moda. Es muy raro que una montaña cambie de sitio. Es muy raro que un océano se vacíe de agua. Nosotros escribimos de cosas eternas.

—Pero los volcanes extintos pueden volver a despertarse —interrumpió el principito—. ¿Qué significa «efímera»?

—Que los volcanes estén extintos o estén despiertos es lo mismo para nosotros —dijo el geógrafo—. Para nosotros, lo que cuenta es la montaña. Ésa no cambia.

—Pero, ¿qué significa «efímera»? —repitió el principito, que no había renunciado en toda su vida a una pregunta una vez que la había formulado.

—Eso significa «que está amenazada de una próxima desaparición».

—¿Mi flor está amenazada de una próxima desaparición?

—Por supuesto.

«Mi flor es efímera, se dijo el principito, ¡y ella sólo tiene cuatro espinas para defenderse contra el mundo! ¡Y la he dejado completamente sola en casa!».

Ese fue su primer movimiento de pesadumbre. Pero recuperó el ánimo:

—¿Qué me aconseja que vaya a visitar? —preguntó.

—El planeta Tierra —le respondió el geógrafo—. Tiene buena reputación...

Y el principito se marchó, pensando en su flor.

# CAPÍTULO XVI

Así pues, el séptimo planeta fue la Tierra.

¡La Tierra no es un planeta cualquiera! Se cuentan en ella ciento once reyes (sin olvidar, por supuesto, a los reyes negros), siete mil geógrafos, novecientos mil hombres de negocios, siete millones y medio de borrachos y trescientos once millones de vanidosos, es decir, alrededor de dos mil millones de personas mayores.

Para daros una idea de las dimensiones de la Tierra, os diré que antes de la invención de la electricidad había que mantener, en el conjunto de los seis continentes, un verdadero ejército de cuatrocientos sesenta y dos mil quinientos once faroleros para las farolas.

Visto un poco de lejos, esto causaba un efecto espléndido. Los movimientos de ese ejército estaban regulados como los de un *ballet* de ópera. Primero venía el turno de los faroleros de Nueva Zelanda y de Australia. Y después, éstos, que habían encendido sus farolillos, se iban a dormir. Entonces entraban a su vez en danza los faroleros de China y de Siberia. Y luego, ellos también se escamoteaban entre bastidores. Entonces llegaba el turno de los faroleros de Rusia y de las Indias. Y luego el de los de Sudamérica. Y luego el de los de Norteamérica. Y no se equivocaban nunca en su orden de entrada en escena. Era grandioso.

Solamente el farolero de la única farola del polo Norte, y su colega, el de la única farola del polo Sur, llevaban vidas ociosas y despreocupadas: trabajaban dos veces al año.

# CAPÍTULO XVII

Cuando uno quiere hacerse el ingenioso, ocurre que se miente un poco. No he sido muy honesto al hablaros de los faroleros. Me arriesgo a dar una idea falsa de nuestro planeta a quienes no lo conocen. Los hombres ocupan muy poco espacio en la Tierra. Si los dos mil millones[1] de habitantes que pueblan la Tierra se pusieran de pie y un poco apretados entre sí, como en un mítin, podrían alojarse fácilmente en una plaza pública de veinte millas de largo por veinte millas de ancho. Se podría amontonar a la humanidad sobre el islote más pequeño del Pacífico.

Por supuesto, las personas mayores no os creerán. Se imaginan que ocupan mucho sitio. Se ven importantes, como los baobabs. Entonces les aconsejaréis que hagan el cálculo. Les encantan las cifras: eso les gustará. Pero no perdáis el tiempo con ese castigo. Es inútil. Tenéis confianza en mí.

El principito, una vez en la Tierra, quedó pues muy sorprendido al no ver a nadie. Ya tenía miedo de haberse equivocado de planeta, cuando un anillo color de luna se agitó en la arena.

—¡Buenas noches! —dijo el principito por si acaso.

—¡Buenas noches! —dijo la serpiente.

—¿En qué planeta he caído? —preguntó el principito.

—En la Tierra, en África —respondió la serpiente.

—¡Ah!... Entonces, ¿no hay nadie en la Tierra?

—Esto es el desierto. No hay nadie en los desiertos. La Tierra es grande —dijo la serpiente.

El principito se sentó en una piedra y levantó los ojos al cielo:

—Me pregunto —dijo— si las estrellas están encendidas para que cada uno pueda encontrar la suya un día. Mira mi planeta. Está justo encima de nosotros... ¡Pero qué lejos está!

---

[1]  Población mundial estimada en 1943.

«Eres un animal muy raro», le dijo él al fin, delgado
como un dedo...

—Es hermoso —dijo la serpiente—. ¿Qué vienes a hacer aquí?

—Tengo problemas con una flor —dijo el principito.

—¡Ah! —dijo la serpiente.

Y los dos se callaron.

—¿Dónde están los hombres? —reanudó al fin el principito—. Se está un poco solo en el desierto...

—También se está solo con los hombres —dijo la serpiente.

El principito la miró durante mucho tiempo:

—Eres un animal muy raro —le dijo al fin—, delgado como un dedo...

—Pero soy más poderoso que el dedo de un rey —dijo la serpiente.

El principito sonrió:

—Tú no eres muy poderoso... ni siquiera tienes patas... ni siquiera puedes viajar...

—Puedo llevarte más lejos que un barco —dijo la serpiente.

Se enrolló alrededor del tobillo del principito, como una pulsera de oro.

—Al que toco, lo devuelvo a la tierra de donde salió —siguió diciendo—. Pero tú eres puro y vienes de una estrella...

El principito no respondió nada.

—Me das pena, tú, tan débil en esta tierra de granito. Puedo ayudarte un día, si añoras demasiado a tu planeta. Puedo...

—¡Oh! Lo he comprendido muy bien —dijo el principito— pero, ¿por qué hablas siempre con enigmas?

—Yo los resuelvo todos —dijo la serpiente.

Y los dos se callaron.

# CAPÍTULO XVIII

El principito atravesó el desierto y sólo encontró una flor. Una flor de tres pétalos, una flor de nada...

—¡Buenos días! —dijo el principito.

—¡Buenos días! —dijo la flor.

—¿Dónde están los hombres? —preguntó educadamente el principito.

La flor había visto pasar un día una caravana:

—¿Los hombres? Creo que existen seis o siete. Los vi hace años. Pero nunca se sabe dónde encontrarlos. El viento los pasea. Ellos no tienen raíces, eso les molesta mucho.

—Adiós —dijo el principito.

—Adiós —dijo la flor.

# CAPÍTULO XIX

El principito subió a una montaña muy alta. Las únicas montañas que había llegado a conocer eran los tres volcanes, que le llegaban a la rodilla. Y utilizaba el volcán extinto de taburete. «Desde una montaña alta como esta —se dijo entonces—, divisaré de golpe todo el planeta y a todos los hombres...». Pero no vio nada más que agujas de piedra muy afiladas.

—¡Buenos días! —dijo por si acaso.

—¡Buenos días!... ¡Buenos días!... ¡Buenos días!... —respondió el eco.

—¿Quiénes sois? —dijo el principito.

—¿Quiénes sois?... ¿Quiénes sois?... ¿Quiénes sois?... —respondió el eco.

—Sed amigos míos, estoy solo —dijo él.

—Estoy solo... estoy solo... estoy solo... —respondió el eco.

«¡Qué planeta más raro!, pensó entonces. Está todo seco, puntiagudo y salado. Y a los hombres les falta imaginación. Repiten todo lo que se les dice... En mi casa tenía una flor, ella hablaba siempre la primera...».

*Este planeta es muy seco, muy puntiagudo y muy salado.*

# CAPÍTULO XX

Pero sucedió que el principito, que había caminado mucho tiempo a través de las arenas, las piedras y las nieves, descubrió al fin una carretera. Y todas las carreteras van donde están los hombres.

—¡Buenos días! —dijo.

Era un jardín florido de rosas.

—¡Buenos días! —dijeron las rosas.

El principito las miró. Todas se parecían a su flor.

—¿Quiénes sois? —les preguntó, asombrado.

—Nosotras somos rosas —dijeron las rosas.

—¡Ah! —dijo el principito...

Y se sintió muy desdichado. Su flor le había contado que era la única en su especie en todo el universo. ¡Y aquí había cinco mil, todas semejantes, en un solo jardín!

Ella estaría muy ofendida si viese esto —se dijo—... Tosería muchísimo y pondría cara de morirse para escaparse del ridículo. Y yo estaría muy obligado a poner cara de cuidarla, porque si no, para humillarme a mí también, se dejaría morir de verdad...

Y luego se dijo además: «Yo me creía rico por tener una flor única, y no poseo más que una flor corriente. Eso, y mis tres volcanes que me llegan a la rodilla, y de los que uno quizá esté extinto para siempre. Eso no hace de mí un príncipe muy grande...». Y, echado sobre la hierba, lloró.

*Y, echado sobre la hierba, lloró.*

# CAPÍTULO XXI

Fue entonces cuando apareció el zorro.

—¡Buenos días! —dijo el zorro.

—¡Buenos días! —respondió educadamente el principito, que se volvió, pero no vio nada.

—Estoy aquí —dijo la voz—, bajo el manzano.

—¿Quién eres tú? —dijo el principito—. Eres muy bonito.

—Soy un zorro —dijo el zorro.

—Ven a jugar conmigo —le propuso el principito—. Estoy tan triste...

—Yo no puedo jugar contigo —dijo el zorro—. No estoy domesticado.

—¡Ah! Perdón —dijo el principito.

Pero después de reflexionar, añadió:

—¿Qué significa «domesticar»?

—Tú no eres de por aquí —dijo el zorro—. ¿Qué buscas?

—Busco a los hombres —dijo el principito—. ¿Qué significa «domesticar»?

—Los hombres —dijo el zorro— tienen fusiles y cazan. ¡Es muy molesto! También crían gallinas. Ese es su único interés. ¿Tú buscas gallinas?

—No —dijo el principito—. Yo busco amigos. ¿Qué significa «domesticar»?

—Es algo demasiado olvidado —dijo el zorro—. Significa «crear lazos»...

—¿Crear lazos?

—Por supuesto —dijo el zorro—. Para mí tú no eres todavía más que un muchachito muy parecido a otros cien mil muchachitos. Y yo no te necesito. Y tú tampoco me necesitas. Para ti yo no soy más que un zorro semejante a cien mil zorros. Pero si tú me domesticas, nos necesitaremos el uno al otro. Para mí tú serás único en el mundo. Para ti yo seré único en el mundo...

—Empiezo a comprender —dijo el principito—. Hay una flor... Creo que ella me ha domesticado...

—Es posible —dijo el zorro—. En la Tierra se ven toda clase de cosas...

—¡Oh! No es en la Tierra —dijo el principito.

El zorro pareció muy intrigado:

—¿En otro planeta?

—Sí.

—¿Hay cazadores en ese planeta?

—No.

—¡Uy, qué interesante! ¿Y gallinas?

—No.

—Nada es perfecto —suspiró el zorro.

Pero el zorro volvió a su idea:

—Mi vida es monótona. Yo cazo gallinas, los hombres me cazan a mí. Todas las gallinas se parecen, y todos los hombres se parecen.

Así que me aburro un poco. Pero si tú me domesticas, mi vida estará como soleada. Conoceré un ruido de pasos que será diferente de todos los demás. Los otros pasos me hacen volver a meterme bajo tierra. Los tuyos me llamarán fuera de la madriguera, como una música. Y además, ¡mira! ¿Ves los campos de trigo allí abajo? Yo no como pan, para mí el trigo es inútil. Los campos de trigo no me llaman nada, ¡y eso es triste! Pero tú tienes cabellos de color de oro, ¡entonces será maravilloso cuando me hayas domesticado! El trigo, que es dorado, me hará acordarme de ti. Y amaré el sonido del viento en el trigo...

El zorro se calló y miró largo tiempo al principito.

—Por favor... ¡domestícame! —dijo.

—Quiero hacerlo —respondió el principito—, pero no tengo mucho tiempo. Tengo amigos que descubrir y muchas cosas que conocer.

—Sólo se conocen las cosas que se domestican —dijo el zorro—. Los hombres ya no tienen tiempo de conocer nada. Compran las cosas ya hechas en las tiendas de los comerciantes. Pero como no existen comerciantes de amigos, los hombres ya no tienen amigos. Si quieres un amigo, ¡domestícame!

—¿Qué hay que hacer? —dijo el principito.

—Hay que ser muy paciente —respondió el zorro—. Primero te sentarás un poco lejos de mí, así, en la hierba. Yo te miraré con el rabillo del ojo y tú no dirás nada. El lenguaje es fuente de malentendidos. Pero cada día podrás sentarte un poco más cerca...

Al día siguiente volvió el principito.

—Más habría valido que volvieses a la misma hora —dijo el zorro—. Si vienes, por ejemplo, a las cuatro de la tarde, desde las tres empezaré a estar feliz. Cuanto más avance la hora, tanto más feliz me sentiré. Ya a las cuatro me agitaré y me inquietaré; ¡descubriré el precio de la felicidad! Pero si vienes a cualquier hora, yo no sabré nunca a qué hora prepararme el corazón... Los ritos son necesarios.

—¿Qué es un rito? —dijo el principito.

—Eso también es algo demasiado olvidado —dijo el zorro—. Es lo que hace que un día sea diferente de los demás días, o una hora de las demás horas. Por ejemplo, mis cazadores tienen un rito. Los jueves bailan con las muchachas del pueblo. Entonces, ¡el jueves es un día maravilloso! Y yo voy a pasearme hasta la viña. Si los cazadores bailasen en cualquier momento, todos los días se parecerían y yo no tendría vacaciones.

*«Si vienes, por ejemplo, a las cuatro de la tarde, desde las tres empezaré a ser feliz».*

Y así, el principito domesticó al zorro. Y cuando la hora de la partida estuvo cerca:

—¡Ay! —dijo el zorro—... Voy a llorar.

—Es culpa tuya —dijo el principito—, yo no deseaba hacerte daño, pero tú quisiste que te domesticase...

—Por supuesto —dijo el zorro.

—¡Pero tú vas a llorar! —dijo el principito.

—Por supuesto —dijo el zorro.

—¡Entonces no ganas nada con ello!

—Yo gano con ello —dijo el zorro—, por el color del trigo.

Y luego añadió:

—Ve a ver las rosas otra vez. Comprenderás que la tuya es única en el mundo. Regresarás para decirme adiós, y te haré el regalo de un secreto.

El principito fue a ver las rosas otra vez.

—Vosotras no os parecéis en nada a mi rosa, vosotras no sois nada aún —les dijo—. Nadie os ha domesticado y vosotras no habéis domesticado a nadie. Vosotras sois como era mi zorro. No era más que un zorro semejante a otros cien mil. Pero he hecho de él mi amigo, y ahora es único en el mundo.

Y las rosas estaban avergonzadas.

—Sois hermosas, pero estáis vacías —les dijo también—. Uno no puede morir por vosotras. Claro está que un transeúnte corriente creería que mi rosa se os parece. Pero ella sola es más importante que todas vosotras, puesto que es la que yo he regado. Puesto que es ella la que puse bajo el globo. Puesto que es ella la que abrigué con el biombo. Puesto que es ella por la que maté las orugas (salvo dos o tres, para las mariposas). Puesto que es ella a la que he oído quejarse, o presumir, o incluso callarse algunas veces. Puesto que es mi rosa.

Y regresó con el zorro:

—Adiós —dijo...

—Adiós —dijo el zorro—. Este es mi secreto. Es muy sencillo: sólo se ve bien con el corazón. Lo esencial es invisible a los ojos.

—Lo esencial es invisible a los ojos —repitió el principito para acordarse bien.

—Es el tiempo que perdiste por tu rosa lo que hace que tu rosa sea tan importante.

—Es el tiempo que perdí por mi rosa... —dijo el principito para acordarse bien.

—Los hombres se han olvidado de esta verdad —dijo el zorro—, pero tú no debes olvidarla. Te haces responsable para siempre de lo que hayas domesticado. Eres responsable de tu rosa...

—Soy responsable de mi rosa... —repitió el principito para acordarse bien.

# CAPÍTULO XXII

—¡Buenos días! —dijo el principito.

—¡Buenos días! —dijo el guardagujas.

—¿Qué haces tú aquí? —dijo el principito.

—Yo clasifico a los viajeros en paquetes de mil —dijo el guardagujas—. Yo envío los trenes que los llevan, unas veces hacia la derecha, otras hacia la izquierda

Y un tren rápido iluminado, que retumbaba como el trueno, hizo temblar la cabina del cambio de agujas.

—Tienen mucha prisa —dijo el principito—. ¿Qué buscan?

—Hasta el hombre mismo de la locomotora lo ignora —dijo el guardagujas.

Y retumbó, en sentido inverso, un segundo tren rápido iluminado.

—¿Es que ya vuelven? —preguntó el principito...

—No son los mismos —dijo el guardagujas—. Es un intercambio.

—¿No estaban contentos donde estaban?

—Nunca se está contento donde se está —dijo el guardagujas.

Y retumbó el trueno de un tercer tren rápido iluminado.

—¿Éstos persiguen a los primeros viajeros? —preguntó el principito.

—No persiguen nada en absoluto —dijo el guardagujas—. Ahí dentro duermen, o bien bostezan. Sólo los niños aplastan la nariz contra las ventanas.

—Sólo los niños saben lo que buscan —dijo el principito—. Pierden tiempo con una muñeca de trapo y ella se vuelve muy importante, y si se la quitan, lloran...

—Tienen suerte —dijo el guardagujas.

# CAPÍTULO XXIII

—¡Buenos días! —dijo el principito.

—¡Buenos días! —dijo el comerciante.

Era un comerciante de píldoras perfeccionadas que calmaban la sed. Uno se tragaba una por semana, y ya no tenía necesidad de beber.

—¿Por qué vendes eso? —dijo el principito.

—Es un gran ahorro de tiempo —dijo el comerciante—. Los expertos han hecho sus cálculos. Se economizan cincuenta y tres minutos por semana.

—¿Y qué se hace con esos cincuenta y tres minutos?

—Se hace con ellos lo que se quiera...

«Si yo tuviera —se dijo el principito— cincuenta y tres minutos para gastar, caminaría muy despacito hacia una fuente...».

# CAPÍTULO XXIV

Estábamos en el octavo día de mi avería en el desierto, y yo había escuchado la historia del comerciante bebiéndome la última gota de mi provisión de agua.

—¡Ah! —le dije al principito—. Tus recuerdos son muy bonitos, pero todavía no he arreglado mi avión, ya no tengo nada de beber, ¡y yo también estaría contento si pudiese caminar muy despacito hacia una fuente!

—Mi amigo el zorro... —me dijo.

—Mi pequeño hombrecito, ¡ya no se trata del zorro!

—¿Por qué?

—Porque vamos a morir de sed...

No comprendió mi razonamiento y me respondió:

—Es bueno tener un amigo, incluso si uno va a morir. Yo estoy muy contento por haber tenido un amigo zorro...

«No mide el peligro, me dije. Él no tiene nunca ni hambre ni sed. Le basta con un poco de sol...».

Pero me miró y respondió a mi pensamiento:

—Yo también tengo sed... Busquemos un pozo...

Tuve un gesto de desaliento, es absurdo buscar un pozo al azar en la inmensidad del desierto. Sin embargo, nos pusimos en marcha.

Cuando hubimos caminado durante horas, en silencio, cayó la noche y las estrellas empezaron a iluminarse. Yo las percibía como en sueños, y tenía un poco de fiebre debido a mi sed. Las palabras del principito bailaban en mi memoria.

—Entonces, ¿tú también tienes sed? —le pregunté.

Pero no respondió a mi pregunta. Me dijo sencillamente:

—El agua puede ser buena también para el corazón...

No comprendí su respuesta, pero me callé... Bien sabía que no había que interrogarlo.

Él estaba cansado. Se sentó. Yo me senté a su lado. Y después de un silencio, siguió diciendo:

—Las estrellas son hermosas, por causa de una flor que no se ve...

Le respondí «claro que sí» y miré, sin hablar, los pliegues de la arena bajo la luna.

—El desierto es hermoso —añadió.

Y era verdad. Siempre me ha gustado el desierto. Uno se sienta sobre una duna de arena, no ve nada, no oye nada. Y, sin embargo, hay algo que irradia en silencio...

—Lo que embellece al desierto —dijo el principito—, es que esconde un pozo en alguna parte...

Me sorprendí al comprender de repente esa misteriosa irradiación de la arena. Cuando yo era un niño pequeño, vivía en una casa antigua y la leyenda contaba que un tesoro estaba escondido en ella. Claro está que nadie pudo descubrirlo, y que tal vez ni siquiera lo había buscado. Pero encantaba toda aquella casa. Mi casa ocultaba un secreto en el fondo de su corazón...

—Sí —le dije al principito—, tanto si se trata de la casa, como de las estrellas o del desierto, ¡lo que forma su belleza es invisible!

—Me alegra que estés de acuerdo con mi zorro —dijo él.

Como el principito se dormía, lo agarré en brazos y volví a ponerme a caminar. Yo estaba conmovido, me parecía que transportaba un frágil tesoro. Me parecía incluso que no había nada más frágil sobre la Tierra. Yo miraba a la luz de la luna esa frente pálida, esos ojos cerrados, esas mechas de cabellos que temblaban al viento, y me decía: «Lo que veo aquí no es más que una corteza. Lo más importante es invisible...».

Como sus labios entreabiertos esbozaban una medio sonrisa, me dije además: «Lo que me conmueve tanto de este principito dormido es su fidelidad a una flor, es la imagen de una rosa que irradia en él como la llama de una lámpara, incluso cuando duerme...». Y lo percibí más frágil aún. Hay que proteger muy bien las lámparas: un golpe de viento puede apagarlas...

Y, caminando así, descubrí el pozo al alzarse el día.

# CAPÍTULO XXV

—Los hombres —dijo el principito— se meten en los «rápidos», pero ya no saben lo que buscan. Entonces, se agitan y se dan la vuelta...

Y añadió:

—¡No vale la pena!...

El pozo al que habíamos llegado no se parecía a los demás pozos saharianos. Los pozos saharianos son simples agujeros excavados en la arena. Aquel se parecía a un pozo de pueblo. Pero allí no había pueblo alguno y yo creí que soñaba.

—Qué extraño —le dije al principito—, todo está preparado: la polea, el cubo y la cuerda...

Se rio, tocó la cuerda, hizo que se moviese la polea. Y la polea gimió como una veleta vieja cuando el viento ha estado dormido mucho tiempo.

—Ya lo oyes —dijo el principito—, nosotros despertamos a este pozo, y él canta...

Yo no quería que él hiciese un esfuerzo:

—Deja que lo haga yo —le dije—, pesa demasiado para ti.

Levanté lentamente el cubo hasta el brocal. Lo instalé allí muy derecho. En mis oídos duraba el canto de la polea y, en el agua que temblaba todavía veía temblar al sol.

—Tengo sed de esta agua —dijo el principito—, dame de beber...

¡Y yo comprendí lo que él había buscado!

Levanté el cubo hasta sus labios. Bebió con los ojos cerrados. Era agradable como una fiesta. Esta agua era algo muy distinto de un alimento. Había nacido del camino bajo las estrellas, del canto de la polea y del esfuerzo de mis brazos. Era buena para el corazón, como un regalo. Cuando yo era un niño pequeño, las luces del árbol de Navi-

dad, la música de la misa del Gallo y la dulzura de las sonrisas forma-
ban así todo el esplendor del regalo de Navidad que yo recibía.

—Los hombres de tu casa —dijo el principito— cultivan cinco mil
rosas en un solo jardín... y no encuentran allí lo que buscan...

—No lo encuentran —respondí.

—Y, sin embargo, lo que buscan podría encontrarse en una sola
rosa o en un poco de agua...

*Él se rio, tocó la cuerda, hizo sonar la polea.*

—Por supuesto —respondí.

Y el principito añadió:

—Pero los ojos son ciegos. Hay que buscar con el corazón.

Yo había bebido. Respiraba bien. Al alzarse el día, la arena es de color de miel. Estaba contento también de ese color de miel. ¿Por qué tenía que apenarme?

—Es necesario que mantengas tu promesa —me dijo suavemente el principito, que de nuevo se había sentado a mi lado.

—¿Qué promesa?

—Ya lo sabes... Un bozal para mi oveja... ¡Soy responsable de esa flor!

Me saqué del bolsillo mis esbozos de dibujo. El principito los miró y dijo riéndose:

—Tus baobabs se parecen un poco a las coles...

—¡Oh! —Le dije—. ¡Y yo, que estaba tan orgulloso de los baobabs!

—Tu zorro... sus orejas... se parecen un poco a los cuernos... ¡Y son demasiado largas!

Y volvió a reír.

—Eres injusto, hombrecito, yo no sabía dibujar más que las boas cerradas y las boas abiertas.

—¡Oh! Eso funcionará —dijo—, los niños saben.

Así que garabateé un bozal. Y sentí el corazón oprimido al dárselo:

—Tienes proyectos que yo ignoro...

Pero él no me respondió. Me dijo:

—¿Sabes? Mi caída a la Tierra... mañana será el aniversario de eso...

Y luego, tras un silencio, dijo además:

—Caí muy cerca de aquí...

Y se sonrojó.

Y de nuevo, sin comprender por qué, sentí una extraña pena. Sin embargo, me vino una pregunta:

—Entonces, ¡no fue por azar que la mañana cuando te conocí, hace ocho días, te paseases así, completamente solo, a mil millas de toda región habitada! ¿Volvías al punto de tu caída?

El principito volvió a sonrojarse. Y yo añadí, vacilante:

—¿Por causa, quizá, del aniversario?...

El principito se sonrojó de nuevo. Él no respondía nunca a las preguntas, pero cuando uno se sonroja significa que «sí», ¿no es cierto?

—¡Ah! —le dije—. Tengo miedo...

Pero él me respondió:

—Ahora tú debes trabajar. Debes volver a marcharte hacia tu máquina. Yo te espero aquí. Vuelve mañana por la noche...

Pero yo no estaba tranquilo. Me acordaba del zorro. Uno se arriesga a llorar un poco si se ha dejado domesticar...

# CAPÍTULO XXVI

Al lado del pozo había un viejo muro de piedra ruinoso. Cuando volví de mi trabajo, al día siguiente por la noche, percibí de lejos a mi principito sentado en lo alto de ese muro, con las piernas colgando. Y oí que hablaba:

—Entonces, ¿no te acuerdas? —decía—. ¡No es para nada aquí!

Sin duda le respondió otra voz, puesto que replicó:

—¡Sí! ¡Sí! El día es correcto, pero aquí no es el lugar...

Proseguí mi camino hacia el muro. Seguía si ver ni oír a nadie. Sin embargo, el principito replicó de nuevo:

—... Claro que sí. Verás dónde empiezan mis huellas sobre la arena. No tienes más que esperarme y estaré allí esta noche...

Yo estaba a veinte metros del muro y seguía sin ver nada.

Tras un silencio, el principito dijo además:

—¿Tienes buen veneno? ¿Estás segura de que no me harás sufrir mucho tiempo?

Hice un alto, con el corazón oprimido, pero seguía sin comprender.

—Ahora, vete —dijo él— ... ¡Quiero volver a bajar!

Entonces bajé los ojos hacia el pie del muro, ¡y di un salto! Allí estaba, alzada hacia el principito, una de esas serpientes amarillas que lo ejecutan a uno en treinta segundos. A la vez que hurgaba en mi bolsillo para sacar de allí mi revólver, me eché a correr, pero con el ruido que hice la serpiente se dejó hundir suavemente en la arena, como un chorro de agua que desaparece y, sin apresurarse demasiado, se deslizó entre las piedras con un ligero ruido metálico.

Llegué al muro justo a tiempo de recibir en los brazos a mi príncipe hombrecito, pálido como la nieve.

—¿Pero qué historia es esta? ¡Ahora hablas con las serpientes!

Yo había deshecho su constante bufanda de oro. Le remojé las sienes y le hice que bebiese. Y ahora ya no me atrevía a pedirle nada. Me

*«Ahora, vete», dijo él... «¡Quiero volver a bajar!».*

miró muy serio y me echó los brazos al cuello. Sentía que su corazón latía como el de un pájaro agonizante, cuando se le ha disparado con la carabina. Me dijo:

—Me alegra que hayas encontrado lo que le faltaba a tu máquina. Vas a poder volver a tu casa...

—¿Cómo lo sabes?

Yo venía justamente a anunciarle que, contra toda esperanza, ¡había tenido éxito en mi trabajo!

No respondió nada a mi pregunta, pero añadió:

—Yo también volveré a mi casa hoy...

Y luego, melancólico:

—Está mucho más lejos... Es mucho más difícil...

Yo notaba claramente que ocurría algo extraordinario. Lo apreté en mis brazos como a un niñito y, sin embargo, me parecía que él se hundía verticalmente hacia un abismo, sin que yo pudiese hacer nada para retenerlo...

Él tenía la mirada seria, perdida muy lejos.

—Tengo tu oveja. Y tengo la caja para la oveja. Y tengo el bozal...

Y sonrió con melancolía.

Esperé mucho tiempo. Notaba que él se iba calentando poco a poco.

—Hombrecito, has tenido miedo...

¡Por supuesto que había tenido miedo! Pero rio suavemente.

—Esta noche tendré mucho más miedo...

Otra vez me sentí helado por la sensación de lo irreparable. Y comprendí que no soportaba la idea de no oír esa risa nunca más. Para mí era como una fuente en el desierto.

—Hombrecito, quiero oírte reír una vez más...

Pero me dijo:

—Esta noche hará un año. Mi estrella se encontrará justo encima del lugar donde caí el año pasado...

—Hombrecito, ¿no es verdad que es una pesadilla esta historia de la serpiente y de la cita y de la estrella?...

Pero no respondió a mi pregunta. Me dijo:

—Lo que es importante, no se ve...

—Claro que sí...

—Es como con la flor. Si amas a una flor que se encuentra en una estrella, de noche es dulce mirar el cielo. Todas las estrellas están florecidas.

—Claro que sí...

—Es como con el agua. La que me diste a beber era como una música, por causa de la polea y de la cuerda... tú te acuerdas... estaba buena.

—Claro que sí...

—Por la noche mirarás las estrellas. Mi casa es demasiado pequeña para que te muestre dónde se encuentra. Es mejor así. Para ti, mi estrella será una de las estrellas... Todas serán amigas tuyas. Y además, voy a hacerte un regalo...

Volvió a reír.

—¡Ay! ¡Hombrecito, hombrecito, cómo me gusta oír esa risa!

—Justamente eso será mi regalo... Será como con el agua...

—¿Qué quieres decir?

—Las personas tienen estrellas que no son las mismas. Para unos, que viajan, las estrellas son guías. Para otros no son nada más que lucecitas. Para otros, que son sabios, son problemas. Para mi hombre de negocios, eran de oro. Pero todas esas estrellas de allí se callan. Tú tendrás estrellas como nadie las tiene...

—¿Qué quieres decir?

—Cuando de noche mires al cielo, puesto que yo habitaré en una de ellas, puesto que reiré en una de ellas, entonces para ti será como si riesen todas las estrellas. ¡Tú tendrás estrellas que saben reír!

Y volvió a reír.

—Y cuando estés consolado (uno se consuela siempre), estarás contento de haberme conocido. Siempre serás mi amigo. Tendrás ganas de reír conmigo. Y a veces abrirás la ventana, así, por gusto... Y tus amigos se extrañarán mucho al verte reír mirando al cielo. Entonces les dirás: «¡Sí, las estrellas me hacen reír siempre!». Y creerán que estás loco. Yo te habré hecho una buena jugarreta.

Y volvió a reír.

—Será como si, en lugar de estrellas, te hubiese dado montones de cascabeles pequeñitos que saben reír...

Y volvió a reír. Y luego volvió a ponerse serio.

—Esta noche... ya lo sabes... no vengas.

—Yo no voy a dejarte.

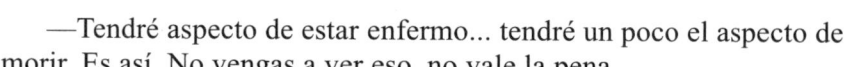

—Tendré aspecto de estar enfermo... tendré un poco el aspecto de morir. Es así. No vengas a ver eso, no vale la pena...

—Yo no voy a dejarte.

Pero él estaba preocupado.

—Te digo esto... por causa de la serpiente. No tiene que morderte... Las serpientes son malas, pueden morder por gusto...

—Yo no voy a dejarte.

Pero algo le tranquilizó:

—Cierto es que no tienen veneno para la segunda mordedura...

Esa noche no lo vi ponerse en camino. Se evadió sin hacer ruido.

Cuando conseguí encontrarlo, caminaba decidido con paso rápido. Solamente me dijo:

—¡Ah! Estás ahí...

Me agarró de la mano. Pero volvió a atormentarse:

—Te has equivocado. Tendrás pena. Yo tendré aspecto de estar muerto y no será verdad...

Yo me callaba.

—Tú lo comprendes. Está demasiado lejos. Yo no puedo llevarme este cuerpo, pesa demasiado.

Yo me callaba.

—Pero será como una vieja corteza abandonada. Las viejas cortezas abandonadas no son tristes...

Yo me callaba.

Él se desanimó un poco, pero hizo un esfuerzo más:

—Será amable, ¿sabes? Yo también miraré las estrellas. Todas las estrellas serán pozos con una polea oxidada. Todas las estrellas me servirán de beber...

Yo me callaba.

—¡Será muy divertido! Tú tendrás quinientos millones de cascabeles, y yo tendré quinientos millones de fuentes...

Y él se calló también, porque lloraba...

—Es allí. Déjame dar un paso yo solo.

Y se sentó porque tenía miedo.

Dijo además:

—Ya lo sabes... mi flor... ¡soy responsable de ella! ¡Y es tan débil! Y es tan ingenua... Tiene cuatro espinas de nada para protegerla contra el mundo...

Yo me senté porque ya no podía tenerme en pie. Él dijo:

—Ahí está... Es todo...

*Él cayó suavemente, como cae un árbol.*

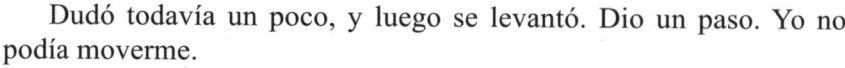 

Dudó todavía un poco, y luego se levantó. Dio un paso. Yo no podía moverme.

No hubo más que un relámpago amarillo junto a su tobillo. Se quedó inmóvil por un momento. No gritó. Cayó suavemente, como cae un árbol. Ni siquiera hizo ruido, por causa de la arena.

# CAPÍTULO XXVII

Y ahora, claro, ya hace seis años de aquello... Todavía no había contado esta historia. Los compañeros que volvieron a verme se alegraron mucho de encontrarme vivo. Yo estaba triste, pero les decía: «Es el cansancio...».

Ahora me he consolado un poco. Es decir... no del todo. Pero bien sé que él ha vuelto a su planeta, porque al levantarse el día no encontré su cuerpo. No era un cuerpo tan pesado... Y por la noche me gusta escuchar a las estrellas. Son como quinientos millones de cascabeles...

Pero es que ocurre algo extraordinario. ¡En el bozal que dibujé para el principito me olvidé de añadirle la correa de cuero! No habrá podido ponérsela nunca a la oveja. Entonces me pregunto: «¿Qué habrá pasado en su planeta? Quizá la oveja se comió la flor...».

Unas veces me digo: «¡Seguro que no! El principito encierra su flor todas las noches bajo su globo de cristal, y vigila muy bien a su oveja...». Entonces estoy contento. Y todas las estrellas ríen suavemente.

Y otras veces me digo: «Con que esté distraído alguna vez, ¡basta con eso! Una noche se ha olvidado del globo de cristal, o bien la oveja ha salido sin hacer ruido durante la noche...». ¡Entonces, todos los cascabeles se cambian en lágrimas...!

Ahí hay un misterio muy grande. Para vosotros, que amáis también al principito, igual que para mí, nada del universo es parecido si en alguna parte, no se sabe dónde, una oveja que no conocemos se ha comido una rosa, o no se la ha comido...

Mirad el cielo. Preguntáos: ¿se ha comido la flor la oveja, sí o no? Y veréis cómo cambia todo...

¡Y ninguna persona mayor comprenderá jamás la gran importancia que eso tiene!

Para mí, este es el paisaje más hermoso y más triste del mundo. Es el mismo paisaje que el de la página anterior, pero lo he dibujado otra vez para mostrároslo bien. Aquí fue donde apareció el principito en la tierra y luego desapareció.

Mirad atentamente este paisaje para que estéis seguros de reconocerlo si un día viajáis a África, por el desierto. Y, si os ocurre que pasáis por allí, os lo suplico, ¡no tengáis prisa, esperad un poco, justo bajo la estrella! Si entonces viene a vosotros un niño, si ríe, si tiene los cabellos de oro, si no responde cuando se le pregunta, adivinaréis quién es. Entonces, ¡sed amables!

No me dejéis tan triste: escribidme deprisa que él ha vuelto...

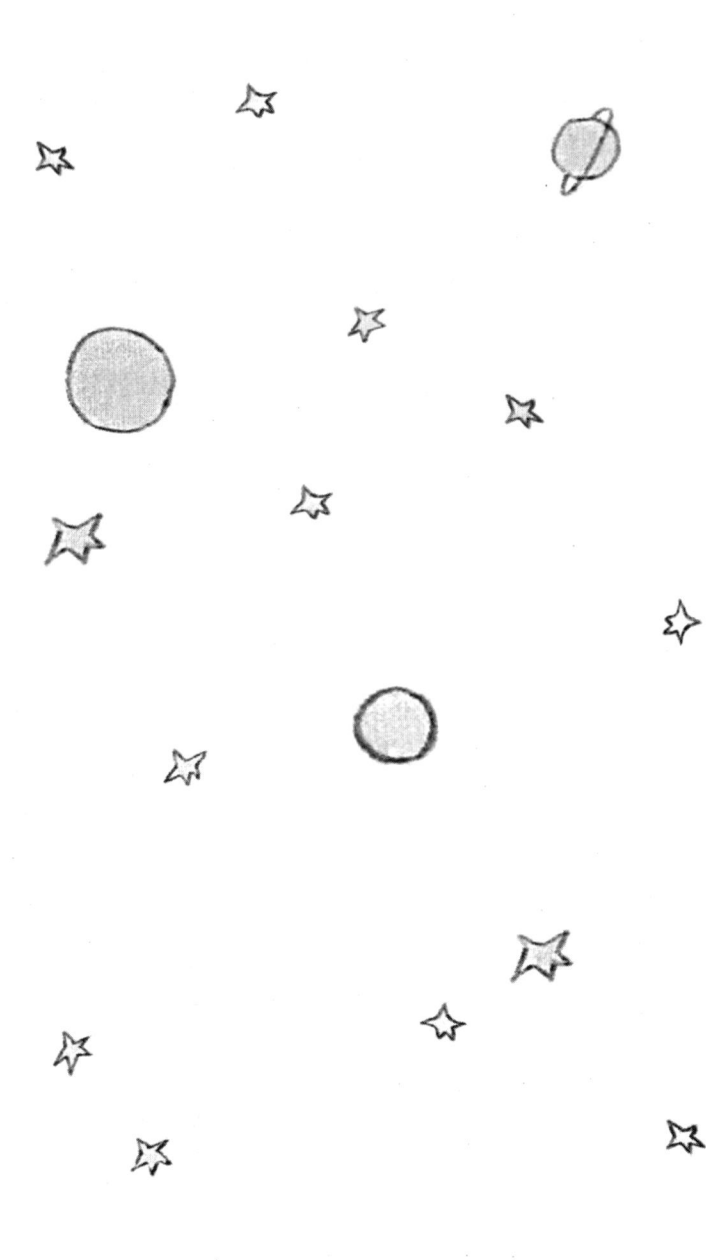

# El aviador

Las poderosas ruedas aplastan las cuñas.

Sacudida por el viento de la hélice, hasta veinte metros atrás la hierba parece que fluyera. Con un movimiento de su puño, el piloto desencadena o retiene la tormenta.

Ahora el ruido se hincha en los acelerones repetidos hasta convertirse en un medio denso, casi sólido, donde el cuerpo se encuentra encerrado. Cuando el piloto lo siente colmar en él todo lo insatisfecho, piensa: «Está bien», y después, con el dorso de los dedos roza la carlinga; nada vibra. Disfruta de esa energía tan condensada.

Se inclina: «Adiós, amigos míos...». Para ese adiós al alba se arrastran sombras inmensas; pero en el umbral de ese salto de más de tres mil kilómetros el piloto ya está lejos de ellos... Mira el capó negro apoyado en el cielo, a contraluz, como un obús. Tras la hélice tiembla un paisaje de gasa.

El motor gira ahora al ralentí. Desatan las agarraderas de mano igual que amarras, las últimas. El silencio es extraño cuando el piloto se abrocha el cinturón y las dos correas del paracaídas, y luego, cuando se ajusta el cuerpo a la carlinga con un movimiento de hombros o del busto. Es la salida misma, desde entonces se está en otro mundo.

Un último vistazo al panel de instrumentos, un horizonte de diales, estrecho pero expresivo —vuelve a poner, cuidadoso, el altímetro a cero—, un último vistazo a las alas, gruesas y cortas, una señal con la cabeza: «Todo bien...», ya está libre.

Ha rodado despacio en el viento que se ha levantado, tira hacia él de la manecilla de la gasolina; el motor descarga polvo y se enciende; el avión, atrapado por la hélice, arremete. Los primeros saltos en el aire elástico se amortiguan y el piloto, que mide su velocidad en las sensaciones de los mandos, se propaga en ellos, se siente crecer.

Ahora el suelo parece tensarse y correr bajo las ruedas como una correa. Al fin, al juzgar que el aire, antes impalpable y luego fluido, se ha hecho ahora sólido, el piloto se apoya en él y asciende.

Los hangares que bordean la pista, los árboles y luego las colinas entregan el horizonte y se esconden. A doscientos metros se inclina otra vez sobre un aprisco como de juguete, con los árboles colocados muy tiesos y sus casas pintadas; los bosques todavía son tupidos como un abrigo de piel. Y después el suelo se desnuda.

La atmósfera es turbulenta, hecha de olas cortas y duras sobre las que el avión tropieza y se encabrita; los remolinos golpean las alas del avión y lo hacen resonar por entero. Pero el piloto lo sujeta con la mano como por el centro de un balancín.

A los tres mil metros de altitud consigue la calma. El sol se agarra al fuselaje, allí no lo agita ningún remolino. La tierra, tan lejana, se paraliza, inmóvil. El piloto regula los flaps, el corrector de aire y el rumbo a París, calcula su deriva. Y luego, dejándose adormecer por diez horas, ya sólo se mueve en el tiempo.

\* \* \*

Las olas despliegan, inmóviles, un gran abanico sobre el mar. El sol ha doblado por fin el mástil extremo.

Un malestar físico ha sorprendido al piloto. Mira: la aguja del contador de revoluciones se bambolea. Mira: el mar. Y luego una sacudida ronca del motor le hace un agujero en la consciencia, como una síncopa. Remueve por instinto la manecilla de la gasolina. No era nada... una gota de agua. Vuelve a llevar suavemente al motor a esa nota que lo colmaba. No era un sudor frío, no creería haber tenido miedo.

Recupera poco a poco la inclinación de la espalda y el punto exacto de apoyo del codo, necesario para su tranquilidad.

El sol lo domina ahora. El cansancio es bueno si no se hacen movimientos, si no se destruye en un miembro el entumecimiento que lo protege, si basta con presiones muy suaves en los mandos.

La presión de aceite baja, vuelve a subir, ¿qué pasa ahí dentro?

El motor vibra. Cabrón. El sol ha girado a la izquierda y ya se enrojece.

El ruido del motor es metálico. No... no es una biela. ¿Quizá la distribución?

La tuerca de la manecilla de la gasolina se ha soltado. Hay que guardarla en la mano, ¡qué molesto!

Tal vez sea una biela.

Así se percibe por el sofoco, por los dientes que bailan y por los cabellos grises, que todo el cuerpo ha envejecido a la vez.

Con tal que aguante hasta llegar a tierra.

\* \* \*

La tierra es tranquilizadora, con sus campos bien recortados, sus bosques geométricos y sus pueblos. El piloto se sumerge para saborearla mejor. Desde allá arriba, la tierra parecía desnuda y muerta; desciende el avión, y se viste. De nuevo la acolchan los bosques y los valles, las colinas imprimen un oleaje en ella, respira. Una montaña sobre la que vuela, pecho de gigante acostado, se hincha casi hasta él. Un jardín, al que apunta su capó, amplía sus macizos y se abre a la escala del hombre.

«¡A mi motor le va bien la tormenta!». ¿Son esos los ruidos que oía? Ya no lo cree. Sin embargo, tan cerca del suelo es la vida misma.

Se ajusta a las curvas de las llanuras, se acerca a ellas como un laminador y se aviva en ellas; como si fueran sábanas, atrae hacia él los campos y detrás de él los expulsa; le apetecen los álamos, raquetazo, escapa de ellos y a veces se separa ampliamente de la tierra, lo mismo que un luchador recupera la respiración.

Navega ahora hacia el puerto a ras de las cristaleras de las fábricas, ya de luz, y a ras de los parques, ya de sombra. Bajo él, el suelo torrencial acarrea los techos, los muros y los árboles nacidos del horizonte inagotable.

El aterrizaje es decepcionante. Se cambia el torrente del viento, el gruñido del motor y el aplastamiento del último viraje por una región silenciosa donde uno se acalla; un paisaje de postal con hangares blanquísimos, con tapices verdísimos, con álamos bien recortados donde jóvenes inglesas descienden, con una raqueta bajo el brazo, de los aviones azules de la línea París-Londres.

Se deja caer a lo largo de la carlinga pringosa. Se precipitan hacia él: «¡Espléndido! ¡Espléndido!...». Oficiales, amigos, mirones. El cansancio le oprime de repente los hombros. «¡Te llevamos!...». Él baja la cabeza, mira sus manos relucientes de aceite, se siente desengañado, muerto de tristeza.

* * *

Ya no es que Jacques Bernis se vista con una chaqueta que huele a alcanfor. Él se mueve en un cuerpo entumecido y torpe; le pide a sus baúles, demasiado bien colocados en un rincón del cuarto, todo lo que revelan de inestable, de provisional. Ese cuarto no ha sido conquistado todavía por la ropa blanca, ni por los libros.

«¿Diga?... ¿Eres tú?». Hace inventario de las amistades. Exclaman, lo felicitan: «¡Un resucitado! ¡Bravo! —Pues sí... —¿Cuándo te veré? —Justamente hoy no estoy libre. —¿Mañana? —Mañana jugamos al golf, pero que venga él también. ¿No quiere? —Entonces, pasado mañana, a cenar, a las ocho en punto».

Bernis vuelve a subir los bulevares. Le parece que remonta toda la multitud como si ésta fuese una corriente. Le parece que se enfrenta a todas las caras. Algunas le hacen daño, como la imagen misma del reposo. Conquistada esa mujer, la vida estaría en calma... calma... Ciertas caras de hombre son cobardes y él se siente fuerte.

Entra pesadamente en una sala de baile, guarda entre los *gigolós* su abrigo grueso como una vestimenta de explorador. Ellos viven su noche en ese recinto como gobios en un acuario, dan vueltas como un requiebro, bailan y regresan a beber. En ese entorno embarullado donde únicamente conserva su razón, Bernis se siente pesado como un esportillero, le pesan las piernas y sus pensamientos no tienen halo. Se desplaza entre las mesas hacia un sitio libre. Los ojos de las mujeres que él toca con los suyos se zafan, parecen apagarse. Los jóvenes se apartan, flexibles, para que pase. Y así, en las rondas nocturnas, los cigarrillos de los centinelas se caen de los dedos a medida que él avanza.

\* \* \*

Asignado a la formación de alumnos de piloto, desayuna hoy en el único albergue cerca de la pista. Unos suboficiales se beben sus cafés y charlan. Bernis los escucha.

«Hacen su oficio. Me gustan esos hombres».

Hablan de la pista, que está demasiado embarrada; de las compensaciones por transporte y luego de la aventura de hoy. «A los cien metros, una biela en el cárter. ¡Qué lío! Ni un terreno donde aterrizar... Atrás, el patio de una granja. Me metí deslizándome, enderecé, y entré chocándome con el estiércol». Ríen. «Es como el día —cuenta un ayudante— que me embutí en un almiar de heno. Busqué a mi pasajero, un teniente, ¿y qué creéis?... Su sitio estaba vacío. Lo encontré sentado detrás del almiar».

Bernis piensa: otros se han dejado allí la piel, pero para ellos no son más que accidentes de trabajo. Me gustan bastante sus relatos, pelados como hojas de informe. Me gustan estos hombres, no es que yo tenga espíritu de familia, pero entre ellos es posible ser sencillo.

«Cuéntenos sus impresiones», dicen las mujeres.

\* \* \*

—¿Es usted el alumno Pichon?
—Sí.

—¿Todavía no ha volado nunca?

—No.

Bien; así no tendrá ideas preconcebidas. Los observadores anticuados creen que lo saben todo; han retenido las fórmulas: «palanca de mando a la izquierda... pie contrario...». No son alumnos flexibles.

—Yo lo llevo; en la primera vuelta, usted mire simplemente.

Se instalan.

El mecánico en promoción de la sección de aviones-escuela impulsa la hélice con una lentitud imperdonable. Aún tiene que aguantar seis meses y ocho días, hasta lo ha grabado esa mañana en la pared del cuarto de aseo. Calculó que eso suponía alrededor de diez mil vueltas a la hélice. Nada podría cambiar nada; y entonces...

El alumno mira al cielo azul, a los árboles sencillos, a una manada de vacas que pacen en la pista. Su monitor abrillanta con la manga la manecilla de la gasolina; da gusto verla relucir. El mecánico cuenta las vueltas, ¡cuánta energía perdida, ya está a veintidós! «¿Y si limpiases las bujías?». Eso le hace reflexionar a un mecánico.

Un motor arranca si quiere; es mejor dejarlo libre. Treinta. Treinta y uno... el motor arranca.

El alumno ya no comprende nada de las palabras de peligro, del heroísmo, de la embriaguez del aire.

El avión rueda, el alumno cree que todavía está en el suelo, cuando divisa los hangares bajo él. Un viento fuerte le masajea las mejillas, mira fijamente la espalda del monitor...

¡Dios mío!... ¿cómo?, descienden. La tierra se vuelca a la derecha y a la izquierda. ¿Dónde está la pista? No ve más que bosques que giran y se acercan, una vía del tren colgada derecha, el cielo... y de repente, el campo se coloca ante ellos horizontal, apacible, a ras de las ruedas. El alumno nota el contacto con la hierba, el viento cae, ya está... El monitor se da la vuelta y ríe, el alumno intenta comprender.

—Principios elementales —le enseña Bernis—, sin que importe lo que suceda de anormal, *primo,* cortar; *secundo,* quitarse los anteojos; *tertio,* sujetarse bien. En caso de incendio, sólo tiene que soltarse. ¿Comprendido?

—Comprendido.

Aquí están por fin las palabras que el alumno esperaba, las que materializan el peligro y lo juzgan digno. A los civiles se les diría: «No hay nada que temer». Pichon, depositario de un secreto así, está orgulloso...

—Además —concluye el monitor—, la aviación no es peligrosa.

\* \* \*

Esperan a Mortier. Bernis llena su pipa. Un mecánico, sentado en un bidón con la cabeza en las manos, mira con sorpresa su pie izquierdo, que marca el compás.

—¡Oye, Bernis, el tiempo se está cubriendo!

El mecánico levanta los ojos y ve que el horizonte ya está borroso. Dos o tres árboles se perfilan en él, pero la niebla ya los envuelve. Bernis no levanta los ojos, sigue llenando su pipa: «Lo sé. Eso me molesta». Mortier está completando su diploma y debería haber aterrizado.

—Usted debería telefonear allá abajo, Bernis...

—Ya lo he hecho. Despegó a las 04:20.

—Y desde entonces, ¿sin noticias?

—Sin noticias.

El coronel se aleja.

Bernis se pone entonces los puños en las caderas, mira desafiante la niebla que cae suavemente como una red y que acosa al alumno, Dios sabe dónde, contra la tierra. «Y Mortier, que no tiene sangre fría, que pilota como un cerdo... ¡qué desgracia!».

—Escucha...

—No, no es nada, un automóvil.

—Mortier, si sales de esta, te prometo que... que te doy un beso.

—¡Bernis!... ¡Al teléfono!».

—Diga...

—¿Quién es ese imbécil que va rozando los tejados de Donazelle?

—Es un imbécil que va a matarse. ¡Dejadlo en paz, gritadle que hay niebla!

—Pero... diga, pues...

—¡Vayan a buscarlo con una escalera!

Bernis cuelga. Mortier se ha perdido, intenta encontrar un punto de referencia.

La niebla cede como una bóveda blanda; no se distingue nada a diez metros.

—Ve a decirle a los enfermeros que preparen la camioneta. Si no están aquí en cinco minutos, les meto quince días de calabozo».

«¡Ahí está!». Todo el mundo se levanta. Arremete contra ellos invisible y ciego. El coronel los reúne: «Ay, Dios, de Dios, de Dios...», murmura Bernis incansablemente entre dientes: «Corta, pero corta el contacto... córtalo, pero córtalo... ¡no puedes evitar el choque!».

No debió ver el obstáculo hasta que estaba a diez metros de él, pero nadie supo nunca nada.

Corren hacia el avión caído. Allí ya hay soldados atraídos por aquel suceso imprevisto diferente, suboficiales con mucho celo, oficiales a los que estorba de repente su autoridad. Está el oficial de día que, sin haber visto nada, lo explica todo; está el coronel, que cede demasiado porque tiene el ingrato papel de padre.

Al fin sacan al piloto, con la cara verde, el ojo izquierdo enorme y los dientes rotos. Lo tienden sobre la hierba y forman un círculo. «Quizá se podría...», dice el coronel; «quizá se podría...», dice un teniente, y un suboficial desabrocha el cuello del herido, lo que no le hace ningún daño y calma las consciencias. «¿Y la ambulancia? ¿Y la ambulancia?», interroga de nuevo el coronel, que, por oficio, busca una decisión que tomar. Le responden: «Ya llega», sin saber nada de ella, cosa que lo calma. Y después exclama: «Hablando de eso...», y se aleja con paso rápido, sin objetivo, por otra parte.

Sin embargo, la situación incomoda a Bernis. Ese círculo alrededor del moribundo le parece hasta inconveniente: «Vamos, muchachos, marcháos... marcháos...». Y se alejan por grupos en la niebla a través de los huertos y los vergeles donde ha caído el prosaico avión.

El alumno piloto Pichon ha comprendido algo: uno se muere y no hace mucho ruido. Está casi orgulloso de esa intimidad con la muerte. Repasa su primer vuelo con Bernis, la decepción que tuvo con ese paisaje tan llano y con esa calma, no descubrió ahí esa presencia. Estaba allí, pero estaba muy sencilla, de ninguna manera enfática, detrás de la sonrisa de Bernis y de la inercia del mecánico, detrás del primer plano de ese sol y de ese cielo azul. Agarra del brazo a Bernis: «Ya sabe que volaré mañana. No tengo miedo». Pero Bernis se niega a admirar: «Naturalmente, mañana hará usted sus espirales». Pichon comprende otra cosa más:

—No tenían aspecto de estar muy emocionados, pero para no hacer frases...

—Es un accidente de trabajo —responde Bernis.

\* \* \*

Bernis se emborracha.

Ese monoplaza de caza gasea con estruendo. El suelo bajo él es feo; una tierra tan vieja, tan desgastada y tan incansablemente remendada; se diría que fuese una urbanización.

Cuatro mil trescientos metros, Bernis está solo. Mira ese mundo cuadriculado a la manera de una Europa de mapa. Las tierras, amarillas de trigo o rojas de trébol, que son el orgullo y la preocupación de los hombres, se yuxtaponen, hostiles. Diez siglos de luchas, de celos y de procesos judiciales han estabilizado cada contorno, ¡la felicidad de los hombres está muy delimitada!

Bernis piensa que ya no hay que pedir su éxtasis a los sueños que confortan y que provocan anemia, sino que tiene que sacarla de su fuerza, y él la mide.

Adquiere velocidad, depósito de energía; se lanza a todo gas, y luego tira lentamente de la palanca de mando hacia él. El horizonte da un vuelco, la tierra se retira como una marea, el avión vuela directo hacia el cielo. Y después, en la cima de la parábola, se da la vuelta sobre sí mismo y con el vientre al aire, como un pez muerto, vacila...

El piloto ahogado en el cielo ve la tierra por encima de él extenderse como una playa, y luego, cara a él, caer con todo su peso, vertiginoso. Corta, la tierra se inmoviliza vertical, como un muro, el avión cae a plomo. Bernis tira de él suavemente hasta encontrar delante de él el lago en calma del horizonte.

Los virajes lo aplastan al asiento, las acrobacias verticales lo aligeran, lo aligeran como una burbuja que va a reventar; un flujo retira el horizonte y vuelve a traerlo; el ágil motor ruge, se calma, vuelve a empezar...

Un crujido seco: ¡el ala izquierda!

El piloto, traicionado, cree que se le ha puesto una zancadilla; se le roba el aire bajo las alas. El avión, taladrador, cae en barrena.

De un solo golpe, el horizonte pasa por encima de su cabeza como una sábana. La tierra lo envuelve y da vueltas como un carrusel, arrastrando sus bosques, sus campanarios y sus planicies. El piloto todavía ve pasar, lanzada por una fronda, una casa blanca...

Hacia el piloto asesinado salta la tierra, como el mar hacia el saltador.

# Vuelo nocturno

*Al señor Didier Daurat.*

# PRÓLOGO

Para las compañías de navegación aérea se trataba de luchar en velocidad con los demás medios de transporte. En este relato eso es lo que explicará Rivière, admirable figura de jefe. «Para nosotros es cuestión de vida o muerte, puesto que cada noche perdemos el avance ganado durante el día sobre los trenes y los barcos». Ese servicio nocturno, muy criticado al principio y admitido desde entonces, se ha hecho práctico después del riesgo de las primeras experiencias. En el momento de escribir esto, todavía era muy arriesgado: al peligro impalpable de las rutas aéreas sembradas de sorpresas, se añadía entonces el pérfido misterio de la noche. Por grandes que sigan siendo aún los riesgos, me apresuro a decir que van disminuyendo de día en día, y que cada nuevo viaje facilita y asegura un poco más el siguiente. Pero para la aviación, como para la exploración de territorios desconocidos, hay un primer período heroico, y *Vuelo nocturno,* que nos describe la trágica aventura de uno de esos pioneros del aire, adquiere de manera muy natural un tono de epopeya.

Me gusta el primer libro de Saint-Exupéry, pero éste mucho más. En *Correo del Sur,* con los recuerdos del aviador, anotados con una precisión impactante, se mezclaba una intriga sentimental que nos acercaba al héroe. Era tan capaz de ternura, que lo sentíamos humano, vulnerable. El héroe de *Vuelo nocturno,* ciertamente no deshumanizado, se eleva a una virtud sobrehumana. Creo que lo que me gusta sobre todo de este relato estremecedor es su nobleza. Conocemos de sobra las debilidades, los abandonos y las decadencias del hombre y la Literatura de nuestros días es demasiado hábil para denunciarlas, pero esa superación de sí mismo que consigue la voluntad tensa es lo que más necesitamos que ésta nos muestre.

Más sorprendente aún que la figura del aviador me parece la de Rivière, su jefe. Él mismo no actúa: hace que se actúe, insufla su virtud a los pilotos, exige el máximo de ellos y los obliga a la proeza. Su decisión implacable no tolera la debilidad y castiga la menor falta. A primera vista, su severidad puede parecer inhumana y excesiva; pero se aplica a las imperfecciones, en absoluto al hombre mismo, que él quiere forjar. A través de esta descripción, se nota toda la admiración del autor. Sé que le interesa particularmente iluminar esa verdad paradójica, de una importancia psicológica para mí: es notable que la felicidad del hombre no esté en la libertad, sino en la aceptación de un deber. Cada uno de los personajes de este libro está total y ardientemente dedicado a lo que debe hacer, a esa tarea peligrosa en cuyo único cumplimiento encontrará el descanso de la felicidad. Se percibe muy claro que Rivière no es insensible de ninguna manera (nada es más conmovedor que la visita que recibe de la mujer del desaparecido), y que no le hace falta menos valor para dar sus órdenes, que a sus pilotos para llevarlas a cabo.

«Para hacerse amar —dirá él— basta con quejarse. Yo no me quejo mucho, o lo oculto. A veces me sorprende mi poder». Y también: «Usted quiera a los que manda, pero sin decírselo».

Así es como el sentido del deber domina a Rivière, «el oscuro sentido de un deber, más grande que el de amar». Que el hombre no encuentra su cometido en sí mismo, sino que se subordina y se sacrifica a un no sé qué que lo domina y vive de él. Y me gusta volver a encontrar aquí ese «oscuro sentido» que paradójicamente le hacía decir a mi Prometeo: «Yo no amo al hombre, amo a aquello que lo devora». Eso es la fuente de todo heroísmo: «Nosotros actuamos, pensaba Rivière, como si algo sobrepasase en valor a la vida humana. Pero, ¿qué es?». Y además: «Tal vez exista algo distinto que salvar, y más duradero; tal vez sea por salvar esa parte del hombre para lo que trabaja Rivière». No lo dudemos.

En una época en la que la noción del heroísmo tiende a desertar del ejército, puesto que las virtudes viriles se arriesgan a quedarse sin empleo en las guerras del mañana, cuyo futuro horror nos invitan a presentir los químicos, ¿no es en la aviación donde vemos desplegarse más admirablemente y más inútilmente el valor? Lo que sería temeridad, deja de serlo en un servicio mandado. El piloto, que arriesga su vida sin cesar, tiene algún derecho a sonreírse con la idea que nos hacemos comúnmente del «valor». Saint-Exupéry me permitirá que cite una carta suya, ya antigua; se remonta a la época en la que sobrevolaba Mauritania para garantizar el servicio Casablanca-Dakar:

*No sé cuándo volveré, tengo mucho trabajo desde hace algunos meses: búsqueda de compañeros perdidos, remolque de aviones caídos en territorios disidentes, y algunos correos para Dakar.*

*Acabo de conseguir una pequeña proeza: he pasado dos días y dos noches con once moros y un mecánico para salvar un avión. Alertas diversas y graves. Por primera vez he oído silbar balas por encima de mi cabeza. Al fin conozco lo que soy en este ambiente: mucho más calmado que los moros. Pero también he comprendido lo que me había extrañado siempre: por qué sitúa Platón (¿o era Aristóteles?) al valor en la última fila de las virtudes. No está hecho de sentimientos muy buenos: un poco de ira, un poco de vanidad, mucha testarudez y un vulgar placer deportivo. Sobre todo, exaltación de la fuerza física propia, que, sin embargo, nada tiene que ver con ello. Uno cruza los brazos sobre la camisa abierta y respira bien. Es más bien agradable. Cuando eso se produce por la noche, se mezcla con ello la sensación de haber hecho una tontería inmensa. Ya no admiraré nunca a un hombre que sea sólo valeroso.*

Podría poner como epígrafe a esta cita un apotegma sacado del libro de Quinton (que sigo lejos de aprobar): «Nos ocultamos de ser valientes como de amar»; o mejor todavía: «Los valientes ocultan sus actos como las personas honradas sus limosnas; las disfrazan o se excusan por ellas».

De todo lo que cuenta Saint-Exupéry habla «con conocimiento de causa». El enfrentamiento personal con un peligro frecuente le da a su libro un sabor auténtico e inimitable. Hemos tenido numerosos relatos de guerra o de aventuras imaginarias en los que el autor hacía prueba a veces de un talento ágil, pero que les prestan una sonrisa a los auténticos aventureros o combatientes que los leen. Este relato, cuyo valor literario admiro también, tiene por otra parte el valor de un documento, y esas dos cualidades, tan inesperadamente unidas, le dan a *Vuelo nocturno* su excepcional importancia.

ANDRÉ GIDE.

# CAPÍTULO PRIMERO

Bajo el avión, las colinas acentuaban ya su estela de sombra en el oro de la tarde. Las llanuras se volvían luminosas, pero con una luz indestructible; en esa tierra no terminan de entregar su oro, lo mismo que, tras el invierno, no terminan de entregar su nieve.

Y el piloto Fabien, que traía desde el extremo sur a Buenos Aires el correo de la Patagonia, reconocía que la noche se acercaba por las mismas señales que en las aguas de un puerto: por esa calma, por esas ondulaciones ligeras que apenas reflejaban nubes tranquilas. Entraba en una ensenada inmensa y bienaventurada.

También habría podido creer, en esa calma, que se daba un lento paseo, casi como un pastor. Los pastores de la Patagonia van sin apresurarse de un rebaño a otro; él iba de una ciudad a otra, era el pastor de las ciudades pequeñas. Cada dos horas se encontraba con ellas, que venían a beber a la orilla de los ríos o que pacían en sus llanuras.

Algunas veces, después de cien kilómetros de estepas más deshabitadas que el mar, se cruzaba con una granja perdida que parecía llevarse hacia atrás, en un oleaje de praderas, su carga de vidas humanas, mientras él saludaba con las alas a ese barco.

«San Julián está a la vista; aterrizaremos allí en diez minutos».

El radio de cabina pasaba la noticia a todos los puestos de la línea. En dos mil quinientos kilómetros, del estrecho de Magallanes a Buenos Aires, se distribuían escalas parecidas, pero ésta se abría en las fronteras de la noche, como, en África, la última aldea sumisa se abre en el misterio.

El radio le pasó un papel al piloto:

*«Hay tantas tormentas, que las descargas eléctricas me saturan los auriculares. ¿Se acostará usted en San Julián?».*

Fabien sonrió. El cielo estaba tan en calma como un acuario y todas las escalas que tenían por delante se lo señalaban: «Cielo limpio, viento nulo». Respondió:

*«Continuaremos».*

Pero el radio pensaba que las tormentas se habían instalado en algún sitio, igual que los gusanos se instalan en un fruto; la noche sería buena y, sin embargo, se pondría difícil; era reacio a entrar en esa sombra a punto de estropearse.

Al descender con el motor al ralentí sobre San Julián, Fabien se sintió cansado. Todo lo que hacía grata la vida de los hombres crecía hacia él; sus casas, sus pequeños cafés, los árboles de sus paseos. Él se asemejaba a un conquistador en la noche de sus conquistas, que se inclina sobre las tierras del imperio y descubre la felicidad humilde de los hombres. Fabien necesitaba dejar las armas, sentir su peso y su dolor muscular; uno es rico también con sus miserias y con ser aquí un hombre sencillo que mira por la ventana una vista en adelante inalterable. Habría aceptado aquel pueblo minúsculo; después de haber elegido, uno se contenta con el azar de su propia existencia y puede llegar a quererlo. Lo limita a uno como el amor. Fabien habría deseado vivir aquí mucho tiempo y hacerse con su parte de eternidad, porque las ciudades pequeñas, donde él vivía una hora, y los jardines encerrados entre viejos muros que atravesaba, le parecían perpetuos, al durar fuera de él. Y el pueblo subía hacia la tripulación y se abría hacia él. Y Fabien pensaba en las amistades, en las muchachas tiernas, en la intimidad de los manteles blancos, en todo lo que se domestica lentamente para la eternidad. Y el pueblo fluía ya a ras de las alas, desplegando el misterio de los jardines cerrados a los que ya no protegían sus muros. Pero, después de aterrizar, Fabien supo que no había visto nada, sino el movimiento lento de algunos hombres entre sus piedras. Con su propia inmovilidad, ese pueblo defendía el secreto de sus pasiones, ese pueblo rehusaba su delicadeza; habría sido necesario renunciar a la acción para conquistarlo.

Cuando hubieron pasado los diez minutos de la escala, Fabien debió volver a partir. Se dio la vuelta hacia San Julián; no era más que un puñado de luces, y luego de estrellas, y luego se disipó el polvo que lo tentó por última vez.

«Ya no veo los diales, voy a encender». Tocó los contactos, pero las lámparas rojas de la carlinga vertieron hacia las agujas una luz tan diluida todavía en esa luz azul, que no las coloreaba. Pasó los dedos ante una bombilla, sus dedos apenas se tiñeron.

«Demasiado pronto».

Sin embargo, la noche subía, semejante a un humo oscuro, y ya llenaba los valles. Ya no se les distinguía de las llanuras. Sin embargo, ya se iluminaban los pueblos y sus constelaciones se respondían. Y él también hacía parpadear con el dedo sus luces de posición y respondía a los pueblos. La tierra estaba salpicada de llamadas luminosas, cada casa encendía su estrella frente a la noche inmensa, igual que se gira un faro hacia el mar. Todo lo que cubría una vida humana titilaba ya. Fabien se admiraba de que la entrada en la noche se hiciese esta vez lenta y hermosa, como al entrar en una ensenada.

Ocultó la cabeza en la carlinga. El fluorescente radio de las agujas empezaba a relucir. El piloto verificó las cifras una por una y quedó contento. Descubrió que estaba firmemente asentado en el cielo. Rozó con el dedo un travesaño de acero y sintió que el metal chorreaba vida; el metal no vibraba, sino que vivía. Los quinientos caballos del motor hacían que naciese en la materia una corriente muy suave que cambiaba su hielo en carne de terciopelo. Una vez más, el piloto en vuelo no sentía ni vértigo, ni éxtasis, sino el trabajo misterioso de una carne viva.

Ahora se había reconstruido un mundo, y allí movía los codos para instalarse muy cómodamente.

Golpeteó el cuadro de la distribución eléctrica, tocó los contactos uno a uno, se movió un poco, se apoyó mejor y buscó la postura más conveniente para notar bien los balanceos de las cinco toneladas de metal que encaraban una noche cambiante. Luego tanteó, empujó a su sitio su lámpara de emergencia, la dejó, volvió a encontrarla, se aseguró de que no se deslizase, la quitó de nuevo para golpetear cada manecilla, para encontrarlas a buen seguro, para enseñar a sus dedos para un mundo ciego. Después, cuando sus dedos la conocieron bien, se permitió encender una lámpara y adornar su carlinga con instrumentos precisos, y vigiló, sólo con los diales, su entrada a la noche, como una zambullida. Luego, como nada vacilaba, ni vibraba, ni temblaba, y su giróscopo, su altímetro y el régimen del motor permanecían fijos, se estiró un poco, apoyó la nuca en el cuero del asiento y empezó esa meditación profunda del vuelo, en la que se disfruta de una esperanza inexplicable.

Y ahora, en el corazón de la noche como un vigilante, descubre que la noche muestra al hombre: esas llamadas, esas luces, esa inquietud. Esa simple estrella en la oscuridad; el aislamiento de una casa. Se apaga, es una casa que se cierra sobre su amor.

O sobre su aburrimiento. Es una casa que deja de hacer su señal al resto del mundo. Esos campesinos acodados sobre la mesa delante de su lámpara no saben lo que esperan; no saben que su deseo llega tan lejos en la gran noche que los encierra. Pero Fabien lo descubre cuando viene desde mil kilómetros y siente profundas oleadas de fondo levantar y bajar al avión que respira, cuando ha atravesado diez tormentas como países en guerra y, entre ellas, claros de luna, y cuando alcanza esas luces, una detrás de otra, con la sensación de vencer. Esos hombres creen que su lámpara brilla para su mesa humilde, pero a ochenta kilómetros

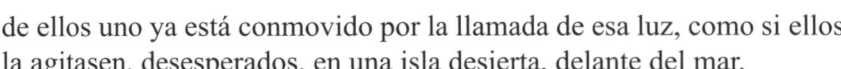

de ellos uno ya está conmovido por la llamada de esa luz, como si ellos la agitasen, desesperados, en una isla desierta, delante del mar.

# CAPÍTULO II

Así volvían del sur, del oeste y del norte los tres aviones postales de la Patagonia, de Chile y de Paraguay hacia Buenos Aires. Allí esperaban sus cargamentos para dar la salida al avión de Europa, hacia medianoche.

Tres pilotos, cada uno detrás de un capó pesado como una chalana, perdidos en la noche, meditaban su vuelo, y hacia la ciudad inmensa descenderían lentamente de su cielo de tormenta o de paz como extraños campesinos que bajan de sus montañas.

Rivière, responsable de toda la red, se paseaba de arriba abajo sobre la pista de aterrizaje de Buenos Aires. Permanecía en silencio porque, hasta la llegada de los tres aviones, para él ese día seguía siendo temible. Minuto a minuto, a medida que le iban llegando los telegramas, Rivière tenía consciencia de arrancarle algo al destino, de reducir la parte de lo desconocido, y de arrastrar a sus tripulaciones fuera de la noche, hasta la orilla.

Un peón se acercó a Rivière para comunicarle un mensaje del puesto de radio:

—El correo de Chile señala que divisa las luces de Buenos Aires.

—Bien.

Rivière oiría dentro de poco a ese avión; la noche le entregaba ya a uno de ellos, lo mismo que un mar, lleno de flujos, de reflujos y de misterios, entrega a la playa el tesoro que ha llevado de un lado para otro durante mucho tiempo. Y más tarde recibiría de él a los otros dos.

Entonces, ese día estaría liquidada. Entonces, los equipos cansados se irían a dormir, remplazados por los equipos frescos. Pero Rivière no tendría descanso alguno: el correo de Europa lo llenaría de inquietudes a su vez. Por primera vez, aquel viejo luchador se extrañaba de sentirse cansado. La llegada de los aviones no sería jamás esa victoria que termina una guerra y abre una era de paz dichosa. Para él, de hecho no sería más que un paso, que precedía a otros mil semejantes. A Rivière le parecía que levantaba un peso muy grande, con los brazos estirados, desde hacía mucho tiempo: un esfuerzo sin descanso y sin esperanza. «Me hago viejo...». Envejecía si en la acción sola no encontraba ya su alimento. Le extrañó reflexionar sobre problemas que no se había planteado nunca. Y, sin embargo, volvía contra él, con un murmullo melancólico, la masa de las dulzuras que había apartado siempre; un océano perdido. «Entonces, ¿todo eso está tan cerca?...». Se dio cuenta de que poco a poco había ido postergando hacia la vejez, para «cuando tuviese tiempo», lo que hace dulce la vida de los hombres. Como si realmente se pudiese tener tiempo un día, como si se ganase, en el extremo de la vida, esa paz dichosa que uno se imagina. Pero allí no hay paz. Quizá allí no hay victoria. No hay llegada definitiva de todos los correos.

Rivière se detuvo delante de Leroux, un viejo contramaestre que aún trabajaba. También él trabajaba desde hacía cuarenta años; y el trabajo se llevaba todas sus fuerzas. Cuando Leroux regresaba a su casa hacia las diez de la noche, o a medianoche, no era otro mundo lo que se le ofrecía, no era una evasión. Rivière sonrió a ese hombre que alzaba su pesado rostro, y señaló un eje azulado: «Aguantaba con demasiada fuerza, pero lo he conseguido». Rivière se inclinó sobre el eje, estaba embebido por el oficio. «Habrá que decir en los talleres que ajusten esas piezas más sueltas». Tanteó con el dedo las huellas del agarrotamiento, y luego miró de nuevo a Leroux. Le venía una extraña pregunta a los labios, delante de esas arrugas severas. Sonreía:

—¿Se ha ocupado usted mucho del amor en su vida, Leroux?

—¡Oh, el amor! Usted ya sabe, señor director...

—Usted es como yo, no ha tenido nunca tiempo.

—No mucho...

Rivière escuchaba el sonido de la voz para saber si la respuesta era amarga. No era amarga. De cara a su vida pasada, ese hombre sentía la satisfacción tranquila del carpintero que acaba de pulir una tabla bonita: «Listo. Está hecho».

«Listo —pensaba Rivière—, mi vida está hecha».

Rechazó todos los pensamientos tristes que le venían del cansancio y se dirigió hacia el hangar, pues el avión de Chile rugía.

## CAPÍTULO III

El sonido de ese motor lejano se hacía cada vez más intenso. Maduraba. Encendieron los focos. Las lámparas rojas de la balización dibujaron un hangar, postes telegráficos, un espacio cuadrado. Se preparaba una fiesta.

—¡Ahí está!

El avión ya rodaba en el haz de los faros. Tan brillante, que parecía nuevo. Pero cuando se hubo detenido al fin ante el hangar, mientras que los mecánicos y los peones se apresuraban a descargar el correo, el piloto Pellerin no se movió.

—¿Y bien? ¿Qué espera usted para bajar?

El piloto, ocupado en alguna necesidad misteriosa, no se dignó responder. Probablemente aún oía todo el ruido del vuelo pasar por él. Meneaba lentamente la cabeza e, inclinado hacia adelante, manipulaba algo. Por fin se giró hacia los jefes y los compañeros, y los observó gravemente, como si fueran propiedad suya. Parecía que los contaba, y los medía, y los pesaba, y creía que se los había ganado, y también ese hangar de fiesta, y ese cemento sólido, y, más lejos, esa ciudad con su movimiento, sus mujeres y su calidez. Mantenía esas gentes en sus grandes manos como súbditos, puesto que podía tocarlos, oirlos e insultarlos. Primero pensó en insultarlos por estar ahí tan tranquilos, seguros de vivir y admirando la luna, pero fue bondadoso:

—... ¡Pagaréis una ronda!

Y descendió. Quiso contar su viaje:

—¡Si supiérais!...

Juzgando sin duda que había dicho bastante, se fue a quitarse los cueros.

Cuando el automóvil lo llevó hacia Buenos Aires en compañía de un inspector lúgubre y de un silencioso Rivière, se puso triste: es bueno salir del apuro y soltar con salud unos buenos insultos al recuperar la posición. ¡Qué alegría tan poderosa! Pero después, al acordarse, se duda no se sabe muy bien de qué.

Al menos, la lucha en el ciclón es real, es sincera; pero no la cara de las cosas, esa cara que ponen cuando se creen solas. Él pensaba: «Se parece enteramente a una revuelta; caras que apenas palidecen, ¡pero que cambian tanto!».

Hizo un esfuerzo por acordarse.

Cruzaba tranquilo la cordillera de los Andes. Las nieves del invierno pesaban sobre ella con toda su paz. Las nieves del invierno habían hecho la paz en esa masa, igual que los siglos en los castillos muertos. En doscientos kilómetros de anchura, ni un hombre, ni un soplo de vida, ni un esfuerzo. Pero estaban las aristas verticales, que se acercan a los seis mil metros; pero estaban los mantos de piedra que caen verticales, pero estaba una tranquilidad asombrosa.

Fue en las inmediaciones del pico Tupungato...

Reflexionó. Sí, fue exactamente allí donde fue testigo de un milagro.

Porque al principio no había visto nada, sino que se había sentido molesto, sencillamente, parecido a quien se creía solo y no lo está, que lo miran. Se había sentido, demasiado tarde y sin comprender bien cómo, rodeado por la cólera. Eso era. ¿De dónde venía esa cólera?

¿En qué adivinaba que esa cólera se exudaba de las piedras, que rezumaba de la nieve? Porque no parecía que viniese nada hacia él, no estaba en marcha ninguna tormenta oscura. Pero en aquel lugar un mundo apenas diferente salía del otro. Pellerin miraba, con una angustia inexplicable, esos picos inocentes, esas aristas, esas crestas de nieve apenas más grises y que, sin embargo, empezaban a vivir... como un pueblo.

Sin tener con qué luchar, apretaba las manos sobre los mandos. Se preparaba algo que él no comprendía. Tensaba los músculos como un animal que va a saltar, pero no veía nada que no estuviese en calma. Sí, en calma, pero cargado de un poder extraño.

Después todo se había agudizado. Esas aristas, esos picos, todo se volvía agudo. Se los sentía penetrar, como remates de la quilla, en el viento duro. Y luego le pareció que viraban y que iban a la deriva a su alrededor, al modo de navíos gigantes que se instalan para el combate. Y después hubo polvo, mezclado con el aire; ascendía, flotaba suavemente, como un velo a lo largo de las nieves. Entonces, para buscar una salida en caso de una retirada necesaria, se dio la vuelta y tembló: hacia atrás, toda la cordillera parecía agitarse.

—Me he perdido.

Por delante, de un pico saltaba la nieve; un volcán de nieve. Después, de un segundo pico, un poco a la derecha. Y así, todos los picos se inflamaron uno detrás del otro, como tocados sucesivamente por algún corredor invisible. Fue entonces, con los primeros remolinos del aire, cuando oscilaron las montañas alrededor del piloto.

La acción violenta deja pocas huellas; ya no podía encontrar en sí mismo el recuerdo de los grandes remolinos que lo habían hecho dar vueltas. Sólo se acordaba de haberse debatido, con rabia, en esas llamas grises.

Reflexionó.

«El ciclón no es nada, uno salva la piel. ¡Eso era antes, pero este encuentro que se está produciendo!...».

Creía que reconocería cierta cara entre mil, pero ya la había olvidado.

## CAPÍTULO IV

Rivière miraba a Pellerin. Cuando éste bajase del vehículo, en veinte minutos, se mezclaría entre la multitud con un sentimiento de cansancio y de pesadez. Tal vez pensase: «Estoy muy cansado... ¡maldito oficio!». Y le confesaría a su mujer algo como «estamos mejor aquí que en los Andes». Y, sin embargo, todo eso a lo que los hombres se aferran con tanta fuerza casi se había desprendido de él; acababa de conocer la desdicha; acababa de vivir algunas horas en la otra cara del decorado, sin saber si le estaría permitido recuperar para sí esa ciudad con sus luces. Si volvería a encontrar siquiera —amigas fastidiosas, pero queridas, de la infancia— todas sus pequeñas debilidades de hombre. «En toda multitud —pensaba Rivière— hay hombres a los que no se distingue y que son mensajeros prodigiosos, y sin saberlo ellos mismos. A menos que...». Rivière temía a ciertos admiradores. No comprendían el carácter sagrado de la aventura y sus exclamaciones distorsionaban su sentido, disminuían al hombre. Pero Pellerin guardaba en esto toda su grandeza al estar instruido simplemente, mejor que nadie, sobre lo que vale el mundo entrevisto bajo cierta luz, y rechazaba las aprobaciones vulgares con un fuerte desdén. También Rivière lo felicitó: «¿Cómo lo ha logrado?». Y le gustó que hablase simplemente del oficio, que hablase de su vuelo como un herrero de su yunque.

Pellerin explicó primero su retirada cortada. Casi se excusaba: «Así que no pude elegir». A continuación ya no había visto nada, la nieve lo cegaba. Pero lo salvaron unas corrientes violentas, que lo elevaron a siete mil metros. «He debido mantenerme a ras de las cimas durante toda la travesía». Habló también del giróscopo, cuya toma de aire habría que cambiar de sitio, la nieve la obturaba. «Se forma escarcha, ya ve». Más tarde, otras corrientes habían hecho descender a Pellerin y, hacia los tres mil metros ya no comprendía cómo no había chocado con nada todavía. Era que ya sobrevolaba la llanura. «Me di cuenta de ello de golpe, al desembocar en cielo limpio». Al final, explicó que en ese instante había tenido la impresión de salir de una cueva.

—¿Tormenta también en Mendoza?

—No. He aterrizado con cielo limpio y sin viento. Pero la tormenta me seguía de cerca.

La describió porque, decía, «a pesar de todo, era extraña». La cima se perdía muy arriba en las nubes de nieve, pero la base se enrollaba en la llanura como una lava negra. Las ciudades quedaban sumergidas una a una. «Eso no lo había visto nunca...». Luego se calló, invadido por algún recuerdo.

Rivière se giró hacia el inspector.

—Es un ciclón del Pacífico, nos han avisado demasiado tarde. Por cierto, esos ciclones no sobrepasan nunca los Andes.

«No se podía prever que éste prosiguiese su camino hacia el este».

El inspector, que no sabía nada de ello, dio su aprobación.

El inspector pareció dudar, se volvió hacia Pellerin y su nuez se agitó. Pero se quedó callado. Después de reflexionar, mirando delante de sí, recuperó su dignidad melancólica.

Paseaba esa melancolía como si fuese un equipaje. Había desembarcado la víspera en Argentina, Rivière lo había llamado por alguna necesidad vaga, estaba liado por sus grandes manos y por su dignidad de inspector. No tenía el derecho de admirar ni la fantasía, ni la labia; por función, admiraba la puntualidad. No tenía el derecho de beber un trago en compañía, ni el de tutear a un compañero, ni el de arriesgarse a un retruécano si, por un azar inverosímil, se encontraba en la misma escala con otro inspector.

«Es duro ser juez» —pensaba.

A decir verdad, él no juzgaba, sino que asentía o no con la cabeza. Al ignorarlo todo, meneaba la cabeza lentamente ante todo lo que se encontraba. Eso perturbaba las consciencias negras y contribuía al buen mantenimiento del material. No era muy querido, porque un inspector no está creado para las delicias del amor sino para la redacción de informes. Había renunciado a proponer métodos nuevos y soluciones técnicas desde que Rivière había escrito: «Al inspector Robineau se le ruega que nos suministre informes, no poemas. El inspector Robineau utilizará felizmente sus competencias, estimulando el celo del personal». Por ello, desde ese momento se lanzaba sobre las faltas humanas como sobre su pan cotidiano. Sobre el mecánico que bebía, sobre el jefe del aeródromo que se pasaba las noches en blanco, sobre el piloto que rebotaba en el aterrizaje.

Rivière decía de él: «No es muy inteligente, pero rinde grandes servicios». Un reglamento establecido por Rivière era para él el conocimiento de los hombres, pero para Robineau no existía más que el conocimiento del reglamento.

—Robineau —le había dicho un día Rivière—, usted debe retirar las primas por puntualidad a todas las salidas con retraso.

—¿Hasta en los casos de fuerza mayor? ¿Incluso por niebla?

—Incluso por niebla.

Y Robineau sentía una especie de orgullo por tener un jefe tan fuerte que no temía ser injusto. Y el mismo Robineau sacaría cierta majestad de un poder tan ofensivo.

—Ustedes han dado la salida a las seis quince —les decía más tarde a los jefes de los aeropuertos—, no podemos pagarles su prima.

—Pero, señor Robineau, ¡a las cinco treinta no se veía ni a diez metros!

—Es el reglamento.

—Pero, señor Robineau, ¡nosotros no podemos dispersar la niebla!

Y Robineau se atrincheraba en su misterio. Él formaba parte de la dirección. Era el único, entre esos bobos, que comprendía que al castigar a los hombres, el tiempo mejoraba.

«Él no piensa nada —decía Rivière de él—, eso le evita pensar en falso».

Si un piloto rompía un aparato, ese piloto se perdía la prima de no roturas.

—¿Pero si la avería ha tenido lugar sobre un bosque? —se había informado Robineau.

—Sobre un bosque también.

Y Robineau se lo tenía por dicho.

—Lo lamento —le decía más tarde a los pilotos con viva emoción—, lo lamento enormemente, pero habría que haber tenido la avería en otra parte.

—Pero, señor Robineau, ¡eso no se puede elegir!

—Es el reglamento.

«El reglamento —pensaba Rivière— es similar a los ritos de una religión, que parecen absurdos, pero moldean a los hombres». A Rivière le era indiferente parecer justo o injusto. Tal vez esas palabras no tenían el mismo sentido para él. Los pequeños burgueses de las ciudades pequeñas dan vueltas por la tarde alrededor de su quiosco de música, y Rivière pensaba: «Ser justo o injusto con ellos no tiene sentido, ellos no existen». Para él, el hombre era una cera virgen que había que formar. Había que darle un alma a esa materia, crearle una voluntad. No creía que con esa dureza los sometía, sino que los lanzaba fuera de sí mismos. Si castigaba de esa manera todo retraso, cometía un acto de injusticia, pero acercaba hacia la salida la voluntad de cada escala, creaba esa voluntad. Al no permitir a los hombres que se alegrasen de un tiempo cubierto, como si fuera una invitación al descanso, los tenía en vilo hacia el claro, y la espera humillaba secretamente hasta al peón más oscuro. Se aprovechaba así del primer fallo en la armadura: «Está claro al norte, ¡en ruta!». Gracias a Rivière, en quince mil kilómetros el culto al correo prevalecía sobre todo lo demás.

Rivière decía a veces: «Esos hombres son felices porque les gusta lo que hacen, y les gusta porque soy duro».

Quizá hacía sufrir, pero también les proporcionaba a los hombres grandes alegrías. «Hay que empujarlos —creía— hacia una vida fuerte que implica sufrimientos y alegrías, pero que es la única que cuenta».

Cuando el vehículo entraba en la ciudad, Rivière se hizo llevar a la oficina de la Compañía. Robineau se quedó solo con Pellerin, lo miró, y entreabrió los labios para hablar.

# CAPÍTULO V

Ahora bien, esa noche Robineau estaba cansado. Acababa de descubrir, frente a Pellerin, vencedor, que su propia vida era gris. Sobre todo, acababa de descubrir que él, Robineau, a pesar de su título de inspector y de su autoridad, valía menos que ese hombre roto de cansancio, embutido en un ángulo del vehículo con los ojos cerrados y las manos negras de aceite. Robineau admiraba por primera vez. Necesitaba decirlo. Sobre todo, necesitaba ganarse una amistad. Estaba cansado de su viaje y de sus fracasos del día, tal vez se sentía hasta un poco ridículo. Esa tarde se había enredado en sus cálculos para verificar las reservas de gasolina, y el mismo agente al que deseaba sorprender se apiadó y los terminó por él. Pero sobre todo había criticado el montaje de una bomba de aceite del tipo B.6, confundiéndola con una bomba de aceite del tipo B.4, y los mecánicos, maliciosos, la habían dejado estropearse durante veinte minutos, «una ignorancia que nada excusa», su propia ignorancia.

También tenía miedo de su habitación de hotel. Desde Toulouse a Buenos Aires, volvía a ella invariablemente después del trabajo. Se encerraba en ella con la consciencia de los secretos que le pesaban, sacaba de su maleta una resma de papel, escribía despacio «Informe», intentaba algunas líneas y lo rompía todo. Le habría gustado salvar a la Compañía de un gran peligro, pero ella no corría peligro alguno. Hasta el presente, no había salvado apenas más que un cojinete de hélice oxidado. Había paseado el dedo por esa herrumbre con aspecto fúnebre, lentamente, delante de un jefe de aeródromo, que de hecho le respondió: «Diríjase a la escala anterior, ese avión acaba de llegar de allí». Robineau dudaba de su papel.

Para acercarse a Pellerin, aventuró:

—¿Quiere usted cenar conmigo? Necesito un poco de conversación, mi oficio es duro a veces...

Luego lo corrigió para no descender demasiado aprisa.

—¡Tengo tantas responsabilidades!

A sus subalternos no les gustaba mucho mezclar a Robineau con su vida privada. Cada uno de ellos pensaba: «Si todavía no ha encontrado nada para su informe, como tiene mucha hambre, se me comerá».

Pero esa noche Robineau no pensaba más que en sus miserias: su cuerpo estaba afectado por un eccema muy molesto, su único secreto verdadero; le hubiera gustado contarlo, hacerse compadecer, y al no encontrar consuelo en el orgullo, lo buscaba en la humildad. También tenía una amante en Francia, a la que, la noche de cada regreso, le contaba sus inspecciones para deslumbrarla un poco y hacerse amar, pero que justamente lo agarraba bloqueado, y necesitaba hablar de ella.

Entonces, ¿cena usted conmigo?

Pellerin, bondadoso, aceptó.

# CAPÍTULO VI

Los secretarios dormitaban en las oficinas de Buenos Aires cuando entró Rivière. Había conservado puestos el abrigo y el sombrero, siempre parecía un viajero perpetuo. Pasaba casi desapercibido por el poco aire que desplazaba su pequeña talla, y de tanto como sus cabellos grises y su vestimenta anónima se adaptaban a todos los decorados. Y, sin embargo, un celo animó a los hombres. Los secretarios se movieron, el jefe de la oficina compulsó de urgencia los últimos papeles, las máquinas de escribir teclearon.

El telefonista metía las clavijas en la centralita y anotaba los telegramas en un libro grueso.

Rivière se sentó y leyó.

Después de la prueba de Chile, volvía a leer la historia de un día feliz en el que las cosas se ordenaban por sí mismas, en el que los mensajes, que entregaban uno tras otro los aeropuertos recorridos, eran sobrios boletines de victoria. El mismo correo de la Patagonia progresaba aprisa: iban por delante del horario, pues los vientos empujaban del sur hacia el norte su gran oleaje favorable.

—Páseme los mensajes meteorológicos.

Cada aeropuerto se jactaba de su clima claro, de su cielo transparente y de sus buenas brisas. Un día dorado había vestido América. Rivière se alegraba del celo de las cosas. Ahora, ese correo luchaba por alguna parte en la aventura de la noche, pero con las mejores oportunidades.

Rivière empujó el cuaderno.

—Está bien.

Y salió a echar un vistazo a los servicios, vigilante nocturno que velaba sobre la mitad del mundo.

Se detuvo ante una ventana abierta y entendió la noche, que contenía a Buenos Aires, pero también América, como una enorme nave. No le extrañó esa sensación de grandeza: el cielo de Santiago de Chile era un cielo extranjero, pero una vez en marcha el correo hacia Santiago de Chile, se vivía de una punta de la línea a la otra bajo la misma bóveda profunda. Ahora, de ese otro correo, cuya voz se acechaba en los auriculares del telégrafo, los pescadores de la Patagonia veían sus luces de a bordo. Cuando esa inquietud por un avión en vuelo le pesaba a Rivière, le pesaba también a todas las capitales y las provincias con el rugido del motor.

Contento por esa noche tan despejada, se acordaba de las noches de desorden en las que el avión parecía peligrosamente hundido y muy difícil de socorrer. Desde el puesto de radio de Buenos Aires se seguía su murmullo, mezclado con las interferencias de las tormentas. El oro de la onda musical se perdía bajo esa ganga sorda. ¡Cuánto desasosiego había en el canto menor de un correo lanzado como una flecha ciega hacia los obstáculos de la noche!

Rivière pensó que, en una noche de vigilia, el lugar de un inspector está en el despacho.

—Haga que busquen a Robineau.

Robineau estaba a punto de hacer que un piloto fuera su amigo. En el hotel, había deshecho la maleta delante de él; de allí salieron esos objetos menudos con los que los inspectores se acercan a los demás hombres; algunas camisas de mal gusto, un neceser de aseo, y luego una fotografía de una mujer delgada que el inspector pinchó en la pared. Así le hacía a Pellerin la confesión humilde de sus necesidades, de sus ternuras y de sus pesadumbres. Al alinear sus tesoros en un orden triste, desplegaba sus desdichas ante el piloto. Un eccema moral. Mostraba su prisión.

Pero para Robineau, como para todos los hombres, existía una lucecita. Sintió una gran dulzura al sacar del fondo de su maleta, cuidadosamente envuelta, una bolsita. Le dio golpecitos mucho tiempo sin decir nada. Y luego, abriendo al fin las manos:

—He traído esto del Sáhara...

El inspector se había sonrojado al atreverse a una confidencia así. Se había consolado de sus sinsabores, de su infortunio conyugal y de toda esa verdad gris con pequeños guijarros negruzcos que abrían una puerta al misterio.

Sonrojándose un poco más:

—Se los encuentra iguales en Brasil...

Y Pellerin había dado golpecitos en el hombro a un inspector que se inclinaba sobre la Atlántida.

Por pudor, Pellerin preguntó además:

—¿Le gusta la geología?

—Es mi pasión.

En la vida, únicamente las piedras habían sido gratas para él.

Cuando lo llamaron, Robineau estuvo triste, pero volvió a ser digno.

—Tengo que dejarlo, el señor Rivière me necesita para algunas decisiones graves.

Cuando Robineau entró en el despacho, Rivière se había olvidado de él. Éste meditaba delante de un mapa mural donde se inscribía en rojo la red de la Compañía. El inspector esperaba sus órdenes. Tras largos minutos, Rivière, sin volver la cabeza, le preguntó:

—¿Qué piensa usted de este mapa, Robineau?

A veces proponía acertijos al salir de un sueño.

—Este mapa, señor director...

A decir verdad, el inspector no pensaba nada de ello, pero mirando fijamente el mapa con aspecto severo, inspeccionaba básicamente Europa y América. Además, Rivière seguía con sus meditaciones, sin hacerle partícipe de ellas: «La cara de esta red es hermosa, pero dura. Nos ha costado muchos hombres jóvenes. Se impone aquí con la autoridad de las cosas elaboradas, ¡pero cuántos problemas plantea!». Sin embargo, para Rivière, el objetivo lo dominaba todo.

Robineau, que de pie junto a él seguía mirando fijamente el mapa frente a sí, se enderezó poco a poco. No esperaba compasión alguna de parte de Rivière.

Una vez tentó su suerte confesando su vida arruinada por su enfermedad ridícula, y Rivière le respondió con un sarcasmo: «Si eso le impide dormir, estimulará su actividad».

No era más que un sarcasmo a medias. Rivière tenía costumbre de afirmar: «Si los insomnios de un músico le hacen crear obras hermosas, entonces son insomnios hermosos». Un día señaló a Leroux: «Miren qué hermosa es esta fealdad que rechaza el amor...». Todo lo que Leroux tenía de grande, se lo debía quizá a esa desgracia que había reducido su vida a la del oficio.

—¿Está usted muy unido a Pellerin?

—Esto...

—No se lo reprocho.

Rivière dio media vuelta y, dando pasitos con la cabeza inclinada, se llevó con él a Robineau. Le vino a los labios una sonrisa triste que Robineau no comprendió.

—Es sólo... es sólo que usted es el jefe.

—Sí —dijo Robineau.

Rivière pensó que cada noche se establecía así una acción en el cielo, como un drama. Un debilitamiento de las voluntades podía provocar un fracaso, quizá tuviesen que luchar mucho hasta que fuese de día.

—Usted debe permanecer en su papel.

Rivière medía sus palabras:

—La noche próxima quizá le ordene usted a ese piloto una salida peligrosa, y él deberá obedecer.

—Sí...

—Usted dispone prácticamente de la vida de los hombres, y de hombres que valen más que usted...

Él pareció que dudaba.

—Eso es serio.

Rivière, que seguía caminando a pasitos, se calló por algunos segundos.

—Si lo obedecen por amistad, usted los engaña. Usted no tiene derecho a ningún sacrificio.

—No... claro está.

—Y si se creen que la amistad con usted les ahorrará ciertas faenas, también los engaña: será necesario que obedezcan. Siéntese ahí.

Con la mano, Rivière empujaba suavemente a Robineau hacia su escritorio.

—Voy a ponerle a usted en su sitio, Robineau. Si está cansado, no les corresponde a esos hombres apoyarlo. Usted es el jefe, su debilidad es ridícula. Escriba.

—Yo...

—Escriba: «El inspector Robineau impone al piloto Pellerin tal sanción por tal motivo...». Ya encontrará un motivo cualquiera.

—¡Señor director!

—Haga como si comprendiese, Robineau. Quiera a aquellos sobre los que manda, pero sin decírselo.

Y Robineau, con celo, hará limpiar de nuevo los bujes de la hélice.

Una pista de apoyo comunicó por telegrafía: «Avión en vista, avión señala: estoy bajo régimen, voy aterrizar».

Sin duda se perdería media hora. Rivière conoció esa irritación que se siente cuando el tren rápido se detiene en la vía y los minutos no entregan ya su lote de llanuras. La aguja mayor del péndulo describía ahora un espacio muerto; muchos acontecimientos habrían podido caber en esa abertura de compás. Rivière salió para engañar la espera, y la noche se le apareció como un teatro sin actores. «¡Y se pierde una noche así!». Miraba con rencor por la ventana ese cielo descubierto, enriquecido de estrellas, ese balizamiento divino, esa luna y el oro de una noche así, dilapidada.

Pero en cuanto el avión despegó, para Rivière esa noche fue todavía emocionante y hermosa, llevaba la vida en sus flancos. Rivière se ocupaba de ella:

—¿Qué tiempo se encuentran? —hizo que le preguntasen a la tripulación.

Pasaron diez segundos: «Muy bueno».

Luego vinieron algunos nombres de ciudades superadas y, en esa lucha, para Rivière eran ciudades que caían.

## CAPÍTULO VII

Una hora más tarde, el radio de cabina del correo de la Patagonia se sintió alzado suavemente, como por un hombre. Miró a su alrededor, pesadas nubes apagaban las estrellas. Se inclinó hacia el suelo, buscaba las luces de los pueblos, semejantes a las de las luciérnagas ocultas en la hierba, pero no brillaba nada en aquella hierba negra.

Se sintió malhumorado, vislumbrando una noche difícil: marchas, contramarchas, territorios ganados que hay que devolver. No comprendía la táctica del piloto, le parecía que más lejos se chocarían con la espesura de la noche como con un muro.

Atisbaba ahora, frente a ellos, un resplandor imperceptible a la altura del horizonte, una tenue luz de forja. El radio tocó el hombro de Fabien, pero éste no se movió.

Los primeros remolinos de la tormenta lejana atacaban al avión. Levantadas suavemente, las masas metálicas presionaban sobre la carne misma del radio, luego parecían desvanecerse, fundirse, y durante algunos segundos él flotó solo en la noche. Entonces se aferró con las dos manos a los travesaños de acero.

Y como ya no divisaba nada del mundo más que la bombilla roja de la carlinga, se estremeció al sentirse descender al corazón de la noche, sin ayuda, bajo la única protección de una lamparita de minero. No se atrevió a molestar al piloto para saber lo que iba a decidir, y miraba esa nuca sombría con las manos apretadas en el acero e inclinado adelante hacia él.

Sólo una cabeza y unos hombros inmóviles emergían de la débil claridad. Ese cuerpo no era más que una masa oscura, inclinada un poco hacia la izquierda, con la cara frente a la tormenta, lavada sin duda por cada destello. Pero el radio no veía nada de esa cara. Todos los sentimientos que se expresaban en ella para enfrentarse a una tormenta, esa mueca, esa voluntad, esa cólera, todo lo esencial que se intercambiaba entre esa cara pálida y esos destellos cortos allá abajo, permanecía impenetrable para él.

Sin embargo, adivinaba el poder recogido en la inmovilidad de esa sombra, y le gustaba. Sin duda lo llevaba hacia la tormenta, pero también lo cubría. Y, sin duda, esas manos cerradas sobre los mandos hacían fuerza ya sobre la tormenta, como sobre la nuca de un animal; pero los hombros llenos de fuerza permanecían inmóviles y se sentía allí una reserva profunda.

El radio pensó que el piloto era responsable, después de todo. Y ahora saboreaba, arrastrado a la grupa en ese galope hacia el incendio, lo que esa forma oscura, allí, ante él, expresaba de material y de pesado, lo que expresaba de duradero.

A la izquierda, débil como un faro en un eclipse, se encendió un foco nuevo.

El radio empezó un gesto para tocar el hombro de Fabien y prevenirlo, pero lo vio girar despacio la cabeza y mantener la cara durante algunos segundos frente a ese nuevo enemigo, y luego, lentamente, recuperar su postura anterior. Esos hombros siempre inmóviles, esa nuca apoyada en el cuero.

# CAPÍTULO VIII

Rivière había salido para caminar un poco y engañar al malestar que volvía, y él, que no vivía más que para la acción, la acción dramática, sintió extrañamente que el drama se desplazaba y se hacía personal. Pensó que los pequeños burgueses de las pequeñas ciudades vivían una vida en apariencia silenciosa alrededor de su quiosco de música, pero a veces cargada también de dramas: la enfermedad, el amor, los lutos, y que tal vez... Su propio mal le enseñaba muchas cosas: «Esto abre ciertas ventanas», pensaba.

Luego, hacia las once de la noche, respirando ya mejor, se encaminó en dirección al despacho. Lentamente, divisaba espaldas, la multitud estancada ante la puerta de los cines. Levantó los ojos hacia las estrellas que relucían sobre la estrecha calle, casi borradas por los carteles luminosos, y pensó: «Esta noche, con mis dos correos en vuelo, soy responsable de un cielo entero. Esa estrella es una señal que me busca en esta multitud y me encuentra, por eso me siento un poco extranjero, un poco solitario».

Le vino a la cabeza una frase musical, algunas notas de una sonata que escuchó ayer con unos amigos. Sus amigos no habían comprendido: «Ese arte nos aburre a nosotros y le aburre a usted, sólo que usted no lo confiesa».

—Puede ser... —había respondido él.

Como esta noche, se había sentido solitario, pero descubrió muy aprisa la riqueza de tal soledad. El mensaje de esa música venía a él, a él solo entre los mediocres, con la dulzura de un secreto. Y así era la señal de la estrella. Por encima de tantos hombros, le hablaba un lenguaje que sólo él escuchaba.

En la acera lo empujaron, y pensó de nuevo: «No me enfadaré. Soy semejante al padre de un niño enfermo, que camina a pasitos en la multitud. Lleva en sí el gran silencio de su casa».

Levantó los ojos hacia los hombres. Entre ellos intentaba reconocer a los que paseaban a pasitos su invención o su amor, y pensó en el aislamiento de los guardas de los faros.

Le gustó el silencio de las oficinas. Las atravesaba lentamente, una tras otra, y sus pasos sonaban solos. Las máquinas de escribir dormían bajo las fundas. Los grandes armarios estaban cerrados sobre los expedientes en orden. Diez años de experiencia y de trabajo. Se le ocurrió que visitaba los sótanos de un banco, ahí donde se aprietan las riquezas. Pensaba que cada uno de esos registros acumulaba algo mejor que el oro: una fuerza viva, pero dormida, como el oro de los bancos.

En alguna parte se encontraría con el único secretario de guardia. En alguna parte trabajaba un hombre para que la vida fuese continua, para que la voluntad fuese continua, y así, de escala en escala, para que de Toulouse a Buenos Aires no se rompa nunca la cadena.

«Ese hombre no sabe de su grandeza».

En alguna parte, los correos luchaban. El vuelo nocturno duraba como una enfermedad, había que velar; había que ayudar a esos hombres que, con las manos y las rodillas, pecho contra pecho, se enfrentaban a la sombra y que ya no conocían nada más que cosas emocionantes, invisibles, de las que era necesario, a fuerza de brazos ciegos, retirarse como de un mar. Qué confesiones tan terribles algunas veces: «Tuve que iluminarme las manos para verlas...». Terciopelo de las manos, revelado solamente en ese baño rojo del fotógrafo. Lo que queda del mundo y que hay que salvar.

Rivière empujó la puerta de la oficina de explotación. Una sola lámpara encendida creaba en un ángulo una playa clara. El tecleteo de una sola máquina de escribir le daba sentido a ese silencio, sin llenarlo. El timbre del teléfono temblaba a veces, entonces, el secretario de guardia se levantaba y se dirigía a esa llamada repetida, obstinada y triste. El secretario de guardia descolgaba el auricular y la angustia invisible se calmaba, era una conversación muy dulce en un rincón de sombra. Después, el hombre regresaba impasible a su escritorio, con la cara cerrada por la soledad y el sueño sobre un secreto indescifrable. ¿Qué amenaza trae una llamada que viene de la noche de afuera, cuando dos correos están en vuelo? Rivière pensaba en los telegramas que llegan a las familias bajo las lámparas de la noche, y luego en el infortunio que, durante unos segundos casi eternos, deja un secreto en la cara del padre. Una onda primero sin fuerza, tan lejos del grito lanzado, tan calmada. Y, cada vez, oía su débil eco en ese timbre discreto. Y, cada vez, los movimientos del hombre, que la soledad hacía lentos, como un nadador entre dos aguas que volvía de la sombra hacia su lámpara, como asciende un buceador, le parecían cargados de secretos.

—Quédese ahí, yo contesto.

Rivière descolgó el auricular y recibió el zumbido del mundo.

—Aquí Rivière.

Un tumulto débil, luego una voz:

—Le paso con el puesto de radio.

Un nuevo tumulto, el de las clavijas en la centralita. Y luego otra voz:

—Aquí el puesto de radio. Le comunicamos los telegramas.

Rivière los anotaba y meneaba la cabeza:

—Bien... Bien...

Nada importante. Mensajes regulares de servicio. Río de Janeiro pedía una información, Montevideo hablaba del tiempo y Mendoza del material. Eran los ruidos familiares de la casa.

—¿Y los correos?

—El tiempo está tormentoso. No oímos a los aviones.

—Bien.

Rivière pensó que aquí la noche estaba limpia y lucían las estrellas, pero los radiotelegrafistas descubrían en ella el soplo de las tormentas lejanas.

—Hasta luego.

Rivière se levantó, el secretario lo abordó:

—Las notas de servicio, para la firma, señor...

—Bien.

Rivière descubrió que sentía una gran amistad por ese hombre, que cargaba también con el peso de la noche. «Un compañero de combate —pensaba Rivière—. Sin duda no sabrá nunca lo que nos une esta vigilia».

## CAPÍTULO IX

Cuando llegaba a su escritorio personal con un fajo de papeles en las manos, Rivière volvió a sentir el vivo dolor en el costado derecho que lo atormentaba desde hacía semanas.

«Esto no va bien...».

Se apoyó un segundo en la pared.

«Es ridículo».

Luego alcanzó su sofá.

Una vez más se sintió atado como un viejo león y le invadió una gran tristeza.

«¡Tanto trabajo para llegar a esto! Tengo cincuenta años, durante cincuenta años he llenado mi vida, me he formado, he luchado, he cambiado el curso de los acontecimientos, y ahora aquí está lo que me ocupa y me llena, y que sobrepasa al mundo en importancia... Es ridículo».

Esperó, enjugó un poco de sudor y, cuando estuvo liberado, se puso a trabajar.

Compulsaba lentamente las notas.

«Hemos constatado en Buenos Aires, en el transcurso del desmontaje del motor 301... Impondremos una sanción grave al responsable».

Firmó.

«No habiendo observado las instrucciones la escala de Florianópolis...».

Firmó.

«Como medida disciplinaria, desplazaremos al jefe de aeródromo Richard, que...».

Firmó.

Y luego, como ese dolor del costado, adormecido, pero presente en él y nuevo como un nuevo sentido de la vida, lo obligaba a pensar en sí mismo, fue casi amargo.

«¿Soy justo, o injusto? Lo ignoro. Si aprieto, las averías disminuyen. El responsable no es el hombre, es como un poder oscuro que no se toca nunca si no se toca a todo el mundo. Si yo fuese muy justo, un vuelo nocturno sería cada vez una posibilidad de muerte».

Le vino cierto cansancio por haber trazado esa ruta tan duramente. Pensó que la compasión es buena. Seguía hojeando las notas, absorto en su sueño.

«... En cuanto a Roblet, a partir de hoy ya no forma parte de nuestro personal».

Volvió a ver a ese viejo tipo y la conversación de la noche anterior:

—Un ejemplo, qué quiere, es un ejemplo.

—Pero, señor... pero, señor... ¡Piense por una vez, por una sola vez! ¡He trabajado toda mi vida!

—Hace falta un ejemplo.

—¡Pero, señor!... ¡Mire, señor!

Entonces, ese portafolios desgastado y esa vieja hoja de diario en la que Roblet, de joven, posaba junto a un avión.

Rivière veía temblar las viejas manos por esa gloria ingenua.

—Eso es de 1910, señor... ¡Fui yo quien hizo aquí el montaje del primer avión de Argentina! La aviación desde 1910... ¡Señor, ya hace veinte años! Entonces, ¿cómo puede decir...? Y los jóvenes, señor, ¡cómo van a reírse en el taller!... ¡Ah! ¡Van a reírse mucho!

—Eso me da igual.

—¿Y mis hijos, señor? ¡Tengo hijos!

—Ya se lo he dicho, le ofrezco una plaza de peón.

—¡Mi dignidad, señor, mi dignidad! Veamos, señor, veinte años de aviación, un viejo obrero como yo...

—De peón.

—¡Me niego, señor, me niego!

Y las viejas manos temblaban, y Rivière apartaba los ojos de esa piel arrugada, gruesa y hermosa.

—De peón.

—No, señor, no... Voy a decirle además que...

—Puede usted retirarse.

Rivière pensó: «No es a él a quien he despedido así, tan brutalmente, es al mal del que él no era responsable, quizá, pero que pasaba a través de él».

«Porque a los acontecimientos se los ordena —pensaba Rivière— y ellos obedecen, y entonces se crea. Y los hombres son unas cosas pobres y también se los crea, o bien se los aparta cuando el mal pasa a través de ellos».

«Voy a decirle además...». ¡Y qué quería decir ese pobre viejo! ¿Que se le arrancaban sus viejas alegrías? ¿Que le gustaba el sonido de sus herramientas al golpear el acero de los aviones? ¿Que se privaba de una gran poesía a su vida? Y luego... ¿qué hay que vivir?

«Estoy muy cansado», pensaba Rivière. Le estaba subiendo la fiebre, cariñosa. Golpeteaba la hoja y pensaba: «Me gustaba mucho la cara de ese viejo compañero...». Y Rivière veía esas manos. Pensaba en ese débil movimiento que esbozaron para unirse. Habría bastado con decir: «Todo bien, todo bien. Quédese». Rivière fantaseaba con el chorro de alegría que descendería a esas viejas manos. Y la alegría que expresarían, la que iban a decir, no ya esa cara, sino esas viejas manos de obrero, le pareció lo más hermoso del mundo. «¿Voy a romper esa nota?». Y la familia del viejo, y esa vuelta a casa por la noche, y ese orgullo modesto:

—Entonces, ¿te mantienen?

—¡Vamos! ¡Vamos! ¡Que fui yo quien hizo el montaje del primer avión de Argentina!

Y los jóvenes, que ya no se reirían de ese prestigio reconquistado por el anciano...

«¿La rompo?».

Sonó el teléfono, Rivière descolgó.

Un tiempo largo, luego esa resonancia, esa profundidad que proporcionan el viento y el espacio a las voces humanas. Al fin, alguien habló:

—Aquí la pista. ¿Con quién hablo?

—Rivière.

—Señor director, el 650 está preparado para despegar.

—Bien.

—Al fin todo está listo, pero a última hora hemos tenido que rehacer el circuito eléctrico, los contactos estaban defectuosos.

—Bien. ¿Quién ha montado el circuito?

—Lo verificaremos. Si lo permite, pediremos sanciones; ¡una avería de luz a bordo puede ser grave!

—Por supuesto.

Rivière pensaba: «Si no se arranca el mal en cuanto se lo encuentra, dondequiera que esté, habra averías de luz; es un crimen que le falte al piloto cuando por casualidad destape sus instrumentos. Roblet se irá».

El secretario, que no había visto nada, seguía tecleando.

—¿Qué es eso?

—La contabilidad de la quincena.

—¿Por qué no está lista?

—Yo...

—Veremos eso.

«Es curioso cómo toman la delantera los acontecimientos, cómo se revela una gran fuerza oscura, la misma que levanta las selvas vírgenes, que crece, que fuerza, que brota por todas partes alrededor de las obras grandes». Rivière pensaba en esos templos a los que pequeñas lianas hacen que se derrumben.

«Una obra grande...».

Pensó además, para tranquilizarse: «Quiero a todos esos hombres, pero no es a ellos a lo que combato, es a lo que pasa a través de ellos...».

Su corazón latía con golpes rápidos que lo hacían sufrir.

«No sé si es bueno lo que he hecho. No sé el valor exacto de la vida humana, ni el de la justicia, ni el del sufrimiento. No sé exactamente lo que vale la alegría de un hombre. Ni una mano que tiembla. Ni la compasión, ni la dulzura...».

Fantaseó: «La vida se contradice tanto, uno se las apaña como puede con la vida... Pero durar, pero crear, cambiar el cuerpo perecedero de uno...».

Rivière reflexionó, y luego llamó.

—Telefoneen al piloto del correo de Europa, que venga a verme antes de salir.

Pensaba: «No hace falta que ese correo dé media vuelta inútilmente. Si no sacudo a mis hombres, la noche los inquietará siempre».

## CAPÍTULO X

La mujer del piloto, a la que había despertado el teléfono, miró a su marido y pensó: «Voy a dejarlo dormir un poco más».

Ella admiraba ese pecho desnudo y bien compuesto, pensaba en un hermoso barco.

Él descansaba en esa cama tranquila igual que en un puerto y, para que nada agitase su sueño, ella borraba con el dedo ese pliegue, esa sombra, ese oleaje; apaciguaba esa cama como el mar, con un dedo divino.

Ella se levantó, abrió la ventana y recibió el viento en la cara. Esa habitación dominaba sobre Buenos Aires. Una casa vecina, donde bailaban, esparcía algunas melodías que traía el viento, porque era la hora de los placeres y del descanso. Esta ciudad apretaba a los hombres en sus cien mil fortalezas; todo era calma y seguridad, pero a esa mujer le parecía que se iba a gritar «¡a las armas!» y que sólo se levantaría un hombre, el suyo. Él descansaba todavía, pero su descanso era el reposo temible de las reservas que se van a dar. Esta ciudad dormida no lo protegería; sus luces le parecerían vanas cuando, como un joven dios, se levantase desde su polvo. Miraba esos brazos fuertes que dentro de una hora llevarían el destino del correo de Europa, que eran responsables de algo grande, como del destino de una ciudad. Y ella se inquietó. En medio de esos millones de hombres, este hombre era el único que estaba preparado para ese extraño sacrificio. Sufrió por ello. Él se escapaba también de su dulzura. Ella lo había alimentado, velado y acariciado, no para ella misma, sino para esta noche que iba a llevárselo. Para luchas, para angustias, para victorias de las que ella no sabría nada. Esas manos tiernas sólo estaban domesticadas y sus verdaderos trabajos eran oscuros. Ella conocía las sonrisas de ese hombre y sus precauciones de amante, pero no sus cóleras divinas en la tormenta. Ella lo cargaba con lazos tiernos: de música, de amor, de flores; pero a la hora de cada partida caían esos lazos sin que él pareciese sufrir por ello.

Él abrió los ojos.

—¿Qué hora es?

—Medianoche.

—¿Qué tiempo hace?

—No lo sé...

Él se levantó. Caminó lentamente hacia la ventana, estirándose.

—No tendré mucho frío. ¿Cuál es la dirección del viento?

—¿Cómo quieres que lo sepa?...

Él se inclinó:

—Sur. Está muy bien. Aguantará al menos hasta Brasil.

Observó la luna y se supo rico. Después, sus ojos descendieron sobre la ciudad.

No la juzgó ni dulce, ni luminosa, ni cálida. Ya veía fluir la vana arena de sus luces.

—¿En qué piensas?

Él pensaba en la posible niebla por el lado de Porto Alegre.

—Me gusta tu táctica. Sé por dónde dar la vuelta.

Él seguía inclinado. Respiraba profundamente, como antes de lanzarse desnudo al mar.

—Ni siquiera estás triste... ¿Para cuántos días te vas?

Ocho o diez días, no lo sabía. Triste, no, ¿por qué? Esas llanuras, esas ciudades, esas montañas... Le parecía que partía libre a su conquista. Pensaba también que antes de una hora poseería y rechazaría a Buenos Aires.

Sonrió:

—Esta ciudad... estaré lejos de ella muy pronto. Es bueno partir por la noche. Se tira de la manecilla de la gasolina, cara al sur, y diez segundos después se le da la vuelta al paisaje, cara al norte. La ciudad no es más que un fondo marino.

Ella pensaba en todo lo que hay que rechazar para conquistar.

—¿Es que no te gusta tu casa?

—Me gusta mi casa...

Pero su mujer lo sabía ya en marcha. Esos hombros anchos lo empujaban ya hacia el cielo.

Ella se lo mostró.

—Tienes buen tiempo, tu ruta está pavimentada de estrellas.

Él se rio:

—Sí.

Ella puso la mano en ese hombro y se emocionó al sentirlo tibio: ¿estaba amenazada esa carne?

—Eres muy fuerte, ¡pero sé prudente!

—Prudente, por supuesto...

Se rio de nuevo.

Él se vestía. Para esa fiesta escogía los tejidos más fuertes y los cueros más pesados, se vestía como un campesino. Cuanto más pesado se ponía, tanto más lo admiraba ella, que abrochaba ese cinturón y tiraba de esas botas.

—Estas botas me molestan.

—Aquí están las otras.

—Búscame un cordón para mi lámpara de emergencia.

Lo miraba y reparaba ella misma hasta el último defecto en la armadura; todo se ajustaba bien.

—Estás muy hermoso.

Vio que él se peinaba cuidadosamente.

—¿Eso es para las estrellas?

—Es para no sentirme viejo.

—Estoy celosa...

Él volvió a reír, la abrazó y la estrechó contra su pesada vestimenta. Después la levantó con los brazos extendidos, igual que se levanta a una niñita, y siempre riendo, la acostó:

—¡Duerme!

Y cerrando la puerta detrás de sí, y en la calle, en medio de la incognoscible gente nocturna, dio el primer paso de su conquista.

Ella se quedó allí. Miraba, triste, esas flores, esos libros y esa dulzura que para él no eran más que un fondo marino.

## CAPÍTULO XI

Rivière lo recibe:

—Usted me ha gastado una broma en su último correo; ha dado media vuelta cuando los pronósticos meteorológicos eran buenos y podía pasar. ¿Ha tenido miedo?

El piloto, sorprendido, se calla. Se frota una mano contra la otra, lentamente. Después endereza la cabeza y mira a Rivière directamente a la cara:

—Sí.

En el fondo de sí mismo, Rivière se compadece de ese muchacho tan valiente que había tenido miedo. El piloto intenta excusarse.

—Yo ya no veía nada. Por supuesto, más lejos... quizá... la telegrafía decía... Pero mi lámpara de a bordo se debilitó y ya no me veía las manos. Quise encender mi lámpara de posición para al menos ver el ala, pero no vi nada. Me sentía en el fondo de un gran agujero del que era difícil volver a subir. Entonces el motor se puso a vibrar.

—No.

—¿No?

—No. Lo hemos examinado después. Está perfecto. Pero siempre se cree que un motor vibra cuando se tiene miedo.

—¡Y quién no habría tenido miedo! Las montañas me dominaban. Cuando quise tomar altitud, me encontré con remolinos fuertes. Usted sabe que cuando no se ve nada... los remolinos... En lugar de ascender, perdí cien metros. Ni siquiera veía el giróscopo, y tampoco los manómetros. Me parecía que el motor bajaba de régimen, que se calentaba, que la presión de aceite caía... Todo eso en las sombras, como una enfermedad. Me alegré mucho al volver a ver una ciudad iluminada.

—Tiene usted demasiada imaginación. Váyase.

Y el piloto sale.

Rivière se hunde en su sillón y se pasa la mano por los cabellos grises.

«Es el más valiente de mis hombres. Lo que consiguió aquella noche es muy hermoso, pero lo salvo del miedo...».

Y luego, como le volvía una tentación de flaqueza: «Para hacerse amar, basta con compadecer. Yo no compadezco apenas, o lo oculto. Sin embargo, me gustaría rodearme de la amistad y de la ternura humanas. El médico las encuentra en su oficio; pero yo sirvo a los acontecimientos. Tengo que forjar a los hombres para que sirvan a esos acontecimientos. ¡Qué bien noto esa ley oscura por la noche, en mi escritorio, ante las hojas de ruta! Si me dejase ir, si dejase que los acontecimientos bien regulados siguiesen su curso, entonces nacerían los incidentes, misteriosos. Como si sólo mi voluntad impidiese que el avión se rompa en pleno vuelo, o que la tormenta retrase al correo en marcha. A veces me he sorprendido de mi poder».

Siguió reflexionando: «Quizá está claro. Así es la perpetua lucha del jardinero con su césped. El simple peso de su mano hace rebrotar el bosque primitivo en la tierra, que lo prepara siempre».

Piensa en el piloto: «Lo salvo del miedo. Yo no lo atacaba a él, era a esa resistencia a través de él que paraliza a los hombres ante lo desconocido. Si lo escucho, si lo compadezco, si me tomo en serio su aventura, creerá que regresa de un país de misterio, y sólo del misterio se tiene miedo. Es necesario que los hombres hayan descendido a ese pozo oscuro, que remonten de él y que digan que no se han encontrado con nada. Hace falta que ese hombre descienda hasta el corazón más íntimo de la noche, a su densidad, y sin siquiera esa lamparita de minero, que no ilumina más que las manos o el ala, pero que separa lo desconocido por el ancho de unos hombros».

Sin embargo, en esa lucha, una silenciosa fraternidad ataba, en el fondo de sí mismos, a Rivière con sus pilotos. Eran hombres del mismo barco, que sentían el mismo deseo de vencer. Pero Rivière se acuerda de las demás batallas que él ha librado para la conquista de la noche.

En los círculos oficiales se temía a ese territorio oscuro como a una región inexplorada. Lanzar a una tripulación a doscientos kilómetros por hora hacia las tormentas, las nieblas y los obstáculos materiales que contiene la noche, sin mostrarlos, le parecía una aventura tolerable para la aviación militar: uno deja la pista en una noche clara, uno bombardea, uno regresa a la misma pista. Pero los servicios regulares se encallarían durante la noche. «Para nosotros es cuestión de vida o muerte —había replicado Rivière—, puesto que perdemos cada noche el avance ganado durante el día con los trenes y los barcos».

Rivière había oído hablar, con fastidio, de balances, de seguros, y sobre todo, de opinión pública: «¡A la opinión pública se la gobierna!», contestaba él. Pensaba: «¡Cuánto tiempo perdido! Hay algo... algo que prevalece sobre todo esto. Lo que está vivo lo empuja todo para vivir, y para vivir crea sus propias leyes. Es irresistible». Rivière no sabía ni cuándo ni cómo abordaría la aviación comercial los vuelos nocturnos, pero había que preparar esa solución inevitable.

Se acuerda de los tapetes verdes ante los que había escuchado tantas objeciones con el mentón en el puño y una extraña sensación de fuerza. Le parecían vanas, condenadas de antemano por la vida. Sentía en sí su propia fuerza reunida como un peso: «Mis razones pesan, venceré, —pensaba Rivière—. Es la tendencia natural de los acontecimientos». Cuando le reclamaban soluciones perfectas que alejasen todos los riesgos:

—Es la experiencia lo que despejará las leyes —respondía—, el conocimiento de las leyes no precede nunca a la experiencia.

Tras un largo año de lucha, Rivière había ganado. Unos decían: «por causa de su fe», y los otros: «por causa de su tenacidad, de su poder de oso en marcha», pero según él era, más sencillamente, porque empujaba en la buena dirección.

¡Pero cuántas precauciones al principio! Los aviones sólo salían desde una hora antes del amanecer, y sólo aterrizaban hasta una hora después de la puesta de sol. Cuando Rivière estuvo más seguro de su experiencia, solamente entonces se atrevió a empujar a los correos a las profundidades de la noche. Lo siguieron apenas, estuvo casi reprobado, y ahora llevaba una lucha solitaria.

Rivière llama para conocer los últimos mensajes de los aviones en vuelo.

## CAPÍTULO XII

Sin embargo, el correo de la Patagonia se acercaba a la tormenta y Fabien renunciaba a rodearla. Estimaba que era demasiado extensa, pues la línea de relámpagos se hundía hacia el interior de la zona y revelaba fortalezas de nubes. Intentaría pasar por debajo, y si el asunto se presentaba mal, decidiría dar media vuelta.

Leyó su altitud: mil setecientos metros. Empujó los mandos con las palmas para empezar a reducirla. El motor vibró con mucha fuerza y el avión tembló. Fabien corrigió a ojo el ángulo de descenso y luego, sobre el mapa, verificó la altura de las colinas: quinientos metros. Para reservarse un margen, navegaría hacia los setecientos.

Sacrificaba su altitud igual que uno se juega una fortuna.

Un remolino hizo hundirse el avión, que tembló con más fuerza. Fabien se sintió amenazado por deslizamientos invisibles. Imaginó que daba media vuelta y volvía a encontrarse con cien mil estrellas, pero no viró ni un grado.

Fabien calculaba sus posibilidades. Se trataba probablemente de una tormenta local, puesto que Trelew, la siguiente escala, señalaba un cielo tres cuartos cubierto. Se trataba de vivir veinte minutos apenas en ese cemento negro. Pero el piloto se inquietaba. Inclinado a la izquierda contra la masa del viento, intentaba interpretar las débiles luces confusas que circulan hasta en las noches más oscuras. Pero ni siquiera eran luces; apenas eran cambios de densidad en la espesura de las sombras, o un cansancio de los ojos.

Desplegó un papel que le había pasado el radio: «¿Dónde estamos?».

Fabien habría dado muchísimo por saberlo. Respondió: «No lo sé. Estamos atravesando una tormenta a brújula».

Se inclinó de nuevo. Lo molestaba la llama del escape, enganchada al motor como un ramillete de fuego, tan pálida que la luz de la luna la habría ocluido, pero que en esa nada absorbía el mundo visible. La miró. Estaba trenzada reciamente por el viento, como la llama de una antorcha.

Para verificar el giróscopo y la brújula, cada treinta segundos hundía Fabien la cabeza en la carlinga. Ya no se atrevía a encender las débiles lámparas rojas, pues lo deslumbraban durante mucho tiempo, pero todos los instrumentos con cifras verdes vertían una pálida claridad de astros. Allí, en medio de agujas y de cifras, el piloto sentía una seguridad engañosa: la de la cabina del barco sobre el que pasa el oleaje. La noche, y todo lo que llevaba consigo de rocas, de restos y de colinas, fluía también contra el avión con la misma sorprendente fatalidad.

«¿Dónde estamos?», le repetía el operador de radio.

Fabien aparecía de nuevo y recuperaba, apoyado a la izquierda, su terrible vigilia. Ya no sabía cuánto tiempo y cuántos esfuerzos lo liberarían de sus vínculos sombríos. Casi dudaba de que fuese a liberarse de ellos alguna vez, porque se jugaba la vida con ese papelito, sucio y arrugado, que había desplegado y leído mil veces para alimentar su esperanza: «Trelew; cielo tres cuartos cubierto, viento flojo del oeste». Si Trelew estaba tres cuartos cubierto, percibirían sus luces en la apertura de las nubes. A menos que...

La pálida claridad prometida más lejos lo obligaba a seguir; sin embargo, como dudaba, garabateó para el radio: «Ignoro si podré pasar. Dígame si sigue haciendo bueno atrás».

La respuesta lo dejó consternado: «Comodoro señala: Regreso aquí imposible. Tormenta».

Él empezaba a adivinar la ofensiva insólita que desde la cordillera de los Andes se abatía hacia el mar. El ciclón arrasaría las ciudades antes de que él hubiese podido alcanzarlas.

«Pregunte el tiempo en San Antonio».

San Antonio ha respondido: «Se levanta viento oeste y tormenta al oeste. Cielo cuatro cuartos cubierto». San Antonio oye muy mal debido a los parásitos. Yo también oigo mal. Creo que voy a estar obligado a subir dentro de poco a la antena por causa de las descargas. ¿Dará usted media vuelta? ¿Cuáles son sus planes?

—Déjeme en paz. Pregunte el tiempo en Bahía Blanca.

—Bahía Blanca ha respondido: «Antes de veinte minutos tenemos prevista una tormenta violenta del oeste sobre Bahía Blanca».

—Pregunte el tiempo en Trelew.

—Trelew ha respondido: «Huracán oeste a treinta metros por segundo y ráfagas de lluvia».

—Comunique a Buenos Aires: «Estamos obstaculizados por todas partes, la tormenta se desarrolla sobre mil kilómetros, ya no vemos nada. ¿Qué debemos hacer?».

Para el piloto esa noche no tenía orilla, puesto que no llevaba ni hacia un puerto (todos parecían inaccesibles), ni hacia el alba; la gasolina faltaría en una hora y cuarenta. Y entonces estarían obligados, antes o después, a navegar a ciegas en esa espesura.

Si hubiera podido llegar hasta el día...

Fabien pensaba en el alba como en una playa dorada donde se habría encallado después de esa dura noche. Bajo el avión amenazado nacería la orilla de las llanuras. La tierra tranquila habría llevado sus granjas dormidas, sus rebaños y sus colinas. Todos los restos que giraban en la sombra se habrían vuelto inofensivos. Si pudiera, ¡cómo nadaría hacia el día!

Creyó que estaba rodeado. Todo se resolvería, bien o mal, en esa espesura.

Es cierto. A veces creyó entrar en convalecencia al subir el día.

Pero para qué servía poner los ojos fijos en el este, donde vivía el sol: entre ellos había tal profundidad de noche, que no se la remontaría.

## CAPÍTULO XIII

—El correo de Asunción marcha bien. Lo tendremos hacia las dos. Pero por otro lado tenemos previsto un retraso importante del correo de la Patagonia, que parece que está en dificultades.

—Bien, señor Rivière.

—Es posible que no lo esperemos para el despegue del avión de Europa; en cuanto llegue el de Asunción, pídannos instrucciones. Estén preparados.

Rivière volvía a leer ahora los telegramas de protección de las escalas del norte. Le abrían al correo de Europa una ruta de luna: «Cielo limpio, luna llena, viento nulo». Las montañas de Brasil, muy recortadas bajo la magnificencia del cielo, sumergían directamente en los remolinos de plata del mar sus densas cabelleras de bosques negros. Esos bosques sobre los que llueven incansablemente, sin colorearlos, los rayos de la luna. Negras también las islas, como los restos en el mar. Y en toda la ruta, esa luna inagotable: una fuente de luz.

Si Rivière ordenaba la salida, la tripulación del correo de Europa entraría en un mundo estable que reluciría suavemente toda la noche. Un mundo en el que nada amenazaba el equilibrio de las masas de sombra y de luz. Donde no se infiltraba ni siquiera la caricia de esos vientos puros que, si arrecian, pueden echar a perder un cielo entero.

Pero Rivière dudaba frente a esa magnificencia igual que un prospector frente a campos de oro prohibidos. Los acontecimientos en el sur contradecían a Rivière, único defensor de los vuelos nocturnos. Sus adversarios sacarían de un desastre en la Patagonia una posición moral tan fuerte, que tal vez la fe de Rivière quedaría impotente en lo sucesivo; porque la fe de Rivière no estaba quebrantada. Una fisura en su obra había permitido el drama, pero el drama mostraba la fisura, no demostraba nada más.

«Puede ser que los puestos de observación sean necesarios al oeste... Eso lo veremos». Pensaba además: «Tengo las mismas razones significativas para insistir y una causa menos de accidentes posibles: la que se ha mostrado». Los fracasos fortalecen a los fuertes. Desgraciadamente, con los hombres se juega un juego en el que cuenta muy poco el verdadero sentido de las cosas. Se gana o se pierde por apariencias, se marcan puntos miserables. Y uno se encuentra amarrado por una apariencia de fracaso.

Rivière llamó.

—¿Sigue Bahía Blanca sin comunicarnos nada por el telégrafo?

—Nada.

—Llame a la escala por teléfono.

Cinco minutos después estaba informándose.

—¿Por qué no nos pasan ustedes nada?

—No oímos al correo.

—¿Está callado?

—No lo sabemos. Demasiadas tormentas. Incluso si lo arreglase no lo oiríamos.

—¿Oye algo Trelew?

—No oímos a Trelew.

—Telefoneen.

—Lo hemos intentado, la línea está cortada.

—¿Qué tiempo hace ahí?

—Amenazador. Claros al oeste y al sur. Muy pesado.

—¿Hay viento?

—Todavía flojo, pero por diez minutos. Los relámpagos se acercan deprisa.

Un silencio.

—¿Bahía Blanca? ¿Oyen bien? Bueno. Vuelvan a llamarnos dentro de diez minutos.

Y Rivière hojeó los telegramas de las escalas del sur. Todas ellas señalaban el mismo silencio del avión. Algunas ya no respondían a Buenos Aires, y sobre el mapa se agrandaba la mancha de las provincias mudas, donde las ciudades pequeñas sufrían ya el ciclón, con todas las puertas cerradas y sin luz en ninguna casa de sus calles, tan retiradas del mundo y tan perdidas en la noche como un barco. Sólo el alba las liberaría.

Sin embargo, Rivière, inclinado sobre el mapa, conservaba todavía la esperanza de descubrir un refugio de cielo limpio, porque mediante telegramas había preguntado el estado del cielo a la policía de más de treinta ciudades de provincia y empezaban a llegarle las respuestas. En dos mil kilómetros, los puestos de radio tenían orden, si uno de ellos enganchaba una llamada del avión, de avisar en treinta segundos a Buenos Aires, desde donde le comunicarían la posición del refugio para que se la transmitieran a Fabien.

Los secretarios, convocados para la una de la madrugada, habían vuelto a sus escritorios. Allí se enteraron, misteriosamente, de que quizá se suspendiesen los vuelos nocturnos, y que incluso el correo de Europa iba a despegar sólo de día. Hablaban en voz baja de Fabien, del ciclón, sobre todo de Rivière. Adivinaban que estaba allí, muy cerca, aplastado poco a poco por ese desmentido natural.

Pero se apagaron todas las voces. Rivière acababa de aparecer en su puerta, embutido en su abrigo, siempre con el sombrero calado hasta los ojos, viajero perpetuo. Dio unos pasos tranquilos hacia el jefe de la oficina:

—Es la una y diez. ¿Están en regla los papeles del correo de Europa?

—Yo... he creído...

—Usted no tiene que creer nada, sino que ejecutar.

Dio media vuelta, lentamente, hacia una ventana abierta, con las manos cruzadas a la espalda.

Se le acercó un secretario:

—Señor director, conseguiremos pocas respuestas. Nos indican que en el interior ya hay muchas líneas telegráficas destruidas...

—Bien.

Rivière, inmóvil, miraba la noche.

Así que cada mensaje amenazaba al correo. Cada ciudad, cuando podía responder antes de la destrucción de las líneas, indicaba la marcha del ciclón, como si fuera la de una invasión. «Viene del interior, de la cordillera. Está barriendo toda la ruta hacia el mar...».

Rivière consideraba que las estrellas lucían demasiado y que el aire estaba demasiado húmedo. ¡Qué noche más extraña! Se echaba a perder bruscamente por zonas, como la carne de un fruto luminoso. Las estrellas en pleno dominaban aún sobre Buenos Aires, pero aquello no era más que un oasis, y muy breve. Un puerto, de hecho, fuera del radio de acción de la tripulación. Una noche amenazadora a la que un viento malo tocaba y pudría. Una noche difícil de vencer.

En alguna parte, un avión estaba en peligro en sus profundidades; nosotros nos agitábamos impotentes en la orilla.

# CAPÍTULO XIV

La mujer de Fabien llamó por teléfono.

Ella calculaba la marcha del correo de Patagonia la noche de cada retorno: «Está despegando de Trelew...». Y luego volvía a dormirse. Un poco más tarde: «Debe estar aproximándose a San Antonio, tiene que ver sus luces...». Entonces se levantaba, abría las cortinas y evaluaba el cielo: «Todas esas nubes lo molestan...». A veces, la luna se paseaba como un pastor. Entonces, la joven esposa volvía a acostarse, tranquilizada por esa luna y esas estrellas, por esos millares de presencias alrededor de su marido. Hacia la una, ella lo sentía próximo: «No debe estar muy lejos, ya debe ver Buenos Aires...». Entonces volvía a levantarse y le preparaba una comida con un café muy caliente: «Hace tanto frío allí arriba...». Ella lo recibía siempre como si bajase de una cumbre nevada: «¿No tienes frío? —¡Claro que no! —Caliéntate de todas formas...». Hacia la una y cuarto todo estaba preparado. Entonces telefoneaba.

Esa noche, como las demás, se informó:

—¿Ha aterrizado Fabien?

El secretario que la escuchaba se trastornó un poco:

—¿Quién habla?

—Simone Fabien.

—¡Ah!, un momento...

El secretario, que no se atrevía a decir nada, le pasó el auricular al jefe de la oficina.

—¿Quién está al aparato?

—Simone Fabien.

—¡Ah!... ¿Qué desea usted, señora?

—¿Ha aterrizado mi marido?

Hubo un silencio que debió parecer inexplicable, pero le respondieron sencillamente:

—No.

—¿Está retrasado?

—Sí...

Hubo un nuevo silencio.

—Sí... un retraso.

—¡Ah!...

Era un «¡ah!» de carne herida. Un retraso no es nada... no es nada... pero cuando se prolonga...

—¡Ah!... ¿Y a qué hora estará aquí?

—¿A qué hora estará aquí? Nosotros... nosotros no lo sabemos.

Ella se chocaba ahora con un muro. No conseguía más que el eco mismo de sus preguntas.

—¡Se lo ruego, respóndame! ¿Dónde se encuentra?...

—¿Dónde se encuentra? Espere...

Esa inercia le hacía daño. Allí, detrás de aquel muro, pasaba algo. Se decidieron:

—Despegó de Comodoro a las diecinueve treinta.

—¿Y después?

—¿Después?... Muy retrasado... Muy retrasado por el mal tiempo...

—¡Ah! El mal tiempo...

¡Qué injusticia, qué engaño en esa luna desplegada ahí, ociosa, sobre Buenos Aires! La joven esposa se acordó de repente de que apenas hacían falta dos horas para ir de Comodoro Rivadavia a Trelew.

—¡Y está volando desde las seis a Trelew! ¡Si él les envía mensajes! Pero, ¿qué dice?...

—¿Qué nos dice? Naturalmente, con un tiempo así... usted lo comprende... sus mensajes no se oyen.

—¡Con un tiempo así!

Entonces, está convenido, señora, le telefonearemos a usted en cuanto sepamos algo.

—¡Ah! Ustedes no saben nada...

—Adiós, señora...

—¡No!, ¡no! ¡Quiero hablar con el director!

—El señor director está muy ocupado, señora, está en una reunión...

—¡Ah! ¡Eso me da igual! ¡Me da completamente igual! ¡Quiero hablar con él!

El jefe de oficina se limpió el sudor:

—Un momento...

Empujó la puerta de Rivière:

—Es la señora Fabien, que quiere hablar con usted.

«Aquí está —pensó Rivière—, aquí está lo que temía». Los elementos emocionales del drama empezaban a mostrarse. Al principio pensó rechazarlos; las madres y las esposas no entran en las salas de operación. También se hace callar la emoción sobre los barcos en peligro. No ayuda a salvar a los hombres. Sin embargo, aceptó:

—Páseme la llamada a mi escritorio.

Escuchó aquella vocecita lejana y temblorosa, e inmediatamente supo que no podría responderle. Enfrentarse sería enormemente estéril para los dos.

—¡Señora, por favor, cálmese! En nuestro oficio es muy frecuente esperar noticias durante mucho tiempo.

Él había llegado a esa frontera en la que se plantea, no ya el problema de una pequeña angustia particular, sino el de la acción misma. Frente a Rivière no se alzaba la mujer de Fabien, sino otro sentido de la vida. Rivière no podía más que escuchar, que compadecer a esa vocecita, a ese canto tan triste, pero enemigo. Porque ni la acción ni la felicidad individual admiten el reparto, están en conflicto. Esa mujer hablaba también en nombre de un mundo absoluto, de sus deberes y de sus derechos. El de una claridad de lámpara sobre la mesa de la noche, de una carne que reclamaba su carne, de una patria de esperanzas, de ternuras y de recuerdos. Ella exigía su bien y tenía razón. Y también él, Rivière, tenía razón, pero no podía objetar nada a la verdad de esa mujer. Descubría su propia verdad a la luz de una humilde lámpara doméstica, inexpresable e inhumana.

—Señora...

Ella ya no escuchaba. Se había caído casi a sus pies, le parecía a él, habiendo utilizado sus débiles puños contra la pared.

Un ingeniero le dijo un día a Rivière, cuando se inclinaban sobre un herido junto a un puente en construcción: «¿Vale este puente el precio de una cara aplastada?». Ninguno de los campesinos, para quienes se había abierto ese camino para ahorrarse un desvío por el siguiente puente, hubiera aceptado mutilar aquella cara horrible. Y, sin embargo, se construyen puentes. El ingeniero había añadido: «El interés general está formado por los intereses particulares, no justifica nada más». «Y, sin embargo —le respondió después Rivière—, aunque la vida humana no tiene precio, actuamos siempre como si algo sobrepasase en valor a la vida humana...». Pero, ¿qué?

Y Rivière, pensando en la tripulación, sintió el corazón estrujado. La acción, incluso la de construir un puente, rompe alegrías; Rivière ya no podía no preguntarse, «¿en nombre de qué?».

«Esos hombres —pensaba—, que quizá van a desaparecer, habrían podido vivir dichosos». Veía caras inclinadas en el santuario de oro de las lámparas de la noche. «¿En nombre de qué las he sacado de allí?». ¿En nombre de qué las arrancó él de la felicidad individual? ¿No es la primera ley proteger esas felicidades? Pero él mismo las rompe. Y, sin embargo, un día, inevitablemente, esos santuarios de oro se desvanecerán como espejismos. La vejez y la muerte los destruyen, más implacables que él mismo. Quizá exista algo distinto que salvar, más duradero; ¿es posible que sea para salvar esa parte del hombre para lo que trabaja Rivière? Si no, la acción no se justifica.

«Amar, amar solamente, ¡qué callejón sin salida!». Rivière tuvo el oscuro sentimiento de un deber mayor que el de amar. O se trataba también de una ternura, pero muy diferente de las demás. Le volvió una frase: «Se trata de volverlos eternos...». ¿Dónde la había leído? «Lo que perseguís en vosotros mismos, muere». Volvió a ver un templo al dios del sol de los antiguos incas de Perú. Aquellas piedras derechas sobre la montaña. ¿Qué quedaría sin ellas de una civilización poderosa, que presionaba con el peso de sus piedras al hombre de hoy como un remordimiento? «¿En nombre de qué duración, o de qué extraño amor, obligaba a sus multitudes el guía de los pueblos de otro tiempo a trazar ese templo sobre la montaña, y les impuso así erigir su eternidad?». Rivière volvió a ver otra vez en una ensoñación las multitudes de las ciudades pequeñas, que dan vueltas por la tarde alrededor de su quiosco de música: «Esa clase de felicidad, ese arnés...», pensó. El guía de los pueblos de otro tiempo, si tal vez no tuvo compasión del sufrimiento del hombre, la tuvo, inmensamente, de su muerte. No por su muerte individual, sino por compasión por la especie, que borrará el mar de arena. Y él llevaba a su pueblo a alzar piedras que al menos no enterrasen el desierto.

## CAPÍTULO XV

Ese papel doblado en cuatro quizá lo salvase; Fabien lo desplegó, apretando los dientes.

«Imposible oír a Buenos Aires. Ni siquiera puedo arreglarlo más, recibo chispas en los dedos».

Fabien, irritado, quiso responder, pero cuando sus manos soltaron los mandos para escribir, una especie de oleaje poderoso penetró en su cuerpo: los remolinos lo levantaban, en sus cinco toneladas de metal, y lo inclinaban. Renunció a ello.

Su manos volvieron a cerrarse sobre el oleaje y lo redujeron.

Fabien respiró con fuerza. Si el radio volvía a subir a la antena por miedo a la tormenta, Fabien le rompería la cara al llegar. Era necesario a toda costa entrar en contacto con Buenos Aires, como si, a más de mil quinientos kilómetros, les pudiesen lanzar una cuerda por ese abismo. A falta de una luz temblorosa, de una lámpara de albergue casi inútil, pero que se habría mostrado en la tierra como un faro, le era necesaria al menos una voz, una sola, venida de un mundo que ya no existía. El piloto levantó y agitó el puño en su luz roja para hacer que el otro, atrás, comprendiese esa trágica verdad, pero el otro, inclinado sobre el espacio devastado, las ciudades enterradas y las luces muertas, no lo supo.

Fabien habría seguido todos los consejos, siempre que le hubiesen sido gritados. Pensaba: «Y si me dicen que gire en redondo, giro en redondo, y si me dicen que vaya del todo al sur...». Esas tierras en paz existían en alguna parte, suaves bajo sus grandes sombras de luna. Esos compañeros de allá abajo las conocían, instruidos como sabios, inclinados sobre mapas, todopoderosos, al amparo de lámparas hermosas como flores. ¿Qué sabía él, fuera de los remolinos y de la noche que empujaba contra él su torrente negro a la velocidad de un derrumbe? No se podía abandonar a dos hombres entre esas trombas y esas llamas en las nubes. No se podía. Ordenarían a Fabien: «Rumbo a doscientos cuarenta...», y él pondría el rumbo a doscientos cuarenta. Pero estaba solo.

Le pareció que también la materia se sublevaba. En cada caída, el motor vibraba tan fuerte que toda la masa del avión era presa de un temblor como de cólera. Fabien utilizaba sus fuerzas para dominar el avión, con la cabeza hundida en la carlinga, de cara al horizonte giroscópico, porque afuera no distinguía ya la masa del cielo de la de la tierra, perdido en una sombra donde se mezclaba todo, una sombra del origen de los mundos. Pero las agujas de los indicadores de posición oscilaban cada vez más aprisa, se volvían difíciles de seguir. El piloto, al que ellas engañaban, se debatía ya mal, perdía su altitud y se hundía poco a poco en esa sombra. Leyó su altitud, «quinientos metros». Ese era el nivel de las colinas. Sintió que rodaban hacia él con sus oleadas vertiginosas. Comprendía también que todas las masas del suelo, de las cuales la más pequeña lo habría aplastado, estaban como arrancadas de su soporte, desmontadas, y empezaban a girar, ebrias, a su alrededor. Y a su alrededor empezaban una especie de danza profunda que lo apretaba cada vez más.

Tomó una decisión. A riesgo de choque, aterrizaría en cualquier sitio. Y para evitar al menos las colinas, soltó su única bengala de iluminación. La bengala se encendió, dio vueltas, iluminó una llanura y se apagó en ella: era el mar.

Pensó muy aprisa: «Me he perdido. Cuarenta grados de corrección, me he desviado de todas formas. Es un ciclón. ¿Dónde está la tierra?». Viró de lleno al oeste. Pensó: «Y ahora, sin bengalas, voy a matarme». Eso tenía que pasar algún día. Y su compañero, allí atrás... «Seguro que ha vuelto a subir a la antena». Pero el piloto ya no estaba enojado con él. Si él mismo abría las manos, sencillamente, su vida se escaparía de ellas como un polvo vano. Tenía en sus manos el corazón batiente de su compañero y el suyo. Y de repente, sus manos lo atemorizaron.

Para amortiguar las sacudidas del volante en esos remolinos como golpes de ariete, se había aferrado a él con todas sus fuerzas, porque si no habrían cortado los cables de los mandos. Siempre se aferraba así. Y vio que ya no sentía sus manos, dormidas por el esfuerzo. Quiso mover los dedos para recibir de ellos un mensaje; no supo si lo obedecieron. Tenía algo extraño al final de sus brazos. Globos insensibles y blandos. Pensó: «Tengo que imaginarme con fuerza que estoy apretando...». No supo si el pensamiento llegaba a sus manos. Y como percibía las sacudidas del volante sólo por sus dolores de hombros: «Se me va a escapar. Mis manos se abrirán...». Pero se atemorizó por haberse permitido unas palabras así, porque esa vez creyó sentir que sus manos obedecían al oscuro poder de la imagen, y abrirse lentamente, en la oscuridad, para entregarlo.

Habría podido seguir luchando, intentar su suerte: no hay fatalidad exterior. Pero hay una fatalidad interior: viene en el momento en el que uno se ve vulnerable, entonces las faltas lo atraen a uno como un vértigo.

Y fue en ese momento cuando, en un claro de la tormenta, como un cebo mortal al fondo de una nasa, lucieron sobre su cabeza algunas estrellas.

Decidió que era una trampa: se ven tres estrellas en un hueco entre las nubes, se asciende hacia ellas, y a continuación ya no se puede descender y uno se queda allí, mordiendo las estrellas...

Pero su hambre de luz era tal, que ascendió.

## CAPÍTULO XVI

Ascendió, corrigiendo mejor los remolinos gracias a las referencias que ofrecían las estrellas. Su pálido imán lo atraía. Se había afligido tanto tiempo persiguiendo una luz, que ya no habría soltado ni la más indistinguible. Rico con una luz de albergue, habría girado hasta la muerte alrededor de esa señal de la que tenía hambre. Y ocurrió que ascendía hacia campos de luz.

Se elevaba poco a poco, en espiral, en el pozo que se había abierto y volvía a cerrarse por debajo de él. Y a medida que ascendía, las nubes perdían su barro de sombra, pasaban contra él como olas cada vez más puras y blancas.

Fabien emergió. Su sorpresa fue extrema: la claridad era tal, que lo deslumbraba. Por algunos segundos tuvo que cerrar los ojos. No habría creído jamás que las nubes pudiesen deslumbrar por la noche. Pero la luna llena y todas las constelaciones las convertían en olas radiantes.

De un solo golpe, en el mismo segundo en que emergió, el avión había ganado una calma que parecía extraordinaria. Ningún oleaje lo inclinaba. Como una barca que pasa el dique, él entraba en las aguas protegidas. Estaba preso de una parte del cielo desconocida y oculta, como la bahía de las islas muy afortunadas. La tormenta, por debajo de él, formaba otro mundo de tres mil metros de espesor, recorrido por ráfagas, trombas de agua y relámpagos, pero volvía hacia los astros una cara de cristal y de nieve.

Fabien creía que había llegado a limbos extraños, porque todo se volvía luminoso, sus manos, sus ropas, sus alas. Porque la luz no descendía de los astros, sino que, por debajo de él y a su alrededor se desprendía de sus provisiones blancas.

Esas nubes, por debajo de él, devolvían toda la nieve que recibían de la luna. También las de la derecha y las de la izquierda, altas como torres. Circulaba una leche de luz en la que se bañaba la tripulación. Fabien se dio vuelta y vio que el radio sonreía.

—¡Esto va mejor! —gritaba éste.

Pero la voz se perdía en el ruido del vuelo, únicamente comunicaban las sonrisas. «Estoy completamente loco por sonreír —pensaba Fabien—: nos hemos perdido».

Sin embargo, lo habían soltado mil brazos oscuros. Se habían desanudado sus ataduras, como las de un prisionero al que por un tiempo se le deja que camine solo entre las flores.

«Demasiado hermoso», pensaba Fabien. Deambulaba entre las estrellas, acumuladas con la densidad de un tesoro, en un mundo en el que nada más, absolutamente nada más que él, Fabien, y su compañero, estaban vivos. Eran semejantes a esos ladrones de las ciudades fabulosas, emparedados en la cámara de los tesoros de la que ya no podrán salir. Entre pedrerías heladas, deambulan infinitamente ricos, pero condenados.

## CAPÍTULO XVII

Uno de los radiotelegrafistas de Comodoro Rivadavia, escala de la Patagonia, hizo un gesto brusco, y todos los que velaban, impotentes, en el puesto se agruparon alrededor de ese hombre y se inclinaron.

Se inclinaban sobre un papel en blanco y duramente iluminado. La mano del operador aún dudaba, y el lápiz se mecía. La mano del operador tenía todavía prisioneras las letras, pero los dedos temblaban ya.

—¿Tormentas?

El radio dijo «sí» con la cabeza. Las interferencias lo impedían comprender.

Luego anotó algunos signos indescifrables, y luego, palabras. Después se pudo restablecer el texto: «Estamos bloqueados a tres mil ochocientos por encima de la tormenta. Navegamos de lleno al oeste hacia el interior, porque nos habíamos desviado al mar. Por debajo de nosotros todo está taponado. Ignoramos si seguimos sobrevolando el mar. Comuniquen si la tormenta se extiende al interior».

Para transmitir ese telegrama a Buenos Aires, se debió, por causa de las tormentas, hacer la cadena de puesto en puesto. El mensaje avanzaba en la noche como un fuego que se va encendiendo por turnos.

Buenos Aires hizo que se repondiese:

«Tempestad general en el interior. ¿Cuánta gasolina les queda?».

«Para una media hora».

Y esa frase, de vigilante en vigilante, subió hasta Buenos Aires.

La tripulación estaba condenada a hundirse, antes de treinta minutos, en un ciclón que la arrastraría hasta el suelo.

## CAPÍTULO XVIII

Y Rivière medita. Ya no mantiene ninguna esperanza: esa tripulación naufragará en alguna parte por la noche.

Rivière se acuerda de una visión que impactó su infancia: vaciaban un estanque para encontrar un cuerpo. Tampoco se encontraría nada antes de que esa masa de sombra se hubiese vertido al suelo; antes de que vuelvan a subir a la luz del día esas arenas, esas llanuras y esos trigos. Unos campesinos sencillos descubrirían quizá a dos niños con el codo plegado sobre la cara, que parecían dormir varados en la hierba y el oro de un fondo apacible. Pero la noche los habrá ahogado.

Rivière piensa en los tesoros enterrados en las profundidades de la noche como en los mares fabulosos... Esos manzanos por la noche, que esperan el día con todas sus flores, flores que todavía no sirven. La noche es rica, llena de perfumes, de corderos dormidos y de flores que todavía no tienen sus colores.

Poco a poco subirán hacia el día los gruesos surcos, los bosques mojados y las alfalfas frescas. Pero entre las colinas, ahora inofensivas, las praderas y los corderos, en la sabiduría del mundo, dos niños parecerán dormir. Y algo se habrá abierto paso del mundo visible al otro.

Rivière sabe que la mujer de Fabien es inquieta y tierna: ese amor apenas le fue prestado, como un juguete a un niño pobre.

Rivière piensa en la mano de Fabien, que por algunos minutos mantuvo todavía su destino en los mandos. Esa mano que hizo caricias. Esa mano que se posó sobre un pecho y allí levantó el tumulto, como una mano divina. Esa mano que se posó en una cara y la cambió. Esa mano que era milagrosa.

Fabien deambula sobre el esplendor de un mar de nubes, pero más abajo está la eternidad. Está perdido entre constelaciones que sólo él habita. Todavía mantiene el mundo en sus manos y lo mece contra su pecho. Aprieta en su volante el peso de la riqueza humana, y pasea desesperado, de una estrella a otra, el tesoro inútil que habrá que devolver...

Rivière piensa que un puesto de radio aún lo escucha. Únicamente liga todavía a Fabien con el mundo una ola musical, una modulación en menor. Ni una queja, ni un grito, sino el sonido más puro que haya formado alguna vez la desesperación.

# CAPÍTULO XIX

Robineau lo sacó de su soledad:

—Señor director, he pensado... tal vez se podría intentar...

No tenía nada que proponer, pero así daba testimonio de su buena voluntad. Le habría gustado mucho encontrar una solución, y la buscaba como la de un acertijo. Siempre encontraba soluciones que Rivière no escuchaba nunca: «Mire, Robineau, en la vida no hay soluciones, hay fuerzas en marcha; hay que crearlas y las soluciones siguen detrás». Así pues, Robineau limitaba su papel a crear una fuerza en marcha en el sindicato de mecánicos. Una humilde fuerza en marcha que preservaba del óxido a los bujes de las hélices.

Pero los acontecimientos de esa noche encontraban desarmado a Robineau. Su título de inspector no tenía poder alguno sobre las tormentas, ni sobre una tripulación fantasma, que verdaderamente ya no se debatía por una prima de puntualidad, sino por escaparse de una única sanción que anulaba las de Robineau, la muerte.

Y Robineau, ahora inútil, deambulaba sin trabajo entre los escritorios.

La mujer de Fabien se hizo anunciar. Llevada por la inquietud, esperaba en la oficina de los secretarios a que Rivière la recibiese. Los secretarios levantaban los ojos a hurtadillas hacia su cara. Ella sentía por ello una especie de vergüenza y miraba con miedo a su alrededor: aquí todo la rechazaba. Esos hombres que continuaban con su trabajo, como si caminasen sobre un cuerpo; esos expedientes en los que la vida humana, el sufrimiento humano, no dejaban más que un residuo de duras cifras. Buscaba señales que le hablasen de Fabien. En su casa todo mostraba esa ausencia: la cama entreabierta, el café servido, un ramo de flores... Allí no descubría señal alguna. Todo se oponía a la compasión, a la amistad, al recuerdo. La única frase que oyó, porque nadie levantaba la voz delante de ella, fue el juramento de un empleado, que reclamaba un informe. «El informe de las dinamos, ¡santo Dios, el que enviamos a Santos!». Ella levantó los ojos hacia ese hombre con una expresión de sorpresa infinita. Luego los llevó a la pared donde se extendía un mapa. Sus labios temblaban un poco, apenas.

Adivinaba, con cierta molestia, que aquí expresaba una verdad enemiga; casi lamentaba haber venido, habría querido esconderse, y se contenía de toser o de llorar por miedo a que la notasen demasiado. Se veía insólita, inconveniente, como si estuviera desnuda. Pero su verdad era tan fuerte que las miradas fugitivas volvían a subir, a hurtadillas, incansablemente, a leerla en su cara. Esa mujer era muy bella. Revelaba a los hombres el mundo sagrado de la felicidad. Revelaba qué materia augusta se toca al actuar, sin saberlo. Bajo tantas miradas, cerró los ojos. Revelaba qué paz se puede destruir, sin saberlo.

Rivière la recibió.

Ella venía a abogar tímidamente por sus flores, su café servido, su carne joven. En ese despacho aún más frío, su débil temblor de labios la asaltó de nuevo. Descubría también su propia verdad en ese otro mundo, inexpresable. Todo lo que se alzaba en ella de amor, casi salvaje de lo ferviente que era, y de dedicación, le parecía que aquí adquiría un rostro inoportuno y egoísta. Habría querido huir:

—Lo estoy molestando...

—Señora —le dijo Rivière—, usted no me molesta. Desgraciadamente, señora, usted y yo no podemos hacer nada más que esperar.

Ella se alzó débilmente de hombros, cuyo sentido comprendió Rivière: «Para qué sirven esa lámpara, esa cena servida, esas flores que voy a volver a encontrar...». Un día, una madre joven le confesó a Rivière: «Todavía no he comprendido la muerte de mi niño. Lo duro son las pequeñas cosas, como sus ropas, que vuelvo a encontrar, y, si me despierto por la noche, como esa ternura que me sube a pesar de todo al corazón, hoy por hoy inútil, como mi leche...». También para esa mujer la muerte de Fabien apenas empezaría mañana, en cada acto vano en adelante, en cada objeto. Fabien iría abandonando lentamente su casa. Rivière se callaba una compasión profunda.

—Señora...

La joven esposa se retiró con una sonrisa casi humilde, ignorando su propio poder.

Rivière se sentó, un poco pesado.

«Pero ella me ha ayudado a descubrir lo que yo buscaba...».

Golpeteaba distraídamente los telegramas de protección de las escalas norte. Fantaseaba.

«No pedimos ser eternos, sino no tener que ver que los actos y las cosas pierden su sentido de repente. Entonces se muestra el vacío que nos rodea...».

Sus miradas cayeron sobre los telegramas:

«Y aquí es por dónde se introduce la muerte en nuestra casa: estos mensajes que ya no tienen sentido...».

Miró a Robineau. Ese muchacho mediocre, ahora inútil, ya no tenía sentido. Rivière le dijo, casi con dureza:

—¿Tengo que darle trabajo yo mismo?

Y entonces Rivière empujó la puerta que daba a la sala de los secretarios, y la desaparición de Fabien lo golpeó, evidente, en las señales que la señora Fabien no había sabido ver. La ficha del R.B.903, el avión de Fabien, figuraba ya en el cuadro mural, en la columna del material indisponible. Los secretarios que preparaban los papeles del correo de Europa, sabiendo que se retrasaría, trabajaban mal. Desde la pista se pedían instrucciones por teléfono para los equipos que ahora velaban sin objeto. Las funciones de vida habían bajado el ritmo. «¡Aquí está la muerte!», pensó Rivière. Su obra se parecía a un velero averiado, sin viento, en el mar.

Oyó la voz de Robineau:

—Señor director... estaban casados desde hacía sólo seis semanas...

—Vaya a trabajar .

Rivière seguía mirando a los secretarios, y más allá de los secretarios, a los peones, a los mecánicos, a los pilotos, a todos los que lo habían ayudado en su obra con una fe de constructores. Pensó en las ciudades pequeñas de otro tiempo, que oían hablar de las «islas», y se construían un barco. Para cargarlo con su esperanza. Para que los hombres pudiesen ver su esperanza abriendo sus velas en el mar. Todos engrandecidos, todos sacados fuera de sí mismos, todos liberados por un barco. «Tal vez el fin no justifique nada, pero la acción libera de la muerte. Esos hombres duraban por su barco».

Y Rivière luchará también contra la muerte cuando devuelva a los telegramas su sentido pleno, su inquietud a los equipos de vigilia y a los pilotos su objetivo dramático. Cuando la vida reanime a esta obra, igual que el viento reanima a un velero en el mar.

# CAPÍTULO XX

Comodoro Rivadavia ya no oye nada, pero a mil kilómetros de allí, veinte minutos más tarde, Bahia Blanca capta un segundo mensaje:

«Descendemos. Entramos en las nubes...».

Y luego, en el puesto de Trelew aparecieron estas dos palabras de un texto oscuro:

«...Ver nada...».

Las ondas cortas son así. Se las capta en un sitio, pero en otro se quedan sordos. Y luego, sin razón alguna, todo cambia. Esa tripulación, cuya posición es desconocida, se manifiesta ya a los vivos fuera del espacio y fuera del tiempo, y en las hojas blancas de los puestos de radio ya son fantasmas los que escriben.

¿Se ha agotado la gasolina, o es que el piloto juega su última carta antes del accidente: volver a encontrar el suelo sin chocar con él?

La voz de Buenos Aires ordena a Trelew:

«Pregúntenselo».

El puesto de escucha telegráfica se parece a un laboratorio: níquel, cobre y manómetros, redes de conductores eléctricos. Los operadores de guardia, silenciosos con sus batas blancas, parecen curvarse sobre un experimento sencillo.

Tocan los instrumentos con sus dedos delicados, exploran el cielo magnético, como brujos que buscan la vena de oro.

—¿No responden?

—No responden.

Tal vez van a colgar la nota que sería una señal de vida. Si el avión y sus luces de bordo se elevan entre las estrellas, quizán van a oír cantar a esa estrella...

Corren los segundos. Fluyen realmente como la sangre. ¿Todavía dura el vuelo? Cada segundo trae una oportunidad. Pero el tiempo que corre parece que la destruye. Lo mismo que toca un templo durante veinte siglos, encuentra su camino en el granito y disemina el templo como polvo; entonces, los siglos de deterioro se reúnen en cada segundo y amenazan a una tripulación.

Cada segundo trae algo.

Esa voz de Fabien, esa risa de Fabien, esa sonrisa. El silencio gana terreno. Un silencio cada vez más pesado, que se instala sobre esa tripulación como el peso de un mar.

Entonces, alguien observa:

—Una hora y cuarenta. Último límite de la gasolina; es imposible que todavía estén volando.

Y se hace la paz.

Algo amargo y desabrido sube a los labios como en los finales de viaje. Se ha cumplido algo de lo que no se sabe nada, algo un poco descorazonador. Y entre todos esos níqueles y esas arterias de cobre se siente la misma tristeza que reina en las fábricas arruinadas. Todo ese material parece pesado, inútil, en desuso: un peso de ramas muertas.

Ya no queda más que esperar el día.

En algunas horas, Argentina entera emergerá a la luz, y esos hombres permanecen allá, como sobre un arenal, frente a la red de la que se tira, de la que se tira lentamente y de la que no se sabe lo que va a contener.

En su despacho, Rivière siente esa distensión que únicamente permiten los grandes desastres cuando la fatalidad libera al hombre. Hay que alertar a la policía de toda una zona. Ya no puede hacer nada más, hay que esperar.

Pero el orden debe reinar hasta en la casa de los muertos.

Rivière le hace una seña a Robineau:

—Telegrama para las escalas norte: «Previsto retraso importante correo Patagonia. Para no retrasar demasiado correo Europa, cerraremos correo Patagonia con siguiente correo Europa».

Se dobla un poco hacia delante. Pero hace un esfuerzo y se acuerda de algo, era importante. ¡Ah, sí! Y para no olvidarlo:

—Robineau.

—¿Señor Rivière?

—Escriba una nota. Prohibición a los pilotos de sobrepasar mil novecientas revoluciones: me están destrozando los motores.

—Bien, señor Rivière.

Rivière se dobla un poco más. Ante todo, necesita soledad:

—Vaya, Robineau. Vaya, amigo mío...

Y Robineau se asusta de esa igualdad ante las sombras.

## CAPÍTULO XXI

Robineau deambulaba ahora, con melancolía, por las oficinas. La vida de la Compañía se había detenido, puesto que ese correo, previsto para las dos, sería cancelado y no saldría más que de día. Los empleados de caras cerradas aún vigilaban, pero esa vigilancia era inútil. Todavía se recibían, con ritmo regular, los mensajes de protección de las escalas del norte, pero sus «cielo despejado», y sus «luna llena», y sus «viento nulo» suscitaban la imagen de un reino estéril. Un desierto de luna y de piedras. Cuando Robineau hojeaba, de hecho sin saber por qué, un expediente en el que trabajaba el jefe de la oficina, lo vio de pie delante de él, esperando con un respeto insolente a que se lo devolviese, con aire de decir: «Cuando buenamente quiera, ¿verdad? Es mío...». Esa actitud en un inferior desagradó al inspector, pero no se le ocurrió ninguna réplica y, enojado, le tendió el expediente. El jefe de la oficina volvió a sentarse con una gran nobleza. «Hubiera debido mandarlo a paseo», pensó Robineau. Entonces, por compostura, dio algunos pasos pensando en el drama. Ese drama provocaría la desgracia de una política, y Robineau lloraba por un duelo doble.

Y luego le vino la imagen de un Rivière encerrado, ahí, en su despacho, que le había dicho: «amigo mío...». Nunca le había faltado apoyo al hombre hasta ese punto. Robineau sintió una gran compasión por él. Revolvió en su cabeza algunas frases oscuramente destinadas a compadecer, a consolar. Lo animaba un sentimiento que le parecía muy hermoso. Entonces llamó a la puerta suavemente. No hubo respuesta. No se atrevió a llamar más fuerte en ese silencio, y empujó la puerta. Rivière estaba allí. Robineau entraba en casa de Rivière, por primera vez casi en el mismo plano, un poco como amigo, un poco en su idea, igual que el sargento que recibe, bajo las balas, al general herido, lo acompaña en la retirada y se hace su amigo en el exilio. «Estoy con usted, pase lo que pase», parecía que Robineau quería decir.

Rivière estaba callado y miraba sus manos con la cabeza agachada. Y Robineau, de pie ante él, ya no se atrevía a hablar. Hasta abatido, el león lo intimidaba. Robineau preparaba palabras cada vez más ebrias de dedicación, pero cada vez que levantaba los ojos se encontraba con esa cabeza inclinada de tres cuartos, esos cabellos grises, ¡esos labios apretados por tal amargura! Al fin, se decidió:

—Señor director...

Rivière levantó la cabeza y lo miró. Rivière salía de una ensoñación tan profunda y tan lejana, que quizá ni se había dado cuenta aún de la presencia de Robineau. Y nadie supo jamás qué ensoñación tuvo, ni lo que sintió, ni qué duelo se había instalado en su corazón. Rivière miró a Robineau mucho tiempo, como si fuese el testigo vivo de algo. A Robineau lo molestó. Cuanto más miraba Rivière a Robineau, tanto más se dibujaba en los labios de éste una ironía incomprensible. Cuanto más miraba Rivière a Robineau, tanto más se sonrojaba éste. Y tanto más le parecía a Rivière que Robineau había venido para dar testimonio aquí, con una buena voluntad conmovedora y desgraciadamente espontánea, de la tontería de los hombres.

El desconcierto invadió a Robineau. Ni el sargento, ni el general, ni las balas se presentaban ya. Ocurría algo inexplicable. Rivière seguía mirándolo. Entonces Robineau, a su pesar, rectificó un poco su actitud y sacó la mano de su bolsillo izquierdo. Rivière seguía mirándolo. Entonces, al fin, Robineau, con una molestia infinita y sin saber por qué, pronunció:

—He venido a recoger sus órdenes.

Rivière sacó su reloj, y dijo sencillamente:

—Son las dos. El correo de Asunción aterrizará a las dos y diez. Hagan que el correo de Europa despegue a las dos y cuarto.

Robineau propagó la sorprendente noticia: no se suspendían los vuelos nocturnos. Y Robineau se dirigió al jefe de la oficina:

—Tráigame ese expediente para que yo lo controle.

Y cuando el jefe de oficina estuvo delante de él, dijo:

—Espere.

Y el jefe de oficina esperó.

## CAPÍTULO XXII

El correo de Asunción señaló que iba a aterrizar.

Hasta en las horas peores, Riviére había seguido de telegrama en telegrama su marcha afortunada. Para él, en medio de ese desconcierto, era la revancha de su fe, la prueba. Ese vuelo afortunado anunciaba con sus telegramas otros mil vuelos igual de afortunados. «No todas las noches tenemos ciclones». Rivière pensaba también: «Una vez trazada la ruta, no se puede dejar de continuarla».

Descendiendo de escala en escala desde Paraguay, como desde un jardín encantador lleno de flores, de casas bajas y de aguas lentas, el avión se deslizaba al margen de un ciclón que no le nublaba ni una estrella. Nueve pasajeros, envueltos en sus mantas de viajes, se apoyaban con la frente en sus ventanas, igual que una vitrina llena de joyas, porque las ciudades pequeñas de Argentina desgranaban ya todo su oro por la noche, bajo el oro más pálido de las ciudades de estrellas. Delante, el piloto sostenía con sus manos su preciosa carga de vidas humanas con los ojos muy abiertos y llenos de luna, como un cabrero. Buenos Aires llenaba ya el horizonte con su luz rosada, y dentro de poco luciría con todas sus piedras, como las notas finales de una sonata que él hubiese tamborileado, alegre, en el cielo, y cuyo canto comprendía Rivière; y después volvió a subir a la antena, luego se estiró un poco, bostezó y sonrió: llegaban.

Después de aterrizar, el piloto encontró al piloto del correo de Europa, apoyado en su avión y con las manos en los bolsillos.

—¿Eres tú quien continúa?

—Sí.

—¿Está aquí el de la Patagonia?

—No se lo espera: desaparecido. ¿Hace buen tiempo?

—Hace muy buen tiempo. ¿Ha desaparecido Fabien?

Hablaron poco de ello. Una gran fraternidad los dispensaba de las frases.

Transbordaban al avión de Europa los sacos de tránsito de Asunción, y el piloto, siempre inmóvil, con la cabeza echada hacia atrás y la nuca contra la carlinga, miraba las estrellas. Sentía nacer en él un poder inmenso, y le vino un placer poderoso.

—¿Cargado? —dijo una voz—. Entonces, contacto.

El piloto no se movió. Estaban poniendo su motor en marcha. En sus hombros, apoyados en el avión, el piloto iba a sentir vivir a ese avión. El piloto se tranquilizaba al fin, después de tantas noticias falsas: saldrá... no saldrá... ¡saldrá! Su boca se entreabrió y sus dientes brillaron bajo la luna como los de una fiera joven.

—¡Cuidado con la noche, eh!

No oyó el consejo de su compañero. Con las manos en los bolsillos, la cabeza echada para atrás y la cara hacia las nubes, las montañas, los ríos y los mares, le comenzó una risa silenciosa. Una risa débil, pero que pasaba por él como una brisa por un árbol y lo hacía estremecerse por entero. Una risa débil, pero mucho más fuerte que esas nubes, esas montañas, esos ríos y esos mares.

—¿Qué te ocurre?

—Ese imbécil de Rivière que me ha... ¡que se imagina que tengo miedo!

## CAPÍTULO XXIII

En un minuto cruzará Buenos Aires, y Rivière, que reemprende su lucha, quiere oírlo. Oírlo nacer, retumbar y desaparecer, como el paso formidable de un ejército marchando en las estrellas.

Rivière, con los brazos cruzados, pasa entre los secretarios. Delante de una ventana, se detiene, escucha y piensa.

Si hubiese suspendido una sola salida, la causa de los vuelos nocturnos estaría perdida. Pero, adelantándose a los débiles, que mañana lo desaprobarían, Rivière ha lanzado esta otra tripulación a la noche.

Victoria... derrota... esas palabras no tienen ningún sentido. La vida está por debajo de esas imágenes, y ya las prepara nuevas. Una victoria debilita a un pueblo, una derrota despierta a otro. La derrota que ha sufrido Rivière es tal vez un compromiso que acerca a la victoria verdadera. Únicamente cuenta el acontecimiento en marcha.

En cinco minutos, los puestos telegráficos habrán alertado a las escalas. En quince mil kilómetros, la vibración de la vida habrá resuelto todos los problemas.

Ya asciende un canto de órgano: el avión.

Y Rivière, a pasos lentos, vuelve a su trabajo, entre los secretarios a los que encorva su mirada dura. Rivière el Grande, Rivière el Victorioso, que lleva su pesada victoria.

# Piloto de guerra

*Al comandante Alias, a todos mis compañeros del Grupo de Gran Reconocimiento Aéreo 2/33 y, más especialmente, al capitán observador Moreau y a los tenientes observadores Azambre y Dutertre, que han sido por turnos mis compañeros de a bordo en el curso de todos mis vuelos de guerra en la campaña 1939-1940, y de quienes soy amigo fiel para toda la vida.*

# CAPÍTULO PRIMERO

Sin duda estoy soñando. Estoy en el colegio. Tengo quince años. Resuelvo con paciencia mi problema de geometría. Acodado en un escritorio negro, utilizo sabiamente el compás, la regla y el transportador. Soy estudioso y tranquilo. A mi lado, unos compañeros hablan en voz baja. Uno de ellos alinea cifras en una pizarra. Otros, menos serios, juegan al *bridge*. De cuando en cuando me sumerjo más en el sueño y echo un vistazo por la ventana. Una rama de árbol oscila suavemente al sol. Me quedo mucho tiempo mirando. Soy un alumno distraído... Siento placer al disfrutar ese sol, igual que al saborear ese olor infantil a pupitre, a tiza y a pizarra. ¡Con cuánta alegría me encierro en esa infancia tan bien protegida! Lo sé muy bien, primero está la infancia, el colegio y los compañeros; luego llega el día en que se padecen los exámenes, o en el que se recibe algún diploma. En el que se franquea con angustia cierto porche, más allá del cual, de golpe, se es un hombre. Entonces los pasos caen más pesados sobre el suelo. Uno ya hace su propio camino en la vida. Los primeros pasos de su camino. En el que uno probará al fin sus armas con adversarios verdaderos. Se utilizarán la regla, la escuadra y el compás para construir el mundo, o para triunfar sobre los enemigos. ¡Se acabaron los juegos!

Sé que, por lo común, el colegial no teme enfrentarse a la vida. El colegial patalea de impaciencia. Los tormentos, los peligros y las amarguras de una vida de hombre no le intimidan al colegial.

Pero ocurre que soy un colegial muy raro. Soy un colegial que conoce su felicidad y que no está tan presionado para afrontar la vida...

Entra Dutertre. Lo invito.

—Siéntate ahí, voy a hacerte un truco de cartas...

Y estoy contento de encontrarle su as de picas.

Frente a mí, Dutertre se ha sentado en un escritorio negro como el mío, con las piernas colgando. Se ríe. Yo sonrío con modestia. Se nos une Pénicot y me pasa el brazo sobre el hombro.

—¿Qué pasa, compañero?

¡Dios mío, que tierno es todo esto!

Un vigilante (¿es un vigilante?) abre la puerta para convocar a dos compañeros. Dejan su regla y su compás, se levantan y salen. Los seguimos con los ojos. El colegio ha terminado para ellos. Los sueltan a la vida. Su ciencia les servirá. Van a probar con sus adversarios las recetas de sus cálculos, ya como hombres. Extraño colegio, de donde cada uno se va cuando le toca. Y sin grandes adioses. Esos dos compañeros ni siquiera nos han mirado. Sin embargo, bien pudiera ser que los azares de la vida los lleven más allá de China. ¡Muchísimo más allá! Cuando la vida dispersa a los hombres después del colegio, ¿pueden jurar que volverán a verse?

Nosotros, que todavía vivimos en la cálida paz de la incubadora, inclinamos la cabeza...

—Oye, Dutertre, esta tarde...

Pero la misma puerta se abre por segunda vez. Y oigo como un veredicto:

—El capitán De Saint-Exupéry y el teniente Dutertre, al despacho del comandante.

Se acabó el colegio. Es la vida.

—¿Tú sabías que nos tocaba a nosotros?

—Pénicot ha volado esta mañana.

Sin duda partimos en alguna misión, puesto que nos convocan. Estamos a finales de mayo, en plena retirada, en pleno desastre. Sacrifican a las tripulaciones igual que le echarían vasos de agua a un incendio en el bosque. ¿Cómo sopesar los riesgos cuando todo se derrumba? Para toda Francia, todavía somos cincuenta tripulaciones de Gran Reconocimiento. Cincuenta tripulaciones de tres hombres, de los que veintitrés son de los nuestros, del Grupo 2/33. En tres semanas hemos perdido diecisiete tripulaciones de veintitrés. Nos hemos fundido como cera. Ayer le dije al teniente Gavoille:

—Eso lo veremos después de la guerra.

Y el teniente Gavoille me respondió:

—De todos modos, mi capitán, ¿no tendrá usted la intención de estar vivo después de la guerra?

Gavoille no estaba quejándose. Sabemos muy bien que no se puede hacer otra cosa más que arrojarnos al brasero, aunque el gesto sea inútil. Somos cincuenta para toda Francia. ¡Toda la estrategia del ejército francés se apoya en nuestros hombros! Hay un bosque inmenso que se quema y algunos vasos de agua para apagarlo: los sacrificarán.

Es correcto. ¿Quién piensa en quejarse? ¿Se ha oído responder entre nosotros alguna vez otra cosa que: «Bien, mi comandante; sí, mi comandante; gracias, mi comandante; entendido, mi comandante»? Pero es una impresión que domina a todas las demás en el curso de este final de guerra. Es la de lo absurdo. Todo se rompe a nuestro alrededor, todo se desmorona. Es tan total, que la misma muerte parece absurda. A la muerte le falta seriedad en este desorden.

Entramos en el despacho del comandante Alias. (Hoy día aún está al mando, en Túnez, del mismo Grupo 2/33.)

—Buenos días, Saint Ex.; buenos días, Dutertre. Siéntense.

Nos sentamos. El comandante despliega un mapa sobre la mesa y se vuelve al ordenanza:

Vaya a buscar el informe meteorológico.

Luego golpetea la mesa con su lápiz. Lo observo. Tiene los rasgos cansados. No ha dormido. Ha ido y venido en automóvil en busca de un Estado Mayor fantasma, el Estado Mayor de la división, el Estado Mayor de la subdivisión... Ha estado tentado de pelearse con los almacenes de aprovisionamiento que no entregaban sus piezas de recambio. En la carretera se ha visto aprisionado en intrincados embotellamientos. También ha supervisado la última mudanza de salida y la última mudanza de entrada, porque cambiamos de terreno como indigentes perseguidos por un alguacil implacable. Alias ha logrado salvar cada vez los aviones, los camiones y diez toneladas de material. Pero lo notamos al límite de sus fuerzas, al límite de sus nervios.

—Pues bien, aquí está...

Sigue golpeteando la mesa y no nos mira.

—Es muy molesta...

Y luego se encoge de hombros.

—Es una misión molesta. Pero se agarran a ella en el Estado Mayor. Se agarran mucho a ella... Se lo he discutido, pero se agarran a ella... Es así.

Dutertre y yo miramos un cielo en calma a través de la ventana. Oigo cacarear las gallinas, porque el despacho del comandante está instalado en una granja, igual que la Sala de Información lo está en una escuela. No opondré el verano, los frutos que maduran, los peces que engordan y los trigos que crecen a la muerte tan próxima. No veo en qué contradeciría la calma del verano a la muerte, ni en qué sería una ironía la dulzura de las cosas. Pero se me ocurre una idea vaga: «Es un verano que se estropea, un verano averiado...». He visto trilladoras abandonadas; pueblos abandonados. Una fuente de un pueblo vacío dejaba fluir su agua. Se volvía charco el agua pura que tantos trabajos les costó a los hombres. De repente me viene una imagen absurda, la de relojes de pared averiados. De todos los relojes de pared averiados. Relojes de iglesias de pueblo. Relojes de estación. Péndulos de chimenea de las casas vacías. Y en esa vitrina de relojero huido, en ese osario de péndulos muertos. La guerra... Ya no se vuelven a subir los péndulos.

Ya no se recogen las remolachas. Ya no se reparan los vagones. Y el agua, que se recogía para la sed, o para el lavado de los hermosos encajes de domingo de los aldeanos, se derrama en un charco ante la iglesia. Y se muere en verano...

Es como si yo tuviese una enfermedad. Ese médico acaba de decirme: «Es muy molesta...». Entonces habría que pensar en el notario, en aquellos que quedan. De hecho, Dutertre y yo hemos comprendido que se trata de una misión sacrificada:

—Dadas las circunstancia actuales —termina el comandante—, no hay que tener los riesgos demasiado en cuenta...

Por supuesto. No se «pueden tener demasiado en cuenta». Y nadie se equivoca. Ni nosotros por sentirnos melancólicos, ni el comandante por sentirse incómodo. Ni el Estado Mayor, por dar órdenes. El comandante refunfuña, porque estas órdenes son absurdas. Nosotros también lo sabemos, pero el Estado Mayor lo conoce igualmente. Da órdenes porque hay que dar órdenes. En el curso de una guerra, el Estado Mayor da órdenes. Se las encomienda a hermosos caballeros, o, más modernamente, a motociclistas. Donde reinan el desorden y la desesperación, cada uno de esos hermosos caballeros baja de un salto de un caballo humeante. Muestra el Futuro, como la estrella de los Reyes Magos. Trae la Verdad. Y las órdenes reconstruyen el mundo.

Ese es el esquema de la guerra; la imaginería en color de la guerra. Y cada uno se esfuerza lo mejor que puede en hacer que la guerra se parezca a la guerra. Piadosamente. Cada uno se esfuerza en interpretar bien las reglas. Entonces, quizá pueda ser que esa guerra acepte de buena gana parecerse a una guerra.

Y para que se parezca a una guerra se sacrifican las tripulaciones, sin objetivos precisos. Nadie se confiesa que esta guerra no se parece a nada, que nada tiene sentido, que no se adapta ningún esquema, que se tira seriamente de hilos que ya no se conectan con las marionetas. Los Estados Mayores envían con convicción órdenes que no llegarán a ningún sitio. Se nos exigen informaciones que son imposibles de recopilar. La aviación no puede asumir la carga de explicarle la guerra a los Estados Mayores. Con sus observaciones, la aviación puede controlar hipótesis; pero ya no hay hipótesis. Y de hecho se solicita de una cincuentena de tripulaciones que le modelen un rostro a una guerra que no tiene ninguno. Se dirigen a nosotros como a una tribu de echadoras de cartas. Miro a Dutertre, mi observador cartomántico. Ayer mismo le objetaba a un coronel de la División:

—¿Y cómo hago para localizar las posiciones a diez mil metros sobre el suelo y a quinientos treinta kilómetros por hora?

—¡Vamos, usted verá muy bien desde dónde le disparan! Si le disparan, las posiciones son alemanas.

—Me he reído mucho —concluyó Dutertre después de la discusión.

Porque los soldados franceses no han visto nunca aviones franceses. Hay mil de ellos, distribuidos de Alsacia a Dunkerque. Más valdría decir que se han disuelto en el infinito. Asimismo, cuando en el frente pasa un aparato a ráfagas, a buen seguro es alemán. Más vale esforzarse en derribarlo antes de que suelte sus bombas. Ya sólo su rugido activa las ametralladoras y los cañones de tiro rápido.

—Con un método así —añadía Dutertre—. ¡Sus informaciones serán muy apreciadas!...

Y se las tendrá en cuenta, ¡porque en un esquema de guerra se deben tener en cuenta las informaciones!

Sí, pero la guerra también está desquiciada.

—Afortunadamente —nosotros lo sabemos muy bien— no se tendrán en cuenta nuestras informaciones. No podremos transmitirlas; las carreteras estarán embotelladas, los teléfonos, averiados. El Estado Mayor se habrá mudado de urgencia. Las informaciones importantes sobre la posición del enemigo nos las proporcionará el enemigo mismo. Hace algunos días, cerca de Laon, conversábamos sobre la posible posición de las líneas enemigas. Enviamos a un teniente de enlace con el general. A medio camino entre nuestra base y el general, el automóvil del teniente se tropieza con una apisonadora atravesada en la carretera, detrás de la que se refugian dos vehículos blindados. El teniente da media vuelta. Pero una ráfaga de ametralladora lo mata de golpe y deja herido al conductor. Los blindados son alemanes.

En el fondo, el Estado Mayor se parece a un jugador de *bridge* a quien le preguntasen desde un cuarto vecino:

—¿Qué debo hacer con mi rcina de picas?

El aislado se encogería de hombros. Sin haber visto nada del juego, ¿qué podría responder?

Pero un Estado Mayor no tiene el derecho de encogerse de hombros. Si todavía controla algunos elementos, debe hacerles actuar para tenerlos a mano y para intentar todas las posibilidades mientras dure la guerra. Aunque esté a ciegas, debe actuar y hacer que se actúe.

Pero es difícil adjudicarle un papel al azar a una reina de picas. Ya hemos constatado, con sorpresa al principio, y luego como una evidencia que habríamos podido prever, que cuando empieza el derrumbe, el trabajo falta. Se cree que el vencido está sumergido en un torrente de problemas, y que, para resolverlos, usa hasta la saciedad su infantería, su artillería, sus tanques, sus aviones... Pero la derrota hace desaparecer

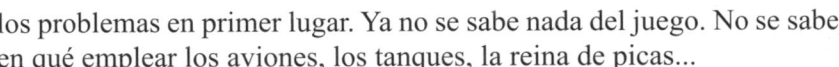

los problemas en primer lugar. Ya no se sabe nada del juego. No se sabe en qué emplear los aviones, los tanques, la reina de picas...

Se la lanza al azar sobre la mesa después de haberse roto la cabeza para descubrirle un papel eficaz. Reina la enfermedad, y no la fiebre. Únicamente la victoria se reviste de fiebre. La victoria organiza, la victoria construye. Y todos pierden el aliento llevando piedras. Pero la derrota hace que los hombres queden sumergidos en una atmósfera de incoherencia, de aburrimiento y, por encima de todo, de futilidad.

Porque, en primer lugar, las misiones que se nos exigen son inútiles. Cada día más inútiles, más sangrientas y más inútiles. Para oponerse a un deslizamiento de tierras, los que dan órdenes no tienen otro recurso que el de lanzar sus últimos naipes de triunfo sobre la mesa.

Dutertre y yo somos naipes de triunfo y escuchamos al comandante. Nos detalla el programa del mediodía. Nos envía a que sobrevolemos, a setecientos metros de altitud, los parques de tanques de la zona de Arras; de regreso de un largo recorrido a diez mil metros y con la voz que pondría para decirnos:

—Entonces siga por la segunda calle a la derecha hasta llegar a la primera plaza, ahí hay un estanco donde me comprará cerillas...

—Bien, mi comandante.

La misión, ni más ni menos útil. Ni más ni menos lírico el lenguaje que la da a conocer.

Me digo: «Misión sacrificada». Pienso... pienso en muchas cosas. Esperaré a la noche, si estoy vivo, para reflexionar. Pero estar vivo... Cuando una misión es fácil, de ella vuelve uno de cada tres; cuando es un poco «fastidiosa», volver es más difícil, evidentemente. Y aquí, en el despacho del comandante, la muerte no me parece ni augusta, ni majestuosa, ni heroica, ni desgarradora. No es más que una señal del desorden. Un efecto del desorden. El Grupo va a perdernos, igual que se pierden las maletas en los barullos de los enlaces de los trenes.

Y no es que yo no piense algo muy distinto de la guerra, de la muerte, del sacrificio, de Francia, pero me falta el concepto director, el lenguaje claro. Pienso por contradicciones. Mi verdad está a trozos, y no puedo hacer más que considerarlos uno tras otro. Si estoy vivo, esperaré a la noche para reflexionar. La noche querida. Durante la noche duerme la razón y las cosas son, simplemente. Las que verdaderamente importan recuperan su forma, sobreviven a las destrucciones de los análisis del día. El hombre vuelve a atar sus fragmentos y vuelve a ser un árbol en calma.

El día es para las escenas de tareas domésticas, pero, por la noche, quien se ha peleado vuelve a encontrar el amor. Porque el amor es más grande que ese viento de palabras. Y en su ventana, el hombre se apoya de codos bajo las estrellas, responsable de nuevo de los niños que duermen, del pan que vendrá, del sueño de la esposa que descansa, tan frágil, tan delicada y pasajera. El amor no se discute. Es. ¡Que venga la noche, para que se me muestre alguna evidencia que merezca el amor! Porque pienso en la civilización, en el destino del hombre, en el gusto por la amistad en mi país. Porque deseo servir a alguna verdad imperiosa, aunque quizá todavía sea inexpresable...

De momento soy muy parecido al cristiano al que ha abandonado la gracia. Yo interpretaré mi papel honradamente con Dutertre, eso es seguro, pero igual que se salvan los ritos cuando ya no tienen contenido cuando el dios se ha retirado de él. Esperaré a la noche, si todavía puedo vivir, para irme un poco a pie por la gran carretera que atraviesa nuestro pueblo, envuelto en mi querida soledad, para aceptar en ella por qué debo morir.

# CAPÍTULO II

Me despierto de mi sueño. El comandante me sorprende con una proposición extraña:

—Si esta misión le molesta demasiado... si no se siente en forma, yo puedo...

—¡Vamos, mi comandante!

El comandante sabe bien que una proposición así es absurda. Pero cuando una tripulación no regresa, uno se acuerda de la gravedad de las caras a la hora de la partida. Se interpreta esa gravedad como la señal de un presentimiento. Uno se acusa de no haberla tenido en cuenta.

El escrúpulo del comandante hace que me acuerde de Israel. Yo estaba fumando anteayer en la ventana de la Sala de Informaciones. Cuando lo vi desde mi ventana, Israel caminaba rápidamente. Tenía la nariz roja. Una gran nariz, muy judía y muy roja. Bruscamente, me impresionó la nariz roja de Israel.

Yo tenía una amistad profunda por Israel, cuya nariz estaba valorando. Era uno de los compañeros pilotos más valientes del Grupo. Uno de los más valientes y de los más modestos. Se le había hablado tanto de la prudencia judía, que él debía tomar su valor por prudencia. Es prudente ser vencedor.

Entonces noté su gran nariz roja, que no brilló más que un momento, vista la rapidez de los pasos que llevaban a Israel y a su nariz. Sin querer burlarme de él, me volví hacia Gavoille:

—¿Por qué tiene una nariz así?

—Su madre se la hizo —respondió Gavoille.

Pero añadió:

—Extraña misión a baja altitud. Él va a partir.

—¡Ah!

Y, claro está, me acordé por la noche, cuando habíamos dejado de esperar el regreso de Israel, de esa nariz que, plantada en una cara totalmente impasible, le expresaba a él solo, con una especie de genio, la más pesada de las preocupaciones. Si hubiera sido yo quien ordenó la partida de Israel, la imagen de esa nariz me habría perseguido como un reproche. En efecto, Israel no había respondido a la orden de partida más que: «Sí, mi comandante. Bien, mi comandante. Oído, mi comandante». En efecto, a Israel no le había temblado ni uno solo de los músculos de la cara, pero no el color de su nariz. Y la nariz se había aprovechado para manifestarse, por su cuenta, en el silencio. La nariz, sin saberlo Israel, le había expresado al comandante su fuerte desaprobación.

Quizá sea eso por lo que al comandante no le gusta nada hacer que salgan los que imagina abrumados de presentimientos. Los presentimientos engañan casi siempre, pero hacen que las órdenes de guerra tengan un sonido de condena. Alias es un jefe, no un juez.

El otro día fue así, a propósito del ayudante T.

Israel era tan valiente como T. era accesible al miedo. Es el único hombre que yo haya conocido que realmente sentía miedo. Cuando se le daba a T. una orden de guerra, se desencadenaba en él una extraña subida del vértigo. Era algo sencillo, inexorable y lento. T. se ponía tenso lentamente de pies a cabeza. Su cara estaba como lavada de toda expresión. Y los ojos le empezaban a brillar.

Al contrario de Israel, cuya nariz me había parecido tan apenada, apenada por la probable muerte de Israel a la vez que muy irritada, T. no creaba movimientos internos. No reaccionaba: se transformaba. Cuando se había terminado de hablarle, se descubría que simplemente se le había encendido la angustia. La angustia empezaba a esparcir sobre su cara una especie de claridad pareja. Desde entonces, T. estaba como fuera de alcance. Se notaba que entre el universo y él se ampliaba un desierto de indiferencia. En este mundo no he conocido esa forma de éxtasis en nadie, en ningún sitio.

—Yo nunca debería haberlo dejado partir ese día —decía más tarde el comandante.

Ese día, cuando el comandante le anunció su partida a T., éste no sólo había palidecido, sino que había empezado a sonreír. A sonreír, simplemente. Tal vez así lo hacen los torturados cuando el verdugo sobrepasa de verdad los límites.

—Usted no está bien. Lo sustituyo...

—No, mi comandante. Puesto que es mi turno, es mi turno.

Y T., en posición de firmes ante el comandante, lo miraba directamente sin hacer ni un movimiento.

—Pero si no se siente seguro de usted mismo...

—Es mi turno, mi comandante, es mi turno.

—Vamos, T.

—Mi comandante...

El hombre parecía un bloque de piedra. Y Alias:

—Entonces lo dejé partir.

Lo que siguió no recibió explicación alguna. T., ametrallador de a bordo del aparato, sufrió un intento de ataque por parte de un caza enemigo. Pero como las ametralladoras se le habían encasquillado, el caza dio media vuelta. El piloto y T. estuvieron hablando entre sí hasta los alrededores del terreno de la base, sin que el piloto notase nada anormal. Pero a cinco minutos de la llegada ya no obtuvo respuesta.

Por la noche encontraron a T. con el cráneo roto por el estabilizador del avión. Había saltado en paracaídas en condiciones desastrosas, a toda velocidad, y eso en territorio amigo, cuando ya no lo amenazaba ningún peligro. El paso del caza había actuado como una llamada irresistible.

—Vayan a vestirse —nos dijo el comandante—, tienen que estar en el aire a las cinco horas treinta.

—Hasta la vista, mi comandante.

El comandante responde con un gesto vago. ¿Superstición? Como se me ha apagado el cigarrillo, me hurgo en vano los bolsillos:

—¿Por qué nunca tiene usted cerillas?

Eso es exacto. Y después de esa despedida cruzo la puerta preguntándome: ¿Por qué nunca tengo cerillas?

—La misión lo fastidia —observa Dutertre.

Yo pienso: ¡le importa un pimiento! Pero no es en Alias en quien pienso al formar ese exabrupto injusto. Estoy impactado por una evidencia que no confiesa nadie: la vida de la mente es intermitente. Únicamente la vida de la inteligencia es permanente, más o menos. Hay pocas variaciones en mis facultades de análisis. Pero la mente no considera los objetos, considera el sentido que los ata entre sí. La cara que se lee a través. Y la mente pasa de la visión plena a la ceguera absoluta. A quien ama su terreno le llega la hora en la que no descubre allí más que el ensamblaje de objetos dispares. A quien ama a su mujer le llega la hora en la que en el amor no ve más que preocupaciones, contrariedades y obligaciones. A quien disfrutaba de tal música le llega la hora en la que no recibe nada de ella. Llega la hora, como ahora, en la que ya no comprendo a mi país. Un país no es la suma de regiones, de costumbres y de materiales que mi inteligencia siempre puede captar. Es un Ser. Y llega la hora en la que me veo ciego para los Seres.

El comandante Alias ha pasado la noche en casa del general, conversando sobre lógica pura. La lógica pura arruina la vida de la mente. Y luego, en la carretera, se ha agotado con los embotellamientos interminables. Después, al volver al Grupo, se ha encontrado con muchas dificultades materiales, de ésas que le roen a uno poco a poco como los muchos efectos de un deslizamiento en la montaña que no se puede contener. Al final nos ha convocado para lanzarnos a una misión imposible. Somos objeto de la incoherencia general. Para él no somos Saint-Exupéry o Dutertre, dotados de un modo particular de ver las cosas o de no verlas, de pensar, de caminar, de beber y de sonreír; somos fragmentos de una gran construcción a la que le hace falta más tiempo, más silencio y más espacio para descubrir el ensamblaje. Si yo estuviese aquejado de un tic nervioso, Alias no notaría más que el tic. Ya no enviaría sobre Arras más que la imagen de un tic. En el embrollo de los problemas planteados, en el derrumbe, nosotros mismos nos hemos dividido en trozos. Esa voz. Esa nariz. Ese tic. Y los trozos no conmueven.

Aquí no se trata en absoluto del comandante Alias, sino de todos los hombres. Durante los trabajos del entierro queremos al muerto, no estamos en contacto con la muerte. La muerte es algo grande. Es una nueva red de relaciones con las ideas, los objetos y las costumbres del muerto. Es una nueva configuración del mundo. En apariencia, no ha cambiado nada, pero ha cambiado todo. Las páginas del libro son las mismas, pero no el sentido del libro. Para sentir la muerte nos hace falta imaginar las horas en las que tenemos necesidad del muerto. Entonces nos falta. Imaginar las horas en las que él tuvo necesidad de nosotros. Pero ya no tiene necesidad de nosotros. Imaginar la hora de la visita amistosa. Y descubrirla hueca. Tenemos que ver la vida en perspectiva, pero el día en que se entierra no hay ni perspectiva ni espacio. El muerto está todavía en trozos. El día en que se entierra, nos dispersamos en pisoteos, en manos de amigos verdaderos o falsos que estrechar, en preocupaciones materiales. El muerto sólo morirá mañana, en el silencio. Se nos mostrará en su plenitud para despegarse, en su plenitud, de nuestra sustancia. Entonces lloraremos por causa del que se va y no podemos retener.

No me gustan las imágenes de la guerra que hay en Épinal. Allí, el rudo guerrero pisa una lágrima y disimula su emoción bajo humoradas rudas. Es falso. El rudo guerrero no disimula nada. Si suelta una humorada, es que piensa una humorada.

La calidad del hombre no está involucrada. El comandante Alias es perfectamente sensible. Si no regresamos, tal vez sufra más por ello que cualquier otro. A condición de que se trate de nosotros, y no de una suma de detalles diversos. A condición de que esa reconstrucción le esté permitida por el silencio. Porque si esta noche el alguacil que nos persigue vuelve a obligar al Grupo a mudarse, en la avalancha de los problemas, una rueda de camión averiado hará que se informe más tarde de nuestra muerte. Y Alias se olvidará de sufrir por ello.

Así yo, que parto en misión, no pienso en la lucha de Occidente contra el nazismo. Pienso en detalles inmediatos. Pienso en lo absurdo de sobrevolar Arras a setecientos metros. En la vanidad de los informes que desean de nosotros. En la lentitud del cambio de ropa, que se me aparece como una vestimenta para el verdugo. Y luego pienso en mis guantes. ¿Dónde diablos voy a encontrar guantes? He perdido los guantes.

Ya no veo la catedral que habito.

Me visto para el servicio de un dios muerto.

## CAPÍTULO III

—Date prisa... ¿Dónde están mis guantes?... No... ésos no son... búscalos en mi bolsa...

—No los encuentro, mi capitán.

—Eres un imbécil.

Todos ellos son unos imbéciles. El que no sabe encontrar mis guantes, y el otro, el del Estado Mayor, con su idea fija de misiones a baja altitud.

—Te he pedido un lápiz. Hace diez minutos que te he pedido un lápiz... ¿Es que no tienes ninguno?

—Claro que sí, mi capitán.

Aquí hay uno que es inteligente.

—Cuélgame ese lápiz de un cordel. Y abrocha ese cordel en este ojal... Dígame pues, ametrallador, no tiene aspecto de darse prisa...

—Es porque ya estoy listo, mi capitán.

—¡Ah! Bien.

Me desvío hacia el observador:

—¿Todo bien, Dutertre? ¿Falta algo? ¿Ha calculado los rumbos?

—Tengo los rumbos, mi capitán...

Bien. Tiene los rumbos. Una misión sacrificada... Le pregunto si se supone que se sacrifique una tripulación por informes de los que nadie tiene necesidad y que, si alguno de nosotros vive todavía para presentarlos, no serán transmitidos a nadie nunca...

—En el Estado Mayor deberían contratar espiritistas.

—¿Por qué?

—Para que esta noche pudiésemos comunicarles sus informaciones en la mesa giratoria.

No estoy muy orgulloso de mi ocurrencia, pero sigo refunfuñando:

—Los Estados Mayores, los Estados Mayores, ¡que se vayan los Estados Mayores a hacer las misiones sacrificadas!

Porque el ceremonial del cambio de ropa es largo cuando la misión aparece como desesperada y si uno se equipa con tanto cuidado para achicharrarse vivo. Es laborioso ponerse esas tres capas de prendas superpuestas, encasquetarse el almacén de accesorios que se lleva como un prendero, organizar el circuito de oxígeno, el circuito de calefacción, el circuito de comunicaciones telefónicas entre los miembros de la tripulación. Tomo mi respiración de esa máscara. Un tubo de goma me conecta al avión, tan esencial como el cordón umbilical. El avión entra en el circuito de la temperatura de mi sangre. El avión entra en el circuito de mis comunicaciones humanas. Se me han añadido órganos que de alguna manera se interponen entre yo y mi corazón. Cada momento me hago más pesado, más voluminoso, más difícil de manejar. Giro como un solo bloque, si me inclino para apretar correas o tirar de los cierres que se resisten, todas mis articulaciones se ponen a gritar. Mis antiguas fracturas me hacen daño.

—Pásame otro casco. Te he dicho un montón de veces que ya no quería el mío. Es demasiado justo.

Porque, sabe Dios por qué misterio, el cráneo se hincha a mucha altitud. Y un casco normal en el suelo, aprieta los huesos como un torno a diez mil metros.

—Pero su casco es distinto, mi capitán. Lo he cambiado...

—¡Ah! Bueno.

Porque refunfuño por todo, pero sin remordimiento alguno. ¡Tengo mucha razón! Además, todo eso no tiene importancia alguna. En ese momento estábamos atravesando el centro mismo de ese desierto interior del que hablaba. Ahí no hay más que residuos. Ni siquiera siento vergüenza por desear el milagro que cambie el curso de este mediodía. La avería del laringófono, por ejemplo. ¡Los laringófonos están siempre averiados! ¡Son de pacotilla! Una avería del laringófono evitaría que nuestra misión fuese sacrificada...

El capitán Vezin se me acerca con aspecto sombrío. El capitán Vezin se acerca a cada uno de nosotros con aspecto sombrío antes de la partida de la misión. Entre nosotros, el capitán Vezin se encarga de las relaciones con los organismos de vigilancia de los aviones enemigos. Su papel es informarnos de sus movimientos. Vezin es un amigo al que quiero tiernamente, pero es un agorero. Lamento divisarlo:

—Amigo mío —me dice Vezin—, ¡qué molesto, qué molesto, qué molesto!

Y se saca unos papeles del bolsillo. Luego, mirándome suspicaz:

—¿Por dónde sales?

—Por Albert.

—Eso está bien. Eso está bien. ¡Ah, qué molesto!

—No hagas el tonto, ¿qué hay?

—¡Tú no puedes partir!

—¡Que yo no puedo partir!... ¡Eso es muy bueno, Vezin! ¡Que Dios Padre le conceda una avería de laringófono!

—No puedes pasar.

—¿Y por qué no puedo pasar?

—Porque hay tres misiones de cazas alemanes que se relevan permanentemente por encima de Albert. Una de ellas a seis mil metros, otra a siete mil quinientos y la otra a diez mil. Ninguna deja el cielo antes de que llegue el remplazo. Hacen una prohibición *a priori*. Vas a arrojarte a una red. Y además, ¡toma, mira!

Y me enseña un papel sobre el que ha garabateado unas demostraciones incomprensibles.

Sería mejor que Vezin me dejase en paz. Las palabras «prohibición *a priori*» me han impresionado. Pienso en las luces rojas y en las sanciones. Pero aquí la sanción es la muerte. Sobre todo, detesto ese *a priori*. Tengo la impresión de que se dirigía personalmente a mí.

Hago un gran esfuerzo de inteligencia. Siempre es *a priori* como el enemigo defiende sus posiciones. Esas palabras son pamplinas... Y además, me importan una mierda los cazas. Cuando descienda a setecientos metros será la artillería antiaérea lo que me abata. ¡No puede fallar! Me puse bruscamente agresivo:

—En resumen, ¡vienes a mostrarme, con toda urgencia, que la existencia de una aviación alemana hace que mi partida sea muy imprudente! Corre a avisar al general...

No le habría costado mucho a Vezin tranquilizarme amablemente bautizando a sus famosos aviones como «cazas que se mueven por la parte de Albert...».

¡El sentido era exactamente el mismo!

# CAPÍTULO IV

—Todo está listo. Estamos a bordo. Queda probar los laringófonos.

—¿Me oye bien, Dutertre?

—Le oigo bien, mi capitán.

—Y usted, ametrallador, ¿me oye bien?

—Yo... sí... muy bien.

—Dutertre, ¿oye usted bien al ametrallador?

—Lo oigo bien, mi capitán.

—Ametrallador, ¿oye usted al teniente Dutertre?

—Yo... sí... muy bien.

—¿Por qué dice usted siempre: Yo... sí... muy bien?

—Estoy buscando mi lápiz, mi capitán.

Los laringófonos no están averiados.

—Ametrallador, ¿es normal la presión de aire en las botellas?

—Yo... sí... normal.

—¿Las tres botellas?

—Las tres botellas.

—¿Preparado, Dutertre?

—Preparado.

—¿Preparado, ametrallador?

—Preparado.

—Entonces vamos allá.

Y despegó.

# CAPÍTULO V

La angustia se debe a la pérdida de una identidad verdadera. Si espero un mensaje del que depende mi felicidad o mi desesperación, estoy como desplazado en la nada. Mientras la incertidumbre me tenga en suspenso, mis sentimientos y mis actitudes ya no son más que un disfraz provisional. Segundo a segundo, igual que construye el árbol, el tiempo deja de fundar al personaje verdadero que vivirá en mí dentro de una hora. Ese yo desconocido viene a mi encuentro desde el exterior, como un fantasma. Entonces tengo una sensación de angustia. La mala noticia, y no la angustia, provoca el sufrimiento: es algo muy distinto.

Pero ocurre que el tiempo ha dejado de fluir en el vacío. Al fin estoy instalado en mi función. Ya no me proyecto en un futuro sin rostro. Yo no soy quien tal vez entre en barrena en el torbellino del incendio. El futuro ya no me obsesiona a la manera de una aparición extraña. De ahora en adelante, mis actos lo componen, uno tras otro. Yo soy quien controla la brújula para mantener 313° en ella. Quien regula el paso de las hélices y el recalentamiento del aceite. Son preocupaciones inmediatas y sanas. Son las preocupaciones de la casa, las pequeñas tareas del día que quitan la sensación de envejecer. El día se convierte en una casa muy brillante, una plancha muy pulida, un oxígeno muy fluido. En efecto, controlo el suministro de oxígeno, porque ascendemos rápidamente: seis mil setecientos metros.

—¿Va bien el oxígeno, Dutertre? ¿Se siente usted bien?

—Va bien, mi capitán.

—¡Oiga, ametrallador! ¿Va bien el oxígeno?

—Yo... sí... va bien, mi capitán...

—¿No ha encontrado su lápiz?

Me convierto también en el que aprieta el botón S y el botón A a la vista del control de mis ametralladoras. A propósito...

—¡Oiga, ametrallador! ¿No tiene usted una ciudad muy grande, hacia atrás, en su ángulo de tiro?

—Eh... no, mi capitán.

—Vamos. Pruebe sus ametralladoras.

Oigo ráfagas.

—¿Ha ido bien?

—Ha ido bien.

—¿Todas las ametralladoras?

—Eh... Sí... todas.

Disparo a mi vez. Me pregunto adonde van esas balas que se descargan sin escrúpulos a lo largo de los campos amigos. No matan nunca a nadie. La tierra es grande.

Cada minuto así me alimenta con su contenido. Estoy tan poco angustiado como un fruto que madura. Por supuesto, las condiciones del vuelo cambiarán a mi alrededor. Las condiciones y los problemas. Pero estoy metido en la fabricación de ese futuro. El tiempo me moldea poco a poco. El niño no se asusta de ir formando pacientemente un anciano. Es niño, y juega a sus juegos de niño. Yo también juego. Cuento los diales, las manecillas, los botones y las palancas de mi reino. Cuento ciento tres objetos que verificar, que estirar, que girar o que apretar. (Apenas he hecho trampas al contar como dos el mando de mis ametralladoras: tiene una clavija de seguridad.) Esta noche dejaré deslumbrado al granjero que me aloja. Le diré:

—¿Sabe usted cuántos instrumentos debe controlar un piloto hoy día?

—¿Cómo quiere usted que lo sepa?

—No importa. Diga un número.

—¿Y qué número quiere usted que le diga?

Porque mi granjero no tiene tacto alguno.

—¡Diga un número cualquiera!

—Siete.

—¡Ciento tres!

Y estaré contento.

Mi paz está hecha también de que todos los instrumentos con los que estaba cubierto hayan tomado su lugar y recibido su significado. Todas estas tripas de tubos y de cables se han convertido en una red de circulación. Soy un organismo diluído en el avión. El avión crea mi bienestar cuando giro ese botón que calienta progresivamente mis ropas y mi oxígeno. De hecho, el oxígeno está demasiado caliente y me quema la nariz. Ese mismo oxígeno está regulado, en proporción a la altitud, por un instrumento complejo. Y es el avión lo que me alimenta. Eso me parecía inhumano antes del vuelo, y ahora, amamantado por el avión mismo, siento una especie de ternura filial por él. Una especie de ternura de alimentación. En cuanto a mi peso, se distribuye sobre los puntos de apoyo. Mi triple espesor de ropas superpuestas y mi pesado paracaídas dorsal oprimen el asiento. Mis enormes zapatos se apoyan en la barra de carga. Mis manos con guantes gruesos y rígidos, tan torpes en el suelo, maniobran el volante con facilidad. Maniobran el volante... Maniobran el volante...

—¡Dutertre!

—¿... pitán?

—Verifique primero sus contactos. Le oigo a saltos. ¿Me oye usted?

—... Le... go... capi...

—¡Sacuda sus bártulos! ¿Me oye usted?

La voz de Dutertre vuelve clara:

—¡Le oigo muy bien, mi capitán!

—Bien.

—Pues bien, hoy los mandos se hielan otra vez; el volante está duro, y en cuanto al timón de profundidad, ¡está completamente bloqueado!

—Muy alegre. ¿Qué altitud?

—Nueve mil setecientos.

—¿Cuánto frío?

—Cuarenta y ocho grados bajo cero.

—¿Y usted, va bien el oxígeno?

—Va bien, mi capitán.

—Ametrallador, ¿va bien el oxígeno?

Ninguna respuesta.

—¡Oiga, ametrallador!

Ninguna respuesta.

—Dutertre, ¿oye al ametrallador?

—No oigo nada, mi capitán...

—¡Llámelo!

—¡Ametrallador! ¡Eh, ametrallador!

Ninguna respuesta. Pero antes de lanzarme en picado sacudo brutalmente el avión para despertar al otro si duerme.

—¿Mi capitán?

—¿Es usted, ametrallador?

—Yo... eh... sí...

—¿No está usted seguro de ello?

—¡Claro que sí!

—¿Por qué no respondía?

—Estaba haciendo una prueba de radio. ¡Había desconectado!

—¡Es usted un cabrón! ¡Se lo advierto! He estado a punto de lanzarme en picado: ¡creí que usted estaba muerto!

—Yo... no.

—Me fío de su palabra, ¡pero no me haga más esa mala jugada! ¡Avíseme antes de desconectar, maldita sea!

—Perdón, mi capitán. Oído, mi capitán. Avisaré.

Porque el organismo no siente la avería de oxígeno. Se traduce en una euforia vaga que en pocos segundos lleva al desvanecimiento, y en algunos minutos a la muerte. Así pues, es indispensable el control permanente del flujo de oxígeno, así como el control por parte del piloto del estado de sus pasajeros.

Pellizco entonces a golpecitos el tubo de alimentación de mi máscara para saborear en mi nariz las bocanadas calientes que traen la vida.

En resumen, hago mi trabajo. No siento nada más que el placer físico de los actos llenos de sentido que se bastan a sí mismos. No experimento la sensación de un peligro grande (yo estaba de otra manera al vestirme), ni la sensación de un gran deber. El combate entre Occidente y el nazismo se convierte esta vez, en la escala de mis actos, en una acción sobre los mandos, las palancas y las llaves. Está bien así. En el sacristán, el amor a su Dios se hace amor por el encendido de los cirios. El sacristán va con un paso igual, en una iglesia que él no ve, y se satisface con hacer que florezcan los candelabros uno tras otro. Cuando todos están encendidos, se frota las manos. Está orgulloso de sí mismo.

Yo he regulado admirablemente el paso de mis hélices y mantengo mi rumbo cerca de un grado. Eso debe maravillar a Dutertre, si es que observa un poco la brújula...

—Dutertre... yo... el rumbo a la brújula... ¿Va bien?

—No, mi capitán. Demasiada deriva. Tuerza a la derecha.

¡Tanto peor!

 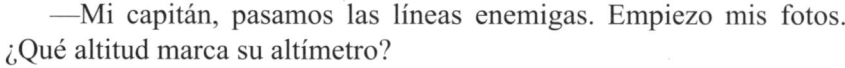

—Mi capitán, pasamos las líneas enemigas. Empiezo mis fotos. ¿Qué altitud marca su altímetro?

—Diez mil.

## CAPÍTULO VI

—Capitán... ¡brújula!

Exacto. He torcido a la izquierda. No es al azar... es la ciudad de Albert, que me rechaza. La vislumbro delante, muy lejos. Pero ya se aprieta contra mi cuerpo con todo el peso de su «prohibición *a priori*». ¡Qué memoria se oculta pues en la masa de los miembros! Mi cuerpo se acuerda de las caídas sufridas, de las fracturas de cráneo, de los comas viscosos como jarabes y de las noches de hospital. Mi cuerpo teme los golpes. Intenta evitar Albert. Cuando no lo vigilo, tuerce a la izquierda. Tira a la izquierda, a la manera de un caballo viejo que desconfiará toda la vida del obstáculo que lo asustó una vez. Claramente, se trata de mi cuerpo... no de mi mente... Si estoy distraído es cuando mi cuerpo se aprovecha astutamente, y esquiva Albert.

Porque no siento nada que sea muy penoso. Ya no deseo perderme la misión. Hace un momento he creído formar ese deseo. Me decía: «Los laringófonos se averiarán. Tengo mucho sueño. Iré a dormir». Me hacía una imagen maravillosa de ese lecho de pereza. Pero también sabía, en profundidad, que no hay nada que esperar de una misión fallida, sino una especie de desazón agria. Es como si una transformación necesaria hubiese fracasado.

Eso me recuerda el colegio... Cuando yo era niño...

—... ¡Capitán!

—¡Qué!

—No, nada... creí que veía...

No me gusta mucho lo que él creía ver...

Sí... cuando se es un niño en el colegio, uno se levanta demasiado temprano. A las seis de la mañana. Hace frío. Uno se frota los ojos y se padece de antemano la triste lección de gramática. Por eso uno sueña con enfermar para despertarse en la enfermería, donde religiosas de tocas blancas le traen a uno tisanas azucaradas a la cama. Uno se hace muchas ilusiones sobre ese paraíso. Entonces, claro, si padecía un resfriado tosía un poco más que lo necesario. Y, desde la enfermería donde me despertaba, oía tocar la campana para los demás. Si había hecho una trampa muy grande, esa campana me castigaba mucho: me transformaba en fantasma. Tocaba afuera las horas verdaderas, las de la austeridad de las clases, las del tumulto de los recreos, las de la calidez del comedor. Allí fuera, creaba para los vivos una existencia densa, rica en miserias, en impaciencias, en júbilos y en pesares. Yo estaba robado, olvidado, asqueado de tisanas insípidas, de la cama húmeda y de las horas sin rostro.

No hay nada que esperar de una misión fallida.

# CAPÍTULO VII

Ciertamente, algunas veces, como hoy, la misión no puede satisfacer. Es muy evidente que jugamos a un juego que imita la guerra. Jugamos a policías y ladrones. Observamos correctamente la moral de nuestros libros de Historia y las reglas de nuestros manuales. Así que esta noche he rodado, en automóvil, sobre la pista. Y el centinela de guardia, según la consigna, ha cruzado la bayoneta frente a ese automóvil, ¡que también podría haber sido un tanque! Jugamos a cruzar la bayoneta delante de los tanques.

¿Cómo nos entusiasmaríamos por esas charadas un poco crueles, en las que nosotros tenemos un papel de figurantes tan evidente, cuando se nos pide que lo tengamos hasta la muerte? La muerte es demasiado seria para una charada.

¿Quién se vestiría en la euforia? Nadie. El mismo Hochedé, que es una especie de santo, que ha alcanzado ese estado de don permanente que sin duda es la proeza del hombre, el mismo Hochedé se refugia en el silencio. Así pues, los compañeros que se visten se callan con aire rudo, y no es por el pudor de los héroes. Ese aire rudo no enmascara ninguna euforia; dice lo que dice. Y yo lo reconozco. Es el aire rudo del encargado que no comprende nada de las consignas que le ha dictado un dueño ausente. Y que, sin embargo, permanece fiel. Todos los compañeros sueñan con su habitación en calma, ¡pero entre nosotros no hay ni uno solo que realmente escogería irse a dormir!

Porque lo importante no es entusiasmarse. En la derrota no hay ninguna esperanza de entusiasmo. Lo importante es vestirse, subir a bordo y despegar. Lo que uno mismo piense de ello no tiene importancia alguna. Y el niño que se entusiasmase con la idea de las clases de gramática me parecería arrogante y sospechoso. Lo importante es ocuparse de un objetivo que no se muestra al momento. Ese objetivo no es para la inteligencia, sino para la mente. La mente sabe amar, pero duerme. Conozco en qué consiste la tentación tanto como un padre de la Iglesia. Estar tentado cuando duerme la mente, es estar tentado a ceder a las razones de la inteligencia.

¿De qué sirve que comprometa mi vida en este derrumbe de montaña? Lo ignoro. Me lo han repetido muchas veces: «Deje que lo asignen aquí o allá. Allá está su lugar. Allá será más útil que en una escuadrilla. Se pueden formar pilotos a millares...». La demostración era apremiante. Todas las demostraciones son apremiantes. Mi inteligencia estaba de acuerdo, pero mi instinto prevalecía sobre la inteligencia.

¿Por qué no se me aparecía como ilusoria esta razón cuando yo no tenía nada que objetarle? Yo me decía: «Los intelectuales se mantienen en reserva, como tarros de mermelada, en los anaqueles de la Propaganda para que se los coman después de la guerra...». ¡Eso no era una respuesta!

De nuevo hoy, como los compañeros, he despegado contra todos los razonamientos, todas las evidencias y todas las reacciones del momento. Llegará la hora en la que sepa que tenía razón contra mi razón. Si vivo, me he prometido ese paseo nocturno a través de mi pueblo. Entonces quizá me habitúe al fin. Y veré.

Tal vez no tenga nada que decir acerca de lo que vea. Cuando me parece hermosa una mujer, no tengo nada que decir de ello. Simplemente, la veo sonreír. Los intelectuales desmontan la cara para explicarla por trozos, pero ya no ven la sonrisa.

Conocer no es desmontar, ni explicar. Es acceder a la visión. Pero para ver, conviene participar. Eso es un duro aprendizaje...

Mi pueblo me ha sido invisible todo el día. Antes de la misión, se trataba de muros de adobe y de campesinos, más o menos sucios. Ahora se trata de un poco de grava a diez kilómetros por debajo de mí. Ese es mi pueblo.

Pero quizá esta noche un perro guardián se despierte y ladre. He saboreado siempre la magia de un pueblo que sueña muy alto por la voz de un solo perro de guardia, en la noche clara.

No tengo esperanza alguna de hacer que me comprendan, y eso me es absolutamente indiferente. ¡Que se me muestre simplemente mi pueblo, sobre las puertas cerradas de sus reservas de grano, sobre el ganado, sobre las costumbres, muy ordenado para dormir!

De vuelta de los campos, los campesinos, habiendo servido la cena, acostado a los niños y soplado la lámpara, se diluirán en su silencio. Y, bajo las hermosas sábanas rígidas de campo y los lentos movimientos de la respiración, nada será ya más que como un resto de marejada sobre el mar después de la tormenta.

Dios suspende el uso de las riquezas mientras dura el reconocimiento nocturno. La herencia mantenida en reserva me aparecerá, así, más claramente cuando los hombres descansen con las manos abiertas por el juego del sueño inflexible, que se deshace de los dedos hasta que llega el día.

Tal vez entonces admire lo que no lleva ningún nombre. Habré caminado como un ciego al que sus palmas han guiado al fuego. Él no sabría describirlo, pero lo ha encontrado. Tal vez así se muestre lo que conviene proteger, lo que no se ve, pero que dura, al modo de una brasa bajo la ceniza de las noches de pueblo.

Yo no tenía nada que esperar de una misión fallida. Para comprender un simple pueblo, hace falta para empezar...

—¡Capitán!

—¿Sí?

—¡Seis cazas, seis, delante a la izquierda!

Eso ha sonado como un trueno.

Es necesario... es necesario... pero me gustaría que me pagasen a tiempo. Me gustaría tener derecho al amor. Me gustaría reconocer para quién muero...

## CAPÍTULO VIII

—¡Ametrallador!

—¿Capitán?

—¿Lo ha oído? ¡Seis cazas, seis, delante a la izquierda!

—¡Oído, capitán!

—Dutertre, ¿nos han visto?

—Nos han visto. Viran hacia nosotros. Volamos quinientos metros por encima.

—¿Ha oído, ametrallador? Volamos quinientos metros por encima de ellos. ¡Dutertre! ¿Están lejos aún?

—... algunos segundos.

—¿Ha oído, ametrallador? Estarán a nuestra cola en algunos segundos.

—¡Allá, los veo! Pequeños. Un enjambre de avispas envenenadas.

—¡Ametrallador! Pasan por el costado. Los divisará en un segundo. ¡Allá!

—Yo... yo no veo nada. ¡Ah! ¡Los veo!

¡Yo ya no los veo!

—¿Nos persiguen?

—¡Nos persiguen!

—¿Suben mucho?

—No sé... no creo... ¡No!

—¿Qué decide, mi capitán?

Es Dutertre el que ha hablado.

—¡Y qué quiere usted que decida!

Y nos callamos.

No hay nada que decidir. Eso le compete exclusivamente a Dios. Si yo virase, acortaría la distancia que nos separa. Como nos dirigimos directamente al sol, y a elevada altitud no se ascienden quinientos metros sin perder algunos kilómetros en la caza, es posible que antes de alcanzar nuestro nivel, donde recuperarán su velocidad, nos hayan perdido en el sol.

—Ametrallador, ¿siguen?

—Siguen.

—¿Les sacamos distancia?

—Eh... no... ¡Sí!

Eso les compete a Dios y al sol.

En previsión del combate posible (aunque un grupo de cazas asesina, más que combate), me esfuerzo en desbloquear mi congelado timón de profundidad luchando contra él con todos mis músculos. Tengo una sensación extraña, pero todavía tengo los cazas en los ojos. Y aprieto con todo mi peso los rígidos mandos.

Una vez más observo que, de hecho, estoy mucho menos emocionado en esa acción, que no obstante me reduce a una espera absurda, que lo que estaba cuando me vestía. Siento también una especie de cólera. Una cólera beneficiosa.

Pero ninguna ebriedad de sacrificio. Me gustaría morder.

—Ametrallador, ¿los dejamos atrás?

—Los dejamos atrás, mi capitán.

Esto va a funcionar.

—Dutertre... Dutertre...

—¿Mi capitán?

—No... nada.

—¿Qué había, mi capitán?

—Nada... Creía que... nada...

No les diré nada. No es una jugarreta que gastarles. Si entro en barrena, verán muy bien que entro en barrena...

No es natural que esté chorreando de sudor a cincuenta bajo cero. No es natural. ¡Oh! Ya he comprendido lo que pasa: me estoy desvaneciendo muy lentamente. Muy lentamente...

Veo la plancha de a bordo. Ya no veo la plancha de a bordo. Mis manos se ablandan sobre el volante. Ni siquiera tengo fuerza para hablar. Me abandono. Abandonarse...

He apretado el tubo de goma. He recibido en la nariz la bocanada que lleva la vida. Entonces no es una avería en el oxígeno. Es... Sí, claro. He sido un estúpido. Es el timón de profundidad. He ejercido contra ese timón esfuerzos de descargador, de camionero. A diez mil metros de altitud me he comportado como un luchador de feria. Ahora bien, mi oxígeno estaba medido. Tenía que usarlo con discreción. Estoy pagando la orgía...

Respiro con una frecuencia muy alta. Mi corazón late deprisa, muy deprisa. Es como un tenue cascabel. No le diré nada a mi tripulación. Si inicio una barrena, ¡se darán cuenta muy rápido! Veo la plancha de a bordo... Ya no veo la plancha de a bordo... Y me siento triste en mi sudor.

La vida me ha vuelto lentamente.

—¡Dutertre!...

—¿Mi capitán?

Me gustaría revelarle lo que ha pasado.

—He... creído... que...

Pero renuncio a explicarme. Las palabras consumen demasiado oxígeno, y las tres que he dicho me han dejado ya sin aliento. Soy un convaleciente débil, muy débil.

—¿Qué pasaba, mi capitán?

—No... nada.

—Mi capitán, ¡es usted realmente enigmático!

Yo seré enigmático, pero estoy vivo.

—... no... no nos... han pasado...

—¡Oh, mi capitán, eso es provisional!

Es provisional: ahí tenemos Arras.

Y así, durante algunos minutos he creído que no volvería, pero no he observado en mí esa angustia ardiente que dicen que blanquea los cabellos. Y me acuerdo de Sagon. Del testimonio de Sagon, a quien hicimos una visita algunos días después del combate que lo derribó, hace dos meses, en zona francesa: ¿qué había sentido Sagon al ver que los cazas lo habían encuadrado y clavado de alguna manera a su poste de ejecución, y él se había dado por muerto en diez segundos?

# CAPÍTULO IX

Vuelvo a verlo con nitidez, acostado en su cama del hospital. Durante el salto en paracaídas, su rodilla se quedó enganchada en el estabilizador del avión y se rompió, pero Sagon no sintió el golpe. Su cara y sus manos están quemadas muy seriamente, pero, a fin de cuentas, no ha sufrido nada que sea inquietante. Nos cuenta lentamente su historia con una voz cualquiera, como una cuenta entregada por obligación.

—... Comprendí que disparaban al verme envuelto en balas trazadoras. Mi plancha de a bordo estalló. Después vi un poco de humo, ¡oh, no mucho!, que parecía venir de delante. Creí que era... ya saben que allí hay un tubo de unión... Oh, no llameaba mucho...

Sagon hace una mueca. Sopesa el asunto. Considera que es importante que nos diga si aquello llameaba mucho, o no. Vacila:

—De todos modos... había fuego... Entonces les dije que saltasen...

¡Porque en diez segundos el fuego transforma un avión en una antorcha!

—Entonces abrí mi trampilla de escape. Me equivoqué. Eso hizo que entrase más aire... el fuego... Me avergoncé.

Un horno de locomotora le escupe al vientre un torrente de llamas, a siete mil metros de altitud, ¡y él está avergonzado! No traicionaré a Sagon elogiando su heroísmo o su pudor. Él no reconocería ese heroísmo ni ese pudor. Diría: «¡Que sí! ¡Que sí! Estuve avergonzado...». Es más, hace esfuerzos notorios para ser exacto.

Y sé muy bien que el campo de la consciencia es minúsculo. No acepta más de un problema a la vez. Cuando uno se pelea a puñetazos, si la estrategia de la lucha le preocupa, no sufre los puñetazos. Cuando yo creí que me ahogaba en un accidente de hidroavión, el agua, que estaba helada, me pareció tibia. O, más exactamente, mi consciencia no consideró la temperatura del agua, estaba absorbida por otras preocupaciones. La temperatura del agua no dejó huella alguna en mi recuerdo. Así pues, la consciencia de Sagon estaba absorbida por la técnica del escape. El universo de Sagon se limitaba a la manivela que controla la trampilla deslizante, a cierta agarradera del paracaídas cuya ubicación lo preocupó, y a la situación técnica de su tripulación. «¿Han saltado ustedes?». Ninguna respuesta. «¿Queda alguien a bordo?». Ninguna respuesta.

—Creí que estaba solo. Creí que podía partir... (ya tenía la cara y las manos quemadas). Me levanté, atravesé la carlinga y al principio me mantuve sobre el ala. Una vez allí, me incliné hacia delante: no vi al observador...

El observador, muerto de golpe por el disparo de los cazas, yacía en el fondo de la carlinga.

—Entonces retrocedí hacia la trasera, y no vi al ametrallador...

El ametrallador también se había derrumbado.

—Creí que estaba solo...

Reflexionó:

—Si lo hubiese sabido... habría podido volver a subir a bordo... No llameaba tan fuerte... Me quedé, así, mucho tiempo sobre el ala... Antes de abandonar la carlinga, había regulado el encabritamiento del avión. El vuelo era correcto, el viento era soportable y me sentía cómodo. ¡Oh! Me quedé mucho tiempo sobre el ala... No sabía qué hacer...

No es que se le planteasen a Sagon problemas intrincados: creía que estaba solo a bordo, el avión llameaba y los cazas repetían sus pasadas salpicándolo de proyectiles. Lo que Sagon nos daba a conocer era que él no sentía deseo alguno. No sentía nada. Disponía de todo su tiempo. Se bañaba en una especie de dicha infinita. Y yo reconocía punto por punto esa sensación extraordinaria que acompaña a veces a la inminencia de la muerte: una dicha inesperada... ¡Qué bien se desmiente por lo real la imaginería de la precipitación anhelante! ¡Sagon permanecía allí, sobre su ala, como rechazado fuera del tiempo!

—Y luego salté —dijo—, salté mal. Me vi dar vueltas. Temí que, al abrirlo demasiado pronto, iba a enredarme en el paracaídas. Esperé a estar estabilizado. Oh, esperé mucho tiempo...

Sagon, desde al principio hasta el final de su aventura, conserva así el recuerdo de haber esperado. Esperó que llamease más fuerte. Después esperó sobre el ala, no se sabe a qué. Y, en caída libre y vertical hacia el suelo, esperó también.

Claramente se trataba de Sagon, se trataba incluso de un Sagon rudimentario, más ordinario que de costumbre; de un Sagon poco perplejo que, encima de un abismo, pataleaba con fastidio.

## CAPÍTULO X

Hace ya dos horas que estamos envueltos en una presión exterior reducida a una tercera parte de la presión normal. La tripulación se agota lentamente. Apenas nos hablamos. Una o dos veces más he intentado, con prudencia, una acción sobre mi timón de profundidad. No he insistido. Cada vez me ha penetrado la misma sensación de dulzura agotadora.

De cara a los virajes que exigen las fotos, Dutertre me avisa con mucha antelación. Me las arreglo como puedo con lo que me queda de volante. Inclino el avión y tiro hacia mí. Y consigo para Dutertre veinte episodios de virajes.

—¿Qué altitud?

—Diez mil doscientos...

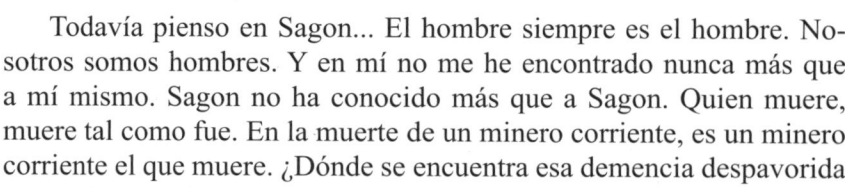
Todavía pienso en Sagon... El hombre siempre es el hombre. No-sotros somos hombres. Y en mí no me he encontrado nunca más que a mí mismo. Sagon no ha conocido más que a Sagon. Quien muere, muere tal como fue. En la muerte de un minero corriente, es un minero corriente el que muere. ¿Dónde se encuentra esa demencia despavorida que se inventan los literatos para impresionarnos?

En España vi a un hombre volver a salir, después de algunos días de trabajo, de la oquedad de una casa aplastada por un torpedo. La mul-titud rodeaba en silencio, y me parecía que con una timidez repentina, a aquel que volvía casi del más allá, todavía cubierto de escombros, me-dio embrutecido por la asfixia y por el ayuno, semejante a una especie de monstruo extinto. Cuando algunos se atrevieron a interrogarlo y él prestó a las preguntas una atención lúgubre, la timidez de la multitud se transformó en malestar.

Intentaban claves torpes con él, porque nadie sabía formular la pre-gunta verdadera. Le decían: «Qué sentía usted... Qué pensaba usted... Qué hacía usted...». Y así, al azar, se lanzaban pasarelas por encima de un abismo, lo mismo que se habría utilizado un primer convenciona-lismo para alcanzar, en su noche, al ciego sordomudo al que hubiesen intentado socorrer.

Pero cuando el hombre pudo respondernos, contestó:

—Ah, sí, oía crujidos largos...

Y además...

—Estaba muy preocupado. Se hacía largo... Ah, se hacía muy largo...

Y además...

Me dolían los riñones, me dolían muchísimo...

Y ese hombre valiente sólo nos hablaba del hombre valiente. Sobre todo, nos hablaba de su reloj, que había perdido...

—Lo busqué... Estaba muy encariñado... pero en esa oscuridad...

Y efectivamente, la vida le había enseñado la sensación del tiem-po que fluye y el amor por los objetos familiares. Utilizaba al hombre que era para sentir su universo, aunque ese universo fuese un derrumbe nocturno. Y a la pregunta fundamental, que nadie sabía plantearle, pero que regía todos los intentos: «¿Quién era usted? ¿Qué ha surgido en usted?», no pudo responder nada, sino: «Yo mismo...».

Ninguna circunstancia despierta en nosotros a un extraño del que no hubiéramos presentido nada. Vivir es nacer lentamente. ¡Sería demasia-do sencillo sacar almas completamente hechas!

A veces parece que una iluminación repentina haga que se bifurque un destino. Pero la iluminación no es más que la visión súbita por la mente de una ruta preparada lentamente. Aprendí la gramática lentamente. Se me ha ejercitado en la sintaxis. Se me han despertado mis sentimientos. Y, bruscamente, ocurre que un poema me golpea el corazón.

Por supuesto, no siento ningún amor por el momento, pero si esta noche me es revelado algo, es que habré llevado pesadamente mis piedras a la construcción invisible. Preparo una fiesta. No tendré el derecho de hablar de aparición súbita en mí de otro que no sea yo, puesto que ese otro lo he construido yo.

No tengo nada que esperar de la aventura de la guerra, sino esa lenta preparación. Me lo pagará más tarde, como la Gramática...

Debido a ese lento desgaste, toda vida se ha atenuado en nosotros. Envejecemos. La misión envejece. ¿Qué cuesta la altitud elevada? ¿Equivale una hora vivida a diez mil metros a una semana, tres semanas, un mes de vida orgánica de ejercicio del corazón, de los pulmones y de las arterias? Poco me importa, por cierto. Mis medio desvanecimientos me han añadido siglos: estoy inmerso en la serenidad de los ancianos. Las emociones del cambio de ropa me parecen enormemente lejanas, perdidas en el pasado. Y Arras, enormemente lejana en el futuro. ¿La aventura de guerra? ¿Dónde hay aventuras de guerra?

Hace diez minutos he estado a punto de desaparecer y no tengo nada que contar, excepto ese paso de avispas minúsculas entrevistas durante tres segundos. La aventura verdadera habría durado una décima de segundo. Y entre nosotros no se vuelve, no se vuelve jamás para contarla.

—Un poco de pie a la izquierda, mi capitán.

¡Dutertre se olvida de que mi timón está congelado! Yo pienso en un grabado que me impresionó en la infancia. Sobre un fondo de aurora boreal, se veía un extraordinario cementerio de barcos perdidos, inmovilizados en los mares australes. En la luz cenicienta de una especie de noche perpetua, abrían unos brazos cristalizados. En una atmósfera muerta, tendían aún unas velas que habían conservado la huella del viento, igual que una cama conserva la huella de un hombro tierno. Pero se las sentía rígidas y crujientes.

Aquí todo está helado. Mis mandos están helados. Mis ametralladoras están heladas. Y cuando le pregunté por las suyas al ametrallador:

—¿Sus ametralladoras?...

—Nada más.

—Ah, bueno.

Escupo agujas de hielo en el tubo de espiración de mi máscara. De cuando en cuando tengo que aplastar, a través de la goma flexible, el tapón de escarcha que me ahoga. Cuando aprieto, lo oigo rechinar en mi palma.

—Ametrallador, ¿va bien el oxígeno?

—Va bien...

—¿Qué presión hay en las botellas?

—Eh... setenta.

—Ah, bueno.

El tiempo también se ha congelado para nosotros. Somos tres ancianos de barba blanca. Nada es móvil. Nada es urgente. Nada es cruel.

¿La aventura de guerra? Un día, el comandante Alias creyó que debía decirme:

—¡Intente prestar atención!

¿Atención a qué, comandante Alias? El caza te cae encima como el rayo. El grupo de caza que lo domina a uno por mil quinientos metros de altitud, se toma su tiempo al descubrirte por debajo de él. Bordea, se orienta, se sitúa. Uno todavía lo ignora todo. Uno es el ratón encerrado en la sombra de la rapaz. El ratón se imagina que vive. Todavía coquetea entre los trigos. Pero ya está prisionero en la retina del gavilán, más pegado a esa retina que a un pegamento, porque el gavilán no lo soltará.

Y uno, igualmente, continúa pilotando, soñando y observando el suelo cuando ya le ha condenado la negra señal imperceptible que se ha formado en una retina de hombre.

Los nueve aviones del grupo de caza caerán en vertical cuando les plazca. Tienen todo su tiempo. A novecientos kilómetros por hora darán ese arponazo prodigioso que no falla nunca su presa. Una escuadra de bombardeo constituye una potencia de tiro que ofrece oportunidades a la defensa, pero la tripulación de reconocimiento, aislada en pleno cielo, no triunfa jamás sobre las setenta y dos ametralladoras que, de hecho, sólo se le revelarán por el haz luminoso de sus balas.

En el mismo momento en que uno se entera de que hay combate, el caza, habiendo soltado su veneno de golpe como la cobra, lo dominará, ya neutro e inaccesible. Las cobras se balancean así, lanzan su exhalación y recuperan su balanceo.

Y así, cuando ha desaparecido el grupo de caza, todavía no ha cambiado nada. Ni siquiera las caras han cambiado. Cambian ahora que el cielo está vacío y que se ha hecho la paz. El caza ya no es más que un testigo imparcial cuando de la carótida seccionada del observador se escapa el primero de los espasmos de sangre, cuando del capó del motor derecho se filtra, vacilante, la primera llama del fuego de fragua. Todavía no se ha replegado la cobra cuando el veneno penetra en el corazón y el primer músculo de la cara hace muecas. El grupo de caza no mata, siembra la muerte. Y ésta germina cuando ha pasado.

¿Atención a qué, comandante Alias? Cuando nos hemos cruzado con los cazas, yo no he tenido que decidir nada. Yo habría podido no conocerlos. ¡Si me hubiesen dominado, jamás los habría conocido!

¿Atención a qué? El cielo está vacío.

La tierra está vacía.

El hombre ya no está cuando se observa desde diez kilómetros de distancia. Los pasos del hombre no se leen a esa escala. Nuestros aparatos fotográficos de largo foco nos sirven aquí de microscopio. Hace falta el microscopio para captar, no al hombre —se escapa todavía de ese instrumento—, sino a las señales de su presencia: las carreteras, los canales, los convoyes, las chalanas. El hombre cultiva una lámina de microscopio. Soy un sabio distante, y para mí su guerra no es más que un estudio de laboratorio.

—¿Disparan, Dutertre?

—Creo que disparan.

Dutertre no sabe nada de eso. Los estallidos están demasiado lejos y las nubecillas de humo se confunden con el suelo. No pueden esperar abatirnos con disparos tan imprecisos. A diez mil metros, somos prácticamente invulnerables. Disparan para situarnos y tal vez guiar a la caza hacia nosotros. Una caza perdida en el cielo, como un polvo invisible.

Los que están en el suelo nos distinguen por la bufanda de nácar blanco que un avión, cuando vuela a mucha altitud, arrastra como un velo de casada. La sacudida debida al paso del bólido cristaliza el vapor de agua de la atmósfera. Y detrás de nosotros desenrollamos un cirro de agujas de hielo. Si las condiciones exteriores son propicias a la formación de nubes, esa estela engordará lentamente y se convertirá en una nube nocturna sobre la campiña.

Los cazas se guían hacia nosotros por la radio de a bordo, por los paquetes de estallidos y, finalmente, por el lujo ostentoso de nuestra bufanda blanca. Sin embargo, nosotros estamos sumergidos en un vacío casi sideral.

Navegamos, bien lo sé, a quinientos treinta kilómetros por hora... Pero todo se ha quedado inmóvil. La velocidad se muestra en una pista de carreras, pero aquí todo se sumerge en el espacio. Y así la tierra, a pesar de sus cuarenta y dos kilómetros por segundo, da lentamente la vuelta al sol. Utiliza un año para eso. Quizá nosotros también estemos reunidos lentamente en ese ejercicio de gravitación. ¿La densidad de la guerra aérea? ¡Granos de polvo en una catedral! Granos de polvo, quizá atraigamos a nosotros algunas docenas o centenas de esos granos.

Y toda esa ceniza, como la de una alfombra sacudida, sube lentamente hacia el sol.

¿Atención a qué, comandante Alias? En vertical no veo más que baratijas de otra época bajo un cristal puro que no tiembla. Me inclino sobre las vitrinas del museo, pero se presentan ya a contraluz. Delante de nosotros, muy lejos, sin duda están Dunkerque y el mar. Pero oblicuamente no distingo gran cosa. Ahora el sol está demasiado bajo y voy por encima de una gran placa espejeante.

—Dutertre, ¿ve usted algo a través de esta porquería?

—En la vertical, sí, mi capitán...

—¡Eh, ametrallador! ¿Sin noticias de los cazas?

—Sin noticias...

En realidad ignoro completamente si nos persiguen o no, si desde el suelo nos ven o no arrastrar tras de nosotros toda una colección de «hilos de la Virgen» parecidos al nuestro.

Eso de «hilo de la Virgen» me hace soñar. Me viene una imagen que de entrada me parece encantadora: «... inaccesibles como una mujer demasiado hermosa, perseguimos nuestro destino arrastrando lentamente nuestro vestido de cola de estrellas de hielo...».

—¡Dé un poco de pie a la izquierda!

Eso es la realidad. Pero vuelvo a mi poesía de pacotilla:

«... Ese viraje provocará el viraje de un cielo entero de pretendientes...».

Que dé pie a la izquierda... que dé pie a la izquierda... ¡tendría que poder!

La mujer demasiado hermosa no logra hacer su viraje.

—Si usted canta... se desvanecerá... mi capitán.

¿Es que he cantado?

Además, Dutertre me quita todas las ganas de música ligera:

—Casi he terminado las fotos. Pronto podrá descender en dirección a Arras.

Que podré... que podré... ¡por supuesto! Hay que aprovechar las buenas ocasiones.

¡Vaya! Las palancas de la gasolina también se han congelado...

Y me digo:

«Esta semana ha vuelto una misión de cada tres. Así pues, hay una alta densidad del peligro de guerra. Sin embargo, si somos de los que vuelven, no tendremos nada que contar. He vivido aventuras antes: la creación de las líneas postales, la disidencia sahariana, América del Sur... pero la guerra no es una aventura verdadera, no es más que un sucedáneo de aventura. La aventura se basa en la riqueza de los lazos que establece, de los problemas que plantea, de las creaciones que provoca. Para transformar en aventura el sencillo juego de cara o cruz no basta con invitar a la vida y a la muerte sobre uno mismo. La guerra no es una aventura. La guerra es una enfermedad. Como el tifus».

Tal vez comprenda yo más adelante que mi única aventura de guerra verdadera fue la de mi habitación de Orconte.

# CAPÍTULO XI

En Orconte, pueblo de los alrededores de Saint-Dizier donde mi Grupo estuvo acantonado durante el invierno del 39, que fue muy duro, yo vivía en una granja construida con muros de adobe. Allí, la temperatura nocturna bajaba lo suficiente para convertir en hielo el agua de mi rústico tarro para beber, y mi primer acto, antes de vestirme, era evidentemente encender el fuego. Pero ese gesto exigía que saliese de esa cama en la que estaba caliente y donde me acurrucaba con delicia.

Nada me parecía tan maravilloso como esa sencilla cama de monasterio en esa habitación vacía y helada. Allí saboreaba la beatitud del descanso después de los días duros. Allí disfrutaba también de la seguridad, nada me amenazaba. Durante el día, mi cuerpo se ofrecía a los rigores de la altitud elevada y a los proyectiles cortantes. Durante el día, mi cuerpo podía ser transformado en nido de sufrimientos y que fuese desgarrado injustamente.

Durante el día, mi cuerpo no me pertenecía. Ya no me pertenecía. Se le podían quitar los miembros, se podía sacar sangre de él. Porque todavía es un artículo de guerra ese cuerpo convertido en almacén de unos accesorios que ya no son propiedad de uno. El alguacil viene y reclama los ojos, y uno le cede el don de ver. El alguacil viene y reclama las piernas, y uno le cede el don de andar. El alguacil viene, con su antorcha, y le reclama a uno toda la carne de la cara. Y uno no es más que un monstruo al haberle cedido, como rescate, el don de sonreír y de mostrar amistad a los hombres. Asimismo, ese cuerpo que podía revelarse como mi enemigo ese mismo día y hacerme daño, ese cuerpo que podía transformarse en una fábrica de quejas, todavía era mi amigo, obediente y fraterno, muy acurrucado entre las sábanas en su medio sueño, y no le revelaba a mi consciencia nada más que su placer de vivir, su ronroneo dichoso. Pero había que sacarlo de la cama y lavarlo con agua helada, y afeitarlo, y vestirlo para ofrecerlo correctamente a los ataques de hierro colado. Y esa salida de la cama se parecía a arrancarse de los brazos maternos, del seno materno, de todo lo que durante la infancia ama, acaricia y protege un cuerpo de niño.

Entonces, después de haber sopesado mucho, madurado mucho y retrasado mucho mi decisión, saltaba de golpe, con los dientes apretados, hasta la chimenea, donde hacía que se hundiese un montón de leña que rociaba con gasolina. Y luego, una vez encendida ésta y habiendo conseguido por segunda vez la travesía de mi habitación, volvía a meterme en la cama, donde volvía a encontrar mi buen calorcito, y desde donde vigilaba la chimenea oculto bajo las mantas y el edredón hasta el ojo izquierdo. Y al principio no prendía mucho, luego había cortos destellos que iluminaban el techo. Después empezaba a instalarse ahí dentro como una fiesta que se va organizando. Empezaba a crepitar, a roncar y a cantar. Era como un banquete de bodas campesino, cuando la multitud empieza a beber, a calentarse y a darse de codazos.

O bien me parecía estar guardado por mi fuego bondadoso como por un perro pastor activo, fiel y diligente que hacía bien su trabajo. Al considerarlo, sentía un leve júbilo. Y cuando la fiesta golpeaba de lleno con esa danza de sombras en el techo y esa cálida música dorada, y ya en los rincones hacía sus construcciones de brasas, cuando mi habitación estaba muy llena de ese olor mágico a humo y a resina, de un salto dejaba a un amigo por otro, corría de mi cama a mi fuego, iba hacia el más generoso, y no sé muy bien si allí me asaba la tripa o me calentaba el corazón. Entre dos tentaciones, yo había cedido cobardemente a la más fuerte, a la más rutilante, a la que, con su fanfarria y sus resplandores, era la que mejor hacía su publicidad.

Y así, por tres veces —encender primero mi fuego, acostarme otra vez y volver a recoger la cosecha de llamas—, yo cruzaba por tres veces, castañeteándome los dientes, las estepas vacías y heladas de mi habitación y conocía algo sobre las expediciones polares. Había caminado a través del desierto hacia una escala dichosa, y era recompensado por ello con ese gran fuego que bailaba ante mí su danza de perro pastor.

Esta historia no parece nada. Sin embargo, era una aventura muy grande. Mi habitación me mostraba, en transparencia, lo que yo no habría sabido descubrir nunca si un día hubiese visitado esa granja como turista. No me habría entregado más que su vacío banal, apenas amueblado con una cama, un tarro para beber y una mala chimenea. Habría bostezado allí unos minutos. ¿Cómo habría distinguido yo una de otra sus tres provincias, sus tres civilizaciones, la del sueño, la del fuego y la del desierto? ¿Cómo habría presentido yo la aventura del cuerpo, que al principio es un cuerpo de niño pegado al seno materno, acogido y protegido, y luego un cuerpo de soldado, hecho para sufrir, y luego un cuerpo de hombre enriquecido de alegría por la civilización del fuego, que es el polo de la tribu. El fuego honra al morador y honra a sus compañeros. Si visitan a su amigo, toman su parte de su festín, colocan la silla alrededor de la suya y, hablándole de los problemas del día, de las inquietudes y de los tormentos, dicen, mientras se frotan las manos y llenan sus pipas: «De todas maneras, ¡qué gusto da el fuego!».

Pero ya no hay fuego para hacerme creer en la ternura. Ya no hay ninguna habitación helada para hacerme creer en la aventura. Me despierto del sueño. Ya no hay más que un vacío absoluto. Ya no hay más que una extrema vejez. Ya no hay más que una voz que me dice, la de Dutertre, obstinado en su anhelo quimérico:

—Un poco de pie a la izquierda, mi capitán...

## CAPÍTULO XII

Yo hago correctamente mi trabajo. No impide que yo sea una tripulación de derrota. Me sumerjo en la derrota. La derrota rezuma por todas partes y tengo una señal de ella en mi propia mano.

Las palancas de la gasolina están congeladas. Estoy condenado a girar a máxima capacidad. Y ocurre que mis dos trozos de chatarra me plantean problemas intrincados.

En el avión que piloto, el aumento del paso de mis hélices está limitado demasiado bajo. Si hago un picado a máxima capacidad, no puedo pretender que evite una velocidad de cerca de ochocientos kilómetros por hora y la pérdida de control de los motores. Ahora bien, la pérdida de control de un motor acarrea riesgos de rotura.

En rigor, me sería posible cortar los contactos, pero así me impondría una avería definitiva. Esa avería provocaría el fracaso de la misión y la posible pérdida del avión. No todas las pistas son buenas para el aterrizaje de un aparato que entra en contacto con el suelo a ciento ochenta kilómetros por hora.

Así pues, es esencial que desbloquee las palancas. A raíz de un primer esfuerzo acabo con la de la izquierda, pero la de la derecha sigue resistiéndose.

Ahora me sería posible llevar a cabo mi descenso a una velocidad de vuelo tolerable si, por lo menos, reduzco el motor sobre el que ya puedo actuar, el motor de la izquierda. Pero si reduzco el motor de la izquierda tendré que compensar la tracción lateral del motor de la derecha, que tenderá evidentemente a hacer que el avión pivote hacia la izquierda. Tendré que resistir esa rotación. Ahora bien, el timón de profundidad del que depende esta maniobra también está completamente congelado. Así pues, me está prohibido compensar nada. Si reduzco el motor de la izquierda, me meto en una barrena.

Entonces, en mi descenso no tendré otro recurso que asumir el riesgo de sobrepasar el régimen teórico de ruptura. Tres mil quinientas revoluciones: peligro de rotura.

Todo eso es absurdo. Nada está a punto. Nuestro mundo está hecho de engranajes que no se ajustan entre sí. No son los materiales los que están implicados, sino el Relojero. Falla el Relojero.

Después de nueve meses de guerra, todavía no hemos conseguido que se adapten, por las industrias de las que dependen, las ametralladoras y los mandos al clima de la altitud elevada. Y no chocamos con la negligencia de los hombres. En su mayoría, los hombres son honrados y concienzudos. Casi siempre su inercia es un efecto de su ineficacia, y no una causa.

La ineficacia nos oprime a todos como una fatalidad. Oprime a los soldados de infantería armados con bayonetas frente a los tanques. Oprime a las tripulaciones que luchan una contra diez. Oprime a esos mismos que deberían tener como misión modificar ametralladoras y mandos.

Vivimos en el vientre ciego de una administración. Una administración es una máquina. Cuanto más se perfecciona una administración, más elimina lo arbitrario humano. En una administración perfecta, en la que el hombre tiene un papel de engranaje, la pereza, la falta de honradez y la injusticia ya no tienen ocasión de causar estragos.

Pero lo mismo que la máquina está hecha para aplicar una serie de movimientos previstos de una vez por todas, por lo mismo la administración tampoco crea, gestiona. Aplica tal sanción para tal falta, tal solución a tal problema. Una administración no está concebida para resolver problemas nuevos. Si en una máquina de embutir se introducen trozos de madera, de ella no saldrá ningún mueble. Para que la máquina se adaptase, sería necesario que un hombre dispusiese del derecho de cambiarla por completo. Pero en una administración concebida para bloquear los inconvenientes de la arbitrariedad humana, los engranajes rechazan la intervención del hombre. Rechazan al Relojero.

Formo parte del Grupo 2/33 desde noviembre. Ya desde mi llegada, los compañeros me avisaron:

—Te pasearás por Alemania sin ametralladoras ni mandos.

Y luego, para consolarme:

—Tranquilízate. Allí no pierdes nada. Los cazas nos derriban siempre antes de que los hayamos divisado.

En mayo, seis meses después, las ametralladoras y los mandos siguen congelándose.

Pienso en una expresión tan vieja como mi país: «En Francia, cuando todo parece perdido, un milagro salva a Francia». He comprendido el por qué. A veces ha ocurrido que, habiendo averiado un desastre la hermosa máquina administrativa y resultando ésta irreparable, se la ha sustituido, a falta de algo mejor, sencillamente con hombres. Y los hombres lo han salvado todo.

Cuando un torpedo haya reducido a cenizas al Ministerio del Aire, en la urgencia convocarán a cualquier cabo y le dirán:

—Está usted encargado de descongelar los mandos. Tiene usted todos los derechos. Apáñeselas. Pero si en quince días siguen congelándose, usted irá a la cárcel.

Entonces, es posible que los mandos se descongelen.

Conozco muchos ejemplos de esa tara. Las comisiones de requisición de un departamento del norte, por ejemplo, han requisado unas terneras preñadas, y han transformado así los mataderos en cementerios de fetos. Ningún engranaje de la máquina, ningún coronel del servicio de requisiciones tenía calidad para actuar de otra forma más que como engranaje. Todos ellos obedecen a otro engranaje, igual que en un reloj. Toda rebelión era inútil. Por eso esta máquina, una vez ha empezado a estropearse, se ha empleado alegremente para matar terneras preñadas. Quizá ese era el mal menor. Estropeándose más en serio, habría podido empezar a matar a los coroneles.

Me siento desanimado hasta la médula por esta decadencia universal. Pero como me parece inútil que se haga saltar pronto uno de mis motores, ejerzo sobre la palanca de la izquierda una nueva presión. Para mi disgusto, exagero el esfuerzo. Después, abandono. Ese esfuerzo me ha costado una nueva punzada en el corazón. Definitivamente, el hombre no está hecho para hacer gimnasia a diez mil metros de altitud. Esa punzada es un dolor en sordina, una especie de consciencia local extrañamente despertada en la noche de los órganos del cuerpo.

Que los motores salten si quieren. Me importa un comino. Me esfuerzo por respirar. Me parece que ya no respiraría si me dejase distraer. Me acuerdo de los fuelles de antes, con cuya ayuda se reanimaba el fuego. Yo reanimo mi fuego. Me gustaría que se decidiese a «agarrar».

¿Qué he estropeado yo que sea irreparable? A diez mil metros, un esfuerzo físico un poco duro puede suponer un desgarro de los músculos del corazón. El corazón es una cosa muy frágil. Debe servir mucho tiempo. Es absurdo comprometerlo en trabajos tan burdos. Es como quemar diamantes para cocer una manzana.

# CAPÍTULO XIII

Es como si se quemasen todos los pueblos del norte sin que con su destrucción se retrasara el avance alemán, aunque fuese sólo por medio día. Pero esa reserva de pueblos, esas viejas iglesias, esas viejas casas y todo su cargamento de recuerdos, y sus hermosos parqués de nogal barnizado, y la buena ropa blanca de sus armarios, y los encajes de sus ventanas, que habían servido sin estropearse hasta hoy... Ocurre que los veo arder de Dunkerque a Alsacia.

Arder es una palabra muy grande cuando se observa desde diez mil metros, porque, tanto sobre los pueblos como sobre los bosques, no hay nada más que un humo inmóvil, una especie de helada blancuzca. El fuego es mucho más que una digestión secreta. A escala de diez mil metros, el tiempo está como lentificado, puesto que ya no hay movimiento. Ya no hay más que llamas crujientes, vigas que estallan, torbellinos de humo negro. No hay nada más que esa leche grisácea solidificada en el ámbar.

¿Vamos a sanar este bosque? ¿Vamos a sanar este pueblo? Observado desde donde estoy, el fuego roe con la lentitud de una enfermedad.

Aquí todavía hay mucho que decir. «No haremos economías con los pueblos». He oído la palabra. Y la palabra era necesaria. Durante una guerra, un pueblo no es un nudo de tradiciones. En manos del enemigo, no es más que un nido de ratas. Todo cambia de sentido. Y así con esos árboles que desde hace trescientos años protegían la vieja casa familiar. Pero molestan para el campo de tiro de un teniente de veintidós años. Por lo tanto, envía a quince hombres para que arrasen, en tu casa, la obra del tiempo. Con una acción de diez minutos, consume trescientos años de paciencia y de sol, trescientos años de religión de la casa y de noviazgos bajo la umbría del parque. Uno le dice:

—¡Mis árboles!

Él no lo escucha. Hace la guerra. Tiene razón.

Pero ocurre que se queman los pueblos para jugar al juego de la guerra, lo mismo que se desmantelan los parques y se sacrifican las tripulaciones, lo mismo que se alista la infantería contra los tanques. Y reina una enfermedad inexpresable. Porque nada sirve para nada.

El enemigo ha reconocido una evidencia y la aprovecha. Los hombres ocupan poco sitio en la inmensidad de las tierras. Se necesitarían cien millones de soldados para alzar una muralla continua. Por lo tanto, entre las tropas hay agujeros. Esos agujeros quedan anulados, en principio, por la movilidad de las tropas, pero, desde el punto de vista del artefacto blindado, un ejército adversario poco motorizado está como inmóvil. Por tanto, los agujeros constituyen aberturas verdaderas. De ahí esta regla sencilla de empleo táctico: «La división blindada debe actuar como el agua. Debe oprimir ligeramente el muro del adversario y proseguir sólo allí donde no encuentre ninguna resistencia». Los tanques oprimen así el muro. Siempre hay agujeros. Siempre pasan.

Sin embargo, esas incursiones de tanques que circulan fácilmente, a falta de carros de combate que oponerles, provocan consecuencias irreparables, aunque sólo operen en destrucciones aparentemente superficiales (tales como las capturas de los Estados Mayores locales, las roturas de líneas telefónicas o los incendios de pueblos). Han interpretado el papel de agentes químicos que destruyesen, no el organismo, sino los nervios y los ganglios. Sobre el territorio que han barrido como el rayo, todo ejército, incluso si parece casi intacto, ha perdido el carácter de ejército. Se ha transformado en grupos independientes. Allí donde existía un organismo, ya no hay más que una suma de órganos cuyas relaciones están rotas. Entre los grumos —por combativos que sean los hombres— el enemigo progresa enseguida como lo desea. Un ejército deja de ser eficaz cuando no es más que una suma de soldados.

No se fabrica un material en quince días. Ni tan siquiera... La carrera de armamentos sólo podía ser perdedora. ¡Cuarenta millones de agricultores nos encontramos frente a ochenta millones de industriales!

Oponemos al enemigo un hombre contra tres. Un avión contra diez o veinte y, después de Dunkerque, un tanque contra cien. No tenemos ocasión de meditar sobre el pasado. Asistimos al presente. El presente es tal como es. Ningún sacrificio, nunca, en ninguna parte, es capaz de lentificar el avance alemán.

Asimismo, reina desde la cima a la base de las jerarquías civiles y militares, del fontanero al ministro, del soldado al general, una especie de mala conciencia que no sabe expresarse, ni se atreve. El sacrificio pierde toda su grandeza si no es más que una parodia o un suicidio. Es hermoso sacrificarse: algunos mueren para que los demás se salven. Se hace la parte del fuego en el incendio. Se lucha hasta la muerte en el campo atrincherado para darle tiempo a los salvadores. Sí, pero, se haga lo que se haga, el fuego prenderá en todas partes. Pero no hay ningún campo donde atrincherarse. Pero no hay que esperar a los salvadores. Y aquellos por quienes se combate, por quienes se asegura que se combate, parece que se provoca su asesinato muy simplemente, porque el avión, que aplasta las ciudades a detrás de las tropas, ha cambiado la guerra.

Oiré a extranjeros reprochar más tarde a Francia por algunos puentes que no hayan volado, por algunas ciudades que no hayan ardido y por los hombres que no hayan muerto. Pero lo que me asombra tanto es lo contrario, es exactamente lo contrario. Es nuestra inmensa buena

voluntad para taparnos los ojos y los oídos. Es nuestra lucha desesperada contra la evidencia. A pesar de que nada pueda servir para nada, de
todas maneras hacemos volar los puentes para jugar al juego. Incendia-
mos pueblos reales para jugar al juego. Y es para jugar al juego por lo
que mueren nuestros hombres.

Por supuesto, ¡nos olvidamos de ello! Nos olvidamos de los puentes, nos olvidamos de los pueblos, dejamos vivir a los hombres. Pero
el drama de este desastre es despojar a los actos de todo significado.
Quien vuela un puente sólo puede volarlo con aprensión. Ese soldado
no retrasa al enemigo, crea un puente en ruinas. ¡Estropea su país para
sacar de ello una buena caricatura de guerra!

Para que los actos sean fervientes es necesario que aparezca su significado. Es bueno quemar cosechas que entierren al enemigo bajo sus
cenizas. Pero el enemigo, apoyado en seiscientas sesenta divisiones, se
burla mucho de nuestros incendios y de nuestros muertos.

Es necesario que el significado del incendio del pueblo equilibre el
significado del pueblo. Ahora bien, el papel del pueblo incendiado no es
más que la caricatura de un papel.

Es necesario que el significado de la muerte equilibre a la muerte.
¿Se baten los hombres bien, o mal? ¡Es la pregunta misma lo que no
tiene sentido! Se sabe que la defensa teórica de un pueblo aguantará tres
horas. Sin embargo, a los hombres se les ha ordenado que se manten-
gan allí. Sin medios para combatir, ellos mismos solicitan al enemigo
que destruya ese pueblo para que se respeten las reglas del juego de
la guerra. Como el amable adversario en el ajedrez: «Estás obligado a
capturar ese peón...».

Entonces, desafiaremos al enemigo:

—Nosotros somos los defensores de este pueblo. Vosotros sois los
asaltantes. ¡Adelante!

La pregunta es escuchada. Una escuadrilla aplasta el pueblo con un
golpe de tacón.

—¡Bien jugado!

En efecto, hay hombres inertes, pero la inercia es una forma tosca
de la desesperación. Y, en efecto, también hay hombres que huyen. El
mismo comandante Alias ha amenazado dos o tres veces con su revólver a deshechos humanos lúgubres, encontrados en las carreteras, que
respondían mal a sus preguntas. ¡Se tienen tantas ganas de tener bajo
mano al responsable de un desastre y de salvarlo todo suprimiéndolo!
Los hombres que huyen son responsables de la huida, puesto que no
habría huida sin hombres que huyan. Si entonces se amenaza con el
revólver, todo irá bien... Pero entonces se trata de enterrar a los enfer-

mos para suprimir la enfermedad. A fin de cuentas, el comandante Alias volvía a meterse el revólver en el bolsillo; ese revólver que de repente había adquirido ante sus propios ojos un aspecto demasiado pomposo, como un sable de ópera cómica. Alias notaba muy bien que esos soldados lúgubres eran los efectos del desastre, y no las causas.

Alias sabe muy bien que esos hombres son los mismos, exactamente los mismos que los que en otra parte, todavía hoy, aceptan morir. Desde hace quince días, ciento cincuenta mil lo han aceptado. Pero hay cabezas duras que exigen que se les proporcione un buen pretexto.

Es difícil expresarlo.

El corredor va a correr la carrera de su vida contra corredores de su clase. Pero desde la salida se da cuenta de que arrastra en el pie un grillete de esclavo. Los competidores son ligeros como alas. La lucha ya no significa nada. El hombre abandona:

—Eso no cuenta...

—¡Claro que sí! ¡Claro que sí!...

De todas maneras, ¿qué se puede inventar para que el hombre se decida a darlo todo de sí mismo en una carrera que ya no es una carrera?

Alias conoce bien lo que piensan los soldados. También ellos piensan:

—Eso no cuenta...

Alias vuelve a guardarse el revólver y busca una buena respuesta.

No hay más que una buena respuesta. Una sola. Desafío a cualquiera a que encuentre otra:

—Su muerte no cambiará nada. La derrota se ha consumado. Pero conviene que una derrota se manifieste con muertos. Esto debe ser un luto, y usted está de guardia para interpretar el papel.

—Bien, mi comandante.

Alias no desprecia a los fugitivos. Sabe muy bien que con su buena respuesta ha bastado siempre. Él mismo acepta la muerte. Todas sus tripulaciones aceptan la muerte. Para nosotros también bastó esa buena respuesta, apenas disfrazada:

—Es muy molesto... Pero se aferran a ello en el Estado Mayor. Se aferran mucho a ello... es así...

—Bien, mi comandante.

Creo muy sencillamente que los que están muertos les sirven de aviso a los demás.

# CAPÍTULO XIV

He envejecido tanto que lo he dejado todo atrás. Miro la gran placa reluciente de mi vitrina. Allá abajo están los hombres. Infusorios en un portaobjetos de microscopio. ¿Es que quizá nos interesaríamos en los dramas familiares de los infusorios?

Si no fuese por ese dolor de corazón que me parece vivo, me hundiría en ensoñaciones vagas, como un tirano envejecido. Hace diez minutos inventé esa historia de actor secundario. Era tan falsa que daban ganas de vomitar. Cuando he divisado a los cazas, ¿pensaba yo en tiernos suspiros? He pensado en avispas puntiagudas. En eso, sí. Esas porquerías eran minúsculas.

He podido inventar sin repugnancia esa imagen del vestido de cola. No he pensado en un vestido de cola, ¡por la buena razón de que no había visto nunca mi propia estela! Desde esta carlinga en la que estoy encajado como una pipa en su estuche, me es imposible observar nada detrás de mí. Miro hacia atrás por los ojos de mi ametrallador. ¡Eso creo! ¡Y si los laringófonos no están averiados! Y mi ametrallador no me ha dicho nunca: «Aquí hay pretendientes enamorados de nosotros, que siguen nuestro vestido de cola...».

Allí ya no hay más que escepticismo y engaño. Por supuesto, me gustaría creer, me gustaría luchar y me gustaría vencer. Pero por mucho que se ponga cara de creer, de luchar y de vencer incendiando los propios pueblos, es muy difícil sacar algún entusiasmo de ello.

Es difícil existir. El hombre no es más que un nudo de relaciones, y ocurre que mis vínculos ya no valen gran cosa.

¿Qué hay en mí que esté averiado? ¿Cuál es el secreto de los intercambios? ¿Cómo es que lo que ahora me es abstracto y lejano pueda trastornarme en circunstancias diferentes? ¿Cómo es que una palabra o un gesto pueden hacer rondas hasta el infinito en un destino? ¿Cómo es que, si yo fuese Pasteur, el juego de los infusorios mismos pueda volverse patético hasta el punto de que un portaobjetos de laboratorio me parezca un territorio tan vasto como la selva virgen, y que me permita vivir, inclinado sobre él, la forma más alta de aventura?

¿Cómo es que ese punto negro que es una casa de hombres, allá abajo...?

Y me vuelve un recuerdo.

Cuando yo era niño... Me remonto muy atrás en mi infancia. ¡La infancia, ese gran territorio de donde ha salido cada uno! ¿De dónde soy? Soy de mi infancia. Soy de mi infancia igual que soy de un país... Así pues, cuando era niño viví una tarde una experiencia extraña.

Yo tenía cinco o seis años. Eran las ocho. Las ocho, hora en que los niños deben estar durmiendo. Sobre todo en invierno, porque es de noche. Sin embargo, se habían olvidado de mí.

No obstante, en la planta baja de esa gran casa de campo había un vestíbulo que me parecía inmenso, sobre el que daba la habitación caliente donde cenábamos nosotros, los niños. Yo siempre le había tenido miedo a ese vestíbulo, tal vez por causa de la débil lámpara que, hacia el centro, apenas lo sacaba de su noche —una señal, más que una lámpara—, por causa de sus altos paneles de madera que crujían en el silencio, y por causa también del frío. Porque, desde las habitaciones luminosas y cálidas, se desembocaba allí como en una cueva.

Porque aquella tarde, viéndome olvidado, cedí al demonio del mal, me alcé sobre la punta de los pies hasta la manilla de la puerta, la empujé suavemente, desemboqué en el vestíbulo y me fui de contrabando a explorar el mundo.

Sin embargo, el crujido de los paneles de madera me pareció un aviso de la cólera celeste. En la penumbra, atisbaba vagamente los grandes paneles reprobatorios. Al no atreverme a seguir adelante, mal que bien hice el ascenso a una consola y allí me quedé, con la espalda apoyada en la pared, las piernas colgando y latiéndome el corazón, como lo hacen todos los náufragos sobre su arrecife en pleno mar.

Fue entonces cuando se abrió la puerta de un salón, y mis dos tíos, que me inspiraban un terror sagrado, volvieron a cerrar la puerta tras ellos sobre el alboroto y las luces, y empezaron a deambular por el vestíbulo.

Yo temblaba por si me descubrían. Uno de ellos, Hubert, era para mí la imagen de la severidad. Un delegado de la justicia divina. Ese hombre, que no le habría dado nunca un capirotazo a un niño, me repetía frunciendo unas cejas terribles en la ocasión de cada uno de mis crímenes: «La próxima vez que vaya a América, me traeré una máquina de azotar. En América lo han perfeccionado todo. Por eso allí los niños son la sensatez misma. Y también es un gran descanso para los padres...».

A mí no me gustaba América.

Ahora bien, ocurrió que deambulaban, sin haberme visto, de un lado a otro a lo largo de ese vestíbulo glacial e interminable. Yo los seguía con los ojos y los oídos, aguantando la respiración, presa del vértigo. «La época actual...», decían... Y se alejaban con su secreto para personas mayores, y yo me repetía: «La época actual...». Y luego regresaban, como una marea que hubiese hecho rodar sus tesoros indescifrables otra vez hacia mí.

«Es insensato —le decía uno al otro—, es definitivamente insensato...». Recogí la frase como un objeto extraordinario. Y para probar el poder de esas palabras sobre mi consciencia de cinco años, repetía lentamente: «Es insensato, es definitivamente insensato...».

Así pues, la marea alejaba a mis tíos. Y la marea volvía a traerlos. Ese fenómeno, que me abría perspectivas todavía poco claras sobre la vida, se reproducía con una regularidad estelar, como un fenómeno de gravitación. Yo estaba atascado sobre la consola para toda la eternidad, oyente clandestino de un conciliábulo solemne, en cuyo transcurso mis dos tíos, que lo sabían todo, colaboraban en la creación del mundo. La casa podía tener mil años más, y mis dos tíos, paseando a lo largo del vestíbulo con la lentitud de un péndulo de reloj de pared durante mil años, seguirían dándole a aquello el sabor de la eternidad.

Ese punto negro al que miro es sin duda una casa de hombres a diez kilómetros por debajo de mí. Y no recibo nada de ella. Sin embargo, allá se trata quizá de una gran casa de campo, donde dos tíos se pasean arriba y abajo y construyen lentamente, en la consciencia de un niño, algo tan fabuloso como la inmensidad de los mares.

Desde mis diez mil metros descubro un territorio del tamaño de una provincia, pero todo se ha encogido hasta asfixiarme. Aquí dispongo de menos espacio que el que disponía en ese grano negro.

He perdido la sensación de las dimensiones. Soy ciego a la dimensión. Pero tengo como sed de ella. Me parece tocar aquí una medida común a todas las aspiraciones de todos los hombres.

Cuando un azar despierta un amor, en el hombre todo se ordena según ese amor, y el amor le aporta la sensación de las dimensiones. Cuando yo vivía en el Sáhara, si unos árabes, surgiendo por la noche alrededor de nuestras hogueras, nos avisaban de amenazas lejanas, el desierto se anudaba y adquiría un sentido. Esos mensajeros habían construido sus dimensiones. Así ocurre con la música, cuando es bella. Así el simple olor de un viejo armario, cuando despierta recuerdos en nosotros. Lo patético es la sensación de las dimensiones.

Pero también comprendo que no se mide ni se cuenta nada de lo que le incumbe al hombre. La dimensión variable no es en absoluto para el ojo, sólo le es concedida a la mente. Vale lo que vale el lenguaje, porque es la lengua lo que anuda las cosas.

Desde hace un tiempo me parece que entreveo mejor lo que es una civilización. Una civilización es un legado de creencias, de costumbres y de conocimientos adquiridos lentamente en el curso de los siglos, a veces difíciles de justificar por la lógica, pero que se justifican por sí mismos como caminos, si es que llevan a alguna parte, puesto que abren al hombre su dimensión interna.

Una mala literatura nos ha hablado de la necesidad de evasión. Por supuesto, uno se mete en un viaje en busca de la dimensión. Pero la dimensión no se encuentra, se funda. Y la evasión no ha llevado nunca a ningún sitio.

Cuando, para sentirse hombre, el hombre necesita correr carreras, cantar a coro o hacer la guerra, eso ya son vínculos que se impone para atarse al prójimo y al mundo. Pero, ¡qué pobres vínculos! Si una civilización es fuerte satisface al hombre, incluso si está inmóvil.

En una pequeña ciudad silenciosa así, bajo el cielo nublado de un día de lluvia, veo a una impedida encerrada que medita en su ventana. ¿Quién es? ¿Qué le han hecho? Yo evaluaría la civilización de la pequeña ciudad por la densidad de esa presencia. ¿Cuánto valemos, una vez inmóviles?

En el dominico que reza hay una presencia densa. Ese hombre nunca es más hombre que cuando está prosternado e inmóvil. En el Pasteur que retiene el aliento por encima de su microscopio hay una presencia densa. Pasteur nunca es más hombre que cuando observa. Entonces progresa. Entonces se apresura. Entonces avanza con pasos de gigante, aunque está inmóvil, y descubre la dimensión. Y así Cézanne, inmóvil y mudo frente a su esbozo, es una presencia inestimable. Nunca es más hombre que cuando se calla, experimenta y evalúa. Entonces su tela se le hace más vasta que el mar.

Dimensión concedida por la casa de la infancia, dimensión concedida por mi habitación de Orconte, dimensión concedida a Pasteur por el campo de su microscopio, dimensión abierta por el poema... eso son otros tantos bienes frágiles y maravillosos que sólo distribuye una civilización, porque la dimensión es para la mente, no para los ojos, y no hay dimensión sin lenguaje.

Pero, ¿cómo reanimar el sentido de mi lenguaje en una hora en la que todo se confunde? En la que los árboles del parque son a la vez un navío para las generaciones de una familia, y una simple barrera que molesta al artillero. En la que la presión de los bombarderos, que aprieta pesadamente las ciudades, ha hecho que fluya un pueblo entero a lo largo de las carreteras como un jugo negro. En la que Francia muestra el desorden sórdido de un hormiguero despanzurrado. En la que se lucha, no contra un adversario palpable, sino contra los timones de profundidad que se congelan, las palancas que se bloquean, los pernos que se pasan de rosca...

—¡Puede descender!

Puedo descender. Descenderé. Iré a Arras a baja altitud. Tengo mil años de civilización tras de mí para ayudarme a ello. Pero esos años no me ayudan. Sin duda no es la hora de las recompensas.

Pierdo altitud a ochocientos kilómetros por hora y a tres mil quinientas treinta revoluciones por minuto.

Al virar he dejado un sol polar exageradamente rojo. Delante de mí, a cinco o seis kilómetros por debajo, diviso el banco de nubes de un frente rectilíneo. Toda una parte de Francia está sepultada bajo su sombra. Me imagino que por debajo de ese banco todo está negruzco. Se trata de la panza de una gran sopera donde la guerra se cuece a fuego lento. Atasco de carreteras, incendios, materiales dispersos, pueblos aplastados... un desbarajuste, un inmenso desbarajuste. Bajo esa nube, ellos se agitan en el absurdo, igual que las cochinillas bajo su piedra.

Este descenso se asemeja a una ruina. Tendremos que chapotear en su barro. Regresamos a una especie de barbarie en ruinas. ¡Allá abajo todo se descompone! Nos parecemos a viajeros ricos que, habiendo vivido mucho tiempo en países de coral y de palmas, una vez arruinados regresan a compartir, en la mediocridad natal, los platos grasientos de una familia avara, la acritud de las peleas intestinas, los alguaciles, la mala conciencia de la inquietud por el dinero, las falsas esperanzas, las mudanzas vergonzantes, las arrogancias del hotelero, la miseria y la muerte apestosa en el hospital. ¡Aquí la muerte es limpia, al menos! Una muerte de hielo y de fuego. Sol, cielo, hielo y fuego. Pero allá abajo, ¡la digestión de la arcilla!

## CAPÍTULO XV

Rumbo al sur, capitán. ¡Sería mejor que rebajásemos nuestra altitud en zona francesa!

Al mirar esas carreteras negras, que ya puedo observar, comprendo la paz. En la paz todo está muy encerrado en sí mismo. Por la noche vuelven los aldeanos al pueblo. Meten el grano en los graneros. Y se ordena la ropa blanca doblada en los armarios. En las horas de paz se sabe dónde encontrar cada objeto, se sabe dónde juntarse con cada amigo. Se sabe también dónde irá uno a dormir por la noche. ¡Ah!, la paz muere cuando el cañamazo se daña, cuando ya no se tiene lugar en el mundo, cuando ya no se sabe dónde juntarse con quien se ama, cuando el esposo que va sobre el mar no regresa.

La paz es la lectura de un rostro que se muestra a través de las cosas cuando éstas han recibido su sentido y su lugar. Cuando forman parte de algo más grande que ellas, como los minerales de la tierra una vez que están atados en el árbol.

Pero aquí está la guerra.

Así que sobrevuelo carreteras negras por el jarabe inacabable que no termina de fluir. Dicen que están evacuando las poblaciones. Eso ya no es muy cierto, se evacúan a sí mismas. Hay en este éxodo un contagio demente, porque, ¿dónde van esos vagabundos? Se ponen en marcha hacia el sur, como si allí hubiese alojamiento y alimentos, como si allí hubiese ternura para acogerlos. Pero en el sur no hay más que ciudades llenas a reventar, donde se acuestan en los hangares y se agotan las provisiones. Donde los más generosos se hacen agresivos poco a poco por causa del absurdo de esta invasión que los engulle poco a poco, con la lentitud de un río de barro. ¡Una sola provincia no puede alojar ni alimentar a Francia entera!

¿Dónde van? ¡No lo saben! Se encaminan hacia escalas fantasmas, porque apenas aborda un oasis esa caravana, ya no hay más oasis. Cada oasis revienta a su vez, y a su vez se vierte en la caravana. Y si la caravana llega a un pueblo de verdad que tiene aspecto de seguir vivo, desde el primer día agota toda la sustancia. Lo limpia como limpian un hueso los gusanos.

El enemigo avanza más rápido que el éxodo. En ciertos puntos, unos vehículos blindados se adelantan al río, que entonces se empasta y refluye. Hay divisiones alemanas que chapotean en esa papilla, y se encuentra esa paradoja sorprendente de que, en ciertos puntos, incluso los mismos que mataban en otros sitios, dan ahora de beber.

Durante la retirada nos hemos acantonado en una docena de pueblos sucesivos. Nos hemos empapado en la turba lenta que atravesaba despacio esos pueblos:

—¿Dónde van ustedes?

—No sabemos.

Nunca sabían nada. Nadie sabía nada. Ellos evacuaban. Ya no estaba disponible ningún refugio. Ninguna carretera era practicable ya. Ellos evacuaban, de todos modos. En el norte habían dado una gran patada al hormiguero y las hormigas se iban. Trabajosamente. Sin pánico. Sin esperanza. Sin desesperación. Como si fuera por deber.

—¿Quién les dio la orden de evacuar?

Siempre era el alcalde, el maestro de escuela o el teniente de alcalde. Una madrugada, a eso de las tres, la orden había empujado afuera de repente al pueblo:

—Evacuamos.

Ellos se lo esperaban. Veían pasar a refugiados desde hacía quince días y renunciaban a creer en la eternidad de sus casas. Sin embargo, el hombre había dejado de ser nómada hacía mucho tiempo. Se construían pueblos que duraban siglos. Pulía muebles que les servían a los biznietos. La casa familiar los recibía en su nacimiento y los transportaba hasta la muerte, y luego, como un buen barco, hacía que los hijos pasasen a su vez de una orilla a la otra. ¡Pero se acabó lo de vivir allí! Se iban, ¡sin siquiera saber por qué!

## CAPÍTULO XVI

¡Qué pesada es nuestra experiencia de la carretera! A veces tenemos la misión de echar un vistazo, durante una misma mañana, sobre Alsacia, Bélgica, Holanda, el norte de Francia y el mar. Pero la mayor parte de nuestros problemas son terrestres, y la mayoría de las veces nuestro horizonte se contrae hasta limitarse al embotellamiento de una encrucijada. Así, hace apenas tres días, Dutertre y yo hemos visto desmoronarse el pueblo donde estábamos.

Sin duda no me desharé nunca de ese recuerdo pegajoso. Hacia las seis de la mañana, Dutertre y yo nos hemos chocado al salir desde nuestra casa a un desorden inexpresable. Todos los garajes, todos los hangares y todas las granjas han vomitado en las estrechas calles los artefactos más dispares, los automóviles nuevos y los viejos carretones que desde hacía cincuenta años dormían caducos en el polvo, las carretas del heno y los camiones, los omnibuses y los volquetes. Si se buscaba bien, ¡hasta diligencias podrían encontrarse en esa feria! Se desempolvan todas las cajas montadas sobre ruedas. Se vacían las casas de sus tesoros. Se los acarrea hacia los vehículos desordenadamente en sábanas que estallan de bultos. Y ocurre que ya no se parecen a nada.

Componían el rostro de la casa. Eran los objetos de un culto de religiones particulares. Cada uno de ellos en su sitio, convertido en necesario por las costumbres y embellecido por los recuerdos, valía para la patria íntima que contribuía a fundar. Pero se les ha creído valiosos por sí mismos, se les ha arrancado de su chimenea, de su mesa, de sus paredes y se los ha amontonado al por mayor, y allí no hay más que objetos de bazar que muestran su deterioro. ¡Si se amontonan reliquias piadosas, elevan el corazón!

Delante de nosotros algo se descompone ya.

—¡Aquí están todos locos! ¿Qué pasa?

La patrona del café donde nos dirigimos se encoge de hombros:

—Estamos evacuando.

—¿Por qué? ¡Dios mío!

—No se sabe. Lo ha dicho el alcalde.

Está muy ocupada. Se abalanza a la escalera. Dutertre y yo contemplamos la calle. A bordo de camiones, de automóviles, de carretas y de carruajes con bancos hay una mezcolanza de niños, colchones y utensilios de cocina.

Sobre todo, los automóviles viejos son penosos. Un caballo con mucho aplomo entre los largueros de una carreta da una sensación de salud. Un caballo no exige piezas de recambio. Y una carreta se repara con unos pocos clavos. ¡Pero todos esos vestigios de una era mecánica! Esos montajes de pistones, válvulas, magnetos y engranajes, ¿hasta cuándo funcionarán?

—... Capitán, ¿podría usted ayudarme?

—Por supuesto. ¿A qué?

—A sacar mi automóvil del garaje...

La miro con estupefacción.

—Usted... ¿usted no sabe llevarlo?

—¡Oh!... en la carretera irá bien... es menos difícil...

Está ella, la cuñada y los siete niños...

¡En la carretera! ¡En la carretera avanzará veinte kilómetros al día en tramos de doscientos metros! Cada doscientos metros ella tendría que reducir la velocidad, detenerse, desembragar, embragar y cambiar de marcha en la confusión de un embotellamiento enmarañado. ¡Va a romperlo todo! ¡Y le faltará la gasolina! ¡Y el aceite! Y también el agua, de la que se olvidará:

—Tenga cuidado con el agua. Su radiador pierde como una cesta.

—¡Ah! El automóvil no es nuevo...

—Tendrá que desplazarse ocho días en el vehículo... ¿Cómo podrá hacerlo?

—No lo sé...

Antes de diez kilómetros de aquí ella habrá colisionado con tres vehículos, bloqueado su embrague y reventado sus neumáticos. Entonces ella, la cuñada y los siete niños empezarán a llorar. Entonces ella, la cuñada y los siete niños, sometidos a problemas por encima de sus fuerzas, renunciarán a decidir nada y se sentarán en la orilla de la carretera a esperar un pastor. Pero los pastores...

Sí... ¡sorprendentemente, faltan pastores! Dutertre y yo asistimos a iniciativas de ovejas. Y esas ovejas se van en un formidable estrépito de material mecánico. Tres mil pistones. Seis mil válvulas. Todo ese material chirría, roza y golpea. El agua hierve en algunos radiadores. ¡Y así es como empieza a ponerse en marcha, trabajosamente, esta caravana ya condenada! Esa caravana sin piezas de repuesto, sin neumáticos, sin gasolina y sin mecánicos. ¡Qué locura!

—¿No podrían ustedes quedarse en su casa?

—¡Ah! ¡Sí que preferiríamos quedarnos en casa!

—Entonces, ¿por qué marcharse?

—Nos lo han dicho...

—¿Quién se lo ha dicho?

—El alcalde...

Siempre el alcalde.

—Por supuesto. Todos preferiríamos quedarnos en nuestras casas.

Es exacto. Aquí no se respira una atmósfera de pánico, sino una atmósfera de servidumbre ciega. Dutertre y yo nos aprovechamos de ello para despertar a algunos:

—Sería mejor que descargasen todo eso. Al menos beberán agua de las fuentes...

—¡Seguro que haríamos algo mejor!...

—¡Pero ustedes son libres!

Hemos ganado la partida. Se ha formado un grupo. Nos escuchan. Mueven la cabeza para aprobar.

—... ¡El capitán tiene mucha razón!

Soy reemplazado por discípulos. He convertido a un peón caminero que es más ardiente que yo:

—¡Lo he dicho siempre! Una vez en la carretera, nos sacudirá el asfalto.

Debaten. Se ponen de acuerdo. Se quedarán. Algunos se alejan para predicar a otros. Pero sucede que vuelven desanimados:

—Esto no funciona. Estamos obligados a marcharnos igualmente.

—¿Por qué?

—El panadero se ha marchado. ¿Quién hará el pan?

El pueblo ya está desquiciado. Ha reventado aquí y allá. Todo pasará por el mismo agujero. No hay esperanza.

Dutertre tiene su propia idea:

—El drama es que se haya hecho creer a los hombres que la guerra es algo anormal. Antiguamente se quedaban en sus casas. La guerra y la vida se mezclaban...

La patrona vuelve a aparecer. Arrastra un saco.

—Nosotros despegamos dentro de tres cuartos de hora... ¿Tendría usted aún un poco de café?

—¡Ah! Pobres muchachos...

Se enjuga los ojos. ¡Oh!, ella no llora por nosotros. Ni por ella tampoco. Llora de agotamiento. Ya se siente sumergida ya en el deterioro de una caravana que se trastornará un poco más cada kilómetro.

Más lejos, al azar de los campos, de cuando en cuando unos cazas enemigos volando bajo escupirán una ráfaga de metralleta a ese rebaño lamentable. Pero lo más sorprendente es que, por lo común, no insisten. Arden algunos vehículos, pero pocos. Y hay pocos muertos. Es una especie de lujo, algo como un consuelo. O el gesto del perro que muerde las corvas para acelerar al rebaño. Aquí es para sembrar el desorden. Pero entonces, ¿por qué esas acciones locales y esporádicas que apenas tienen peso alguno? El enemigo se da poco trabajo para trastornar la caravana. Cierto es que la caravana no necesita al enemigo para trastornarse. La máquina se trastorna espontáneamente. La máquina está concebida para una sociedad apacible y estable, que dispone de todo su tiempo. Cuando el hombre no está presente para repararla, regularla y pintarla, la máquina envejece a una velocidad vertiginosa. Esta noche parecerá que esos automóviles tengan mil años.

Me parece asistir a la agonía de la máquina.

Aquel de allá fustiga a su caballo con la majestad de un rey. Satisfecho, preside sobre su asiento. De hecho, supongo que se ha bebido unos tragos:

—¡Sí que parece usted contento!

—¡Es el fin del mundo!

Siento un malestar vago por decirme que todos esos trabajadores, todas esas pequeñas gentes de funciones tan definidas, de cualidades tan diversas y tan valiosas, no serán esta noche más que parásitos y miseria.

Van a esparcirse por los campos y a devorarlos.

—¿Quién les alimentará a ustedes?

—No se sabe...

¿Cómo se puede abastecer a los millones de emigrantes perdidos a lo largo de las carreteras donde se circula a la velocidad de cinco a veinte kilómetros por día? Si el abastecimiento existiese, ¡sería imposible enviarlo!

Esa mezcla de humanidad y de chatarra hace que me acuerde del desierto de Libia. Prévot y yo residíamos en un paisaje inhabitable, vestido de piedras negras que brillaban al sol, un paisaje tendido de una corteza de hierro...

Y considero este espectáculo con una especie de desesperación: ¿vive mucho un vuelo de langostas que se abate sobre el asfalto?

—¿Y esperarán a que llueva para beber?

—No se sabe...

Desde hacía ocho días, su pueblo estaba atravesado incansablemente por refugiados del norte. Durante diez días han asistido a ese éxodo inagotable. Les ha llegado su turno. Se hacen con su sitio en la procesión. ¡Oh!, sin confianza:

—Yo preferiría morir en mi casa.

—Todos preferiríamos morir en nuestras casas.

Y eso es exacto. El pueblo entero se desmorona como un castillo de arena, cuando nadie deseaba marcharse.

Si Francia poseyese reservas, el transporte de esas reservas estaría impedido radicalmente por el embotellamiento de las carreteras. En rigor, a pesar de los automóviles averiados, de los automóviles encajados unos en otros y de los nudos intrincados de los cruces, se puede descender con el oleaje, pero, ¿cómo se podría volver a subir?

—No hay nada de reservas —me dice Dutertre—, eso lo arregla todo...

Corre el rumor de que desde ayer el gobierno ha prohibido las evacuaciones de los pueblos. Pero las órdenes se propagan Dios sabe cómo, porque en las carreteras ya no hay circulación posible. En cuanto a los circuitos telefónicos, están colapsados, cortados o son dudosos. Y además, no se trata de dar órdenes, se trata de reinventar una moral. Desde hace miles de años, se les enseña a los hombres que las mujeres y los niños deben ser apartados de la guerra. La guerra les incumbe a los hombres. Los alcaldes, sus adjuntos y los maestros conocen bien esa ley. Reciben bruscamente la orden de prohibir las evacuaciones, es decir, de obligar a las mujeres y a los niños a permanecer bajo los bombardeos. Les haría falta un mes para reajustar su consciencia a estos tiempos nuevos. No se derriba todo un sistema de pensamiento de un golpe. Pero el enemigo avanza. Así pues, los alcaldes, los tenientes de alcalde y los maestros dejan a su pueblo en la carretera. ¿Qué hay que hacer? ¿Dónde está la verdad? Y se van esas ovejas sin pastor.

—¿No hay ningún médico aquí?

—¿No es usted del pueblo?

—No. Nosotros venimos de más al norte.

—¿Y por qué un médico?

—Es mi mujer, que va a dar a luz en la carreta...

Entre las baterías de cocina, en el desierto de esta chatarra universal, como sobre espinos.

—¡Y usted no podía preverlo!

—Hace cuatro días que estamos en la carretera.

Porque la carretera es un río tiránico. ¿Dónde detenerse? Uno tras otro, los pueblos que barre se vacían de sí mismos en ella, como si a su vez reventasen en la alcantarilla común.

—No, no hay médico. El del Grupo está a veinte kilómetros.

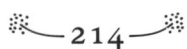

—¡Ah! Bueno.

El hombre se enjuga la cara. Todo se deteriora. Su mujer está dando a luz en mitad de la calle entre baterías de cocina. Nada de todo esto es despiadado. Para empezar, sobre todo, está monstruosamente fuera de lo humano. Nadie se queja, las quejas ya no tienen significado. Su mujer va a morir, y él no se queja. Es así. Se trata de un mal sueño.

—Si al menos pudiésemos detenernos en alguna parte...

Encontrar en alguna parte un pueblo de verdad, un albergue de verdad, un hospital de verdad... pero también están evacuando los hospitales, ¡sabe Dios por qué! Es una regla del juego. No hay tiempo para volver a inventar las reglas. ¡Encontrar en alguna parte una muerte de verdad! Pero ya no hay muertes de verdad. Son los cuerpos los que se estropean, como los automóviles.

Siento por todas partes una urgencia agotada, una urgencia que ha renunciado a ser urgente. Se huye, a velocidad de cinco kilómetros al día, de los tanques que avanzan más de cien kilómetros a través de los campos, y de los aviones que se desplazan a seiscientos kilómetros por hora. Así fluye el jarabe cuando se vuelca la botella. La mujer de aquél da a luz, pero él dispone de un tiempo desmesurado. Es urgente. Y aquello ya no lo es. Está suspendido en equilibrio inestable entre la urgencia y la eternidad.

Todo se ha vuelto lento, como los reflejos de un agonizante. Se trata de un inmenso rebaño que pisotea extenuado delante del matadero. ¿Son cinco, son diez los millones de ellos entregados al asfalto? Es un pueblo que pisotea de fatiga y de fastidio en el umbral de la eternidad.

Y de verdad que no puedo concebir cómo se las apañarán para sobrevivir. El hombre no se alimenta de ramas de los árboles. Ellos mismos lo sospechan vagamente, pero apenas se asustan. Tienen muy poca existencia. Más tarde se inventarán sus sufrimientos, pero sobre todo padecen de los riñones, magullados por los demasiados paquetes que acarrear, por los demasiados nudos que han cedido dejando que las sábanas se vacíen de sus tripas, por los demasiados vehículos que empujar para ponerlos en marcha.

Ni una palabra sobre la derrota. Eso es evidente. Uno no tiene necesidad de comentar lo que constituye su sustancia. Ellos «son» la derrota.

Tengo la visión repentina y aguda de una Francia que pierde sus entrañas. Hay que volver a coserla enseguida. No hay un segundo que perder: están condenados...

La cosa empieza. Ahí ya hay unos asfixiados, como peces fuera del agua:

—¿Aquí no hay leche?...

¡Esa pregunta es para morirse de risa!

—Mi pequeño no ha bebido nada desde ayer...

Se trata de un lactante de seis meses que todavía hace demasiado ruido. Pero ese ruido no durará: los peces, fuera del agua... Aquí no hay nada de leche. Aquí no hay más que chatarra. Aquí no hay más que una enorme chatarra inútil que, al estropearse a cada kilómetro y perder tuercas, tornillos y placas de chapa, acarrea a esta gente hacia la nada, en un éxodo prodigiosamente inútil.

Se difunde el rumor de que, algunos kilómetros al sur, los aviones ametrallan la carretera. Incluso se habla de bombas. En efecto, oímos explosiones sordas. Sin duda el rumor es correcto.

Pero la multitud no se asusta. Me parece hasta un poco vivificada. Ese riesgo concreto le parece más saludable que sumergirse en la chatarra.

¡Ah!, el esquema que elaborarán más adelante los historiadores! ¡Los ejes que se inventarán para darle un significado a esta papilla! Se harán con las palabras de un ministro, la decisión de un general o el debate de una comisión, y con este desfile de fantasmas crearán conversaciones históricas, con responsabilidades y vistas a largo plazo. Se inventarán aceptaciones, resistencias, alegatos al estilo Corneille y cobardías. Yo sé muy bien lo que es un ministerio abandonado. El azar me permitió visitar uno de ellos. Comprendí enseguida que, una vez que se ha trasladado, un gobierno ya no constituye un gobierno. Es como un cuerpo. Si uno empieza a trasladarlo también —el estómago por allá, el hígado por aquí, las tripas por otro sitio—, esa colección ya no constituye un organismo. He vivido veinte minutos en el Ministerio del Aire. ¡Pues bien, un ministro ejerce una acción sobre su alguacil! Una acción milagrosa, porque el cable de un timbre liga todavía al ministro con el alguacil. Un cable de timbre intacto. El ministro aprieta un botón, y el alguacil viene.

Y eso es un éxito.

—Mi automóvil —pide el ministro.

Su autoridad se detiene aquí. El ministro hace que el alguacil haga ejercicio. Pero el alguacil ignora si existe un automóvil de ministro en algún lado. Ningún cable eléctrico liga al alguacil con ningún chófer de automóvil. El chófer está perdido en alguna parte del universo. ¿Qué pueden conocer de la guerra los que gobiernan? De tan imposibles que son las comunicaciones, a nosotros nos harían falta ocho días desde ahora mismo para desencadenar una misión de bombardeo sobre una división blindada que hayamos encontrado. ¿Qué noticia puede recibir un gobernante de este país que se destripa? Las noticias avanzan a una velocidad de veinte kilómetros por día. Los teléfonos están colapsados o averiados, y no tienen el poder de transmitir, en su densidad, el Ser que se descompone en este momento. El gobierno está sumergido en el vacío: una vida polar. De cuando en cuando le llegan llamamientos de una urgencia desesperada, pero abstractos, reducidos a tres líneas. ¿Cómo iban a conocer los responsables si diez millones de franceses han muerto ya de hambre? Y ese llamamiento de diez millones de hombres cabe en una frase. Se necesita una frase para decir:

—Cita a las cuatro en casa de X.

O:

—Dicen que han muerto diez millones de hombres.

O:

—Blois está ardiendo.

O:

—Han encontrado a su chófer.

Y todo en ese mismo plan. De entrada. Diez millones de hombres. El automóvil. El ejército del este. La Civilización Occidental. Han encontrado al chófer. Inglaterra. El pan. ¿Qué hora es? Le doy a usted siete letras. Son siete letras de la Biblia. ¡Reconstrúyame la Biblia con eso!

Los historiadores se olvidarán de lo real. Se inventarán seres pensantes, ligados por fibras misteriosas a un universo expresable, que disponen de coherentes vistas de conjunto y que sopesan las decisiones graves según las cuatro reglas de la lógica cartesiana. Distinguirán entre los poderes del bien y los poderes del mal. Diferenciarán a los héroes de los traidores. Pero yo propondría una pregunta muy sencilla:

—Para traicionar hay que ser responsable de algo, ocuparse de algo, actuar sobre algo, conocer algo. Hoy es dar muestra de genio. ¿Por qué no condecoran a los traidores?

La paz se muestra ya un poco en todas partes. No es una de esas paces bien diseñadas que siguen, como etapas nuevas de la Historia, a guerras concluidas claramente por algún tratado. Se trata de un período sin nombre que es el final de todas las cosas. Un final que ya no acabará de acabar. Se trata de una ciénaga donde se hunde poco a poco todo impulso. No se siente la llegada de una conclusión buena o mala. Muy al contrario. Se entra poco a poco en un empeoramiento de lo provisional que se asemeja a la eternidad. No concluirá nada, porque ya no hay un nudo por donde agarrar al país, como se sujetaría a un ahogado agarrando su cabellera con el puño. Todo está vencido. Y el esfuerzo más patético no lleva más que a un mechón de cabellos. La paz que viene no es fruto de una decisión adquirida por el hombre. Gana en el sitio, como una plaga.

Allí, por debajo de mí, en esas carreteras donde se deteriora la caravana, donde los blindados alemanes matan o se ponen a beber copas, es como esos territorios enfangados donde se confunden la tierra y el agua. La paz, que se mezcla ya con la guerra, estropea la guerra.

Uno de mis amigos, Léon Werth, ha oído en la carretera unas palabras inmensas que contará en un gran libro. A la izquierda de la carretera están los alemanes, a la derecha, los franceses. Entre los dos, el torbellino lento del éxodo. Centenares de mujeres y de niños que se deshacen como pueden de sus vehículos incendiados. Y como un teniente de artillería, que se encuentra imbricado a pesar suyo en el atasco, intenta poner en batería una pieza de setenta y cinco sobre la que el enemigo dispara a discreción —y como el enemigo falla la pieza, pero arrasa la carretera— unas madres acuden a ese teniente que, chorreando de sudor, obstinado por su incomprensible deber, intenta salvar una posición que no aguantaría ni veinte minutos (¡en ella están doce hombres!):

—¡Marcháos! ¡Marcháos! ¡Sois unos cobardes!

El teniente y los hombres se van. Se chocan por todas partes con esos problemas de paz. Es necesario, ciertamente, que los niños no sean asesinados en la carretera. Sin embargo, cada soldado que dispara debe disparar a la espalda de un niño. Cada camión que avanza, o que intenta avanzar, se arriesga a condenar a un pueblo. Porque, al avanzar contra la corriente, atasca inexorablemente toda una carretera.

—¡Estáis locos! ¡Dejadnos pasar! ¡Los niños se están muriendo!

—Nosotros hacemos la guerra...

—¿Qué guerra? ¿Dónde hacéis vosotros la guerra? En esta dirección, en tres días avanzaréis seis kilómetros!

Son algunos soldados perdidos en su camión, en marcha hacia una cita que, sin duda, hace horas ya que no tiene objetivo. Pero están hundidos en su deber elemental:

—Hacemos la guerra...

—... ¡Sería mejor que nos recogiéseis! ¡Es inhumano!

Un niño aúlla.

—Y ese...

Ese ya no aúlla. No hay leche, no hay aullidos.

—Nosotros hacemos la guerra...

Repiten su fórmula con una estupidez desesperada.

—¡Pero vosotros no encontraréis nunca la guerra! ¡Reventaréis aquí con nosotros!

—Hacemos la guerra...

Ya no saben muy bien lo que dicen. Ya no saben muy bien si hacen la guerra. No han visto nunca al enemigo. Circulan en camión hacia unos objetivos que huyen más que los espejismos. No encuentran más que esta paz de pudridero.

Como el desorden lo ha aglutinado todo, han bajado del camión. Los rodean:

—¿Tenéis agua?

Entonces comparten su agua.

—¿Y pan?...

Comparten su pan.

—¿Vais a dejarla que reviente?

En ese automóvil averiado, trasladado a la cuneta, hay una mujer que agoniza.

La liberan. La embuten en el camión.

—¿Y ese niño?

Embuten también al niño en el camión.

—¿Y la que va a dar a luz?

Embuten a aquella.

Y luego a esa otra porque está llorando.

Después de una hora de esfuerzos, se ha liberado el camión. Se le ha dado la vuelta hacia el sur. Seguirá el río de civiles, transportado por él como un bloque errante. Los soldados se han convertido a la paz. Porque no encontraban la guerra.

Porque la musculatura de la guerra es invisible. Porque el golpe que das, es un niño quien lo recibe. Porque en la cita de la guerra te tropiezas con mujeres que dan a luz. Porque es tan en vano pretender comunicar una información, o recibir una orden, como iniciar un debate con Sirio. Ya no hay ejército. No hay más que hombres.

Se han convertido a la paz. Por la fuerza de las cosas se han vuelto mecánicos, médicos, guardianes de rebaños y camilleros. Reparan los automóviles de esas gentes pequeñas que no saben curar su chatarra. Y con el trabajo que se dan, esos soldados ignoran si son héroes, o si son merecedores de un consejo de guerra. No les extrañaría nada que los condecorasen. Ni que los alineasen contra una pared con doce balas en el cráneo. Ni que los desmovilizasen. Nada los extrañaría. Hace mucho tiempo que han sobrepasado los límites de la extrañeza.

Es una papilla inmensa en la que ninguna orden, ningún movimiento, ninguna noticia, ninguna onda de cualquier cosa puede propagarse nunca más allá de tres kilómetros. Y del mismo modo que los pueblos se derrumban uno tras otro en la alcantarilla común, del mismo modo esos camiones militares, absorbidos por la paz, se convierten uno a uno a la paz. Esos puñados de hombres que habrían aceptado la muerte perfectamente —pero a ellos no se les plantea en absoluto el problema de morir—, aceptan los deberes que se encuentran y reparan ese varal de la vieja carreta en la que tres religiosas han amontonado, para sabe Dios qué peregrinación a Dios sabe qué refugio, a una docena de niños pequeños amenazados de muerte.

Semejante a Alias cuando volvía a meterse el revólver en el bolsillo, yo no juzgaré a los soldados que se rinden. ¿Cuál es el aliento que los animaría? ¿De dónde viene la onda que los alcanzaría? ¿Dónde está la cara que los uniría? No saben nada del resto del mundo, excepto esos rumores enloquecidos que, germinados en la carretera a tres o cuatro kilómetros bajo la forma de hipótesis descabelladas, han adquirido carácter de afirmación al propagarse lentamente a través de trescientos kilómetros de papilla.

«Los Estados Unidos han entrado en la guerra. El papa se ha suicidado. Los aviones rusos han incendiado Berlín. El armisticio está firmado desde hace tres días. Hitler ha desembarcado en Inglaterra».

No hay ningún pastor para las mujeres o para los niños, pero tampoco lo hay para los hombres. El general espera a su ordenanza. El ministro espera a su alguacil. Y quizá pueda transfigurarlo con su elocuencia. Alias llega a sus tripulaciones, puede sacar de ellas el sacrificio de sus vidas. El sargento del camión militar llega a los doce hombres que dependen de él, pero le es imposible pegarse a cualquier otro. Suponiendo que un jefe genial, capaz de milagro de un vistazo de conjunto, conciba un plan apto para salvarnos, ese jefe no dispondrá más que de un cable de timbre de veinte metros para manifestarse. Y como masa de maniobra para vencer dispondrá del alguacil, si todavía queda un alguacil en el otro extremo del cable.

Cuando al azar de las carreteras van esos soldados dispersos que forman parte de unidades desmembradas, esos hombres que ya no son más que desempleados de guerra, no muestran esa desesperación que se le achaca al vencido patriota. Desean confusamente la paz, eso es correcto, pero ante sus ojos la paz no representa nada más que el final de esta incalificable papilla, y el retorno a una identidad, aunque fuese la más humilde. Ese antiguo zapatero sueña que clavaba sus clavos. Y que clavando clavos moldeaba el mundo.

Y si van adelante es por efecto de la incoherencia general que les divide a unos de otros, y no por el horror de la muerte. No tienen horror de nada: están vacíos.

# CAPÍTULO XVII

Existe una ley fundamental: no se cambia *in situ* de vencidos en vencedores. Cuando se habla de un ejército que primero retrocede y luego resiste, con eso no se trata más que de un atajo del lenguaje, porque las tropas que han retrocedido y las que ahora emprenden la batalla no son las mismas. El ejército que retrocedía ya no era un ejército. No es que aquellos hombres fuesen indignos de vencer, sino porque un retroceso destruye todos los vínculos, materiales y espirituales, que ligaban a los hombres entre sí. A esa cantidad de soldados que se les deja que se filtren a retaguardia se la sustituye entonces con reservas nuevas, que tienen carácter de organismo. Son ellas las que bloquean al enemigo. En cuanto a los fugitivos, se les junta para volver a moldearlos en forma de ejército. Si no hay reservas que lanzar a la acción, el primer retroceso es irreparable.

Únicamente la victoria los ata. La derrota no sólo divide al hombre de los demás hombres, sino que lo divide de sí mismo. Si los fugitivos no lloran por la Francia que se derrumba, es porque están vencidos. Es porque Francia está derrotada, no a su alrededor, sino en ellos mismos. Llorar por Francia sería ser ya vencedor.

A casi todos, a los que siguen resistiendo tanto como a los que ya no resisten, el rostro de la Francia vencida sólo se les mostrará más tarde, en las horas del silencio. Hoy todo el mundo se agota contra un detalle vulgar que se rebela o que se deteriora, contra un camión averiado, contra una carretera atascada, contra una palanca de la gasolina que se bloquea, contra el absurdo de una misión. La señal del derrumbe es que la misión se haga absurda, es que se haga absurdo el acto mismo que se opone al derrumbe. Porque todo se divide contra sí mismo. No se llora por el desastre universal, sino por el objeto del que se es responsable, que es el único tangible y que se está estropeando. La Francia que se derrumba no es más que un diluvio de retazos entre los que ninguno muestra una cara; ni esta misión, ni ese camión, ni esta carretera, ni esta cerdada de la palanca de la gasolina.

Efectivamente, una desbandada es un triste espectáculo. Los hombres bajos se muestran bajos en ella. Los ladrones se revelan como ladrones. Las instituciones se deterioran. Las tropas, hartas de desaliento y de cansancio, se descomponen en el absurdo. Una derrota implica todos esos efectos, lo mismo que la peste implica los bubones. Pero si un camión aplasta a aquella que amabas, ¿irías a criticar su fealdad?

Aquí está la injusticia de la derrota: esa apariencia de culpables que les presta a las víctimas. ¿Cómo mostraría la derrota los sacrificios, las austeridades en el deber, los rigores con uno mismo, las vigilancias en las que el Dios que decide la suerte de los combates no ha llevado la cuenta? ¿Cómo mostraría el amor? La derrota muestra a los jefes sin poder, a los hombres magullados, a las multitudes pasivas. A menudo hubo carencias verdaderas, pero, ¿qué significa esta misma carencia? Bastaba con que corriese la noticia de un cambio de opinión rusa o de una intervención norteamericana para transfigurar a los hombres. Para atarlos a una esperanza común. Cada vez, un rumor así lo ha purificado todo, como un golpe de viento de mar. No hay que juzgar a Francia por los efectos de la destrucción.

Hay que juzgar a Francia por su consentimiento al sacrificio. Francia aceptó la guerra contra la verdad de las personas lógicas que nos decían: «Hay ochenta millones de alemanes. No podemos hacer en un año los cuarenta millones de franceses que nos faltan. No podemos cambiar nuestra tierra de trigo en tierra de carbón. No podemos esperar la ayuda de los Estados Unidos. Al exigir Dantzig, ¿por qué nos impondrían los alemanes el deber, no ya de salvar Dantzig, lo que es imposible, sino de suicidarnos para evitar la vergüenza? ¿Qué vergüenza hay en poseer una tierra que crea más trigo que máquinas y en contarse uno contra dos? ¿Por qué nos oprimiría la vergüenza a nosotros, y no al mundo?». Ellos tenían razón. Para nosotros, guerra significaba desastre. Pero, ¿era preciso que, para ahorrarse una derrota, Francia rechazase la guerra? No lo creo. Por instinto, Francia juzgaba igualmente, puesto que tales advertencias no la han desviado de esta guerra. Entre nosotros, la Mente ha dominado a la Inteligencia.

La vida hace que las fórmulas se rompan siempre. La derrota puede revelarse como el único camino hacia la resurrección, a pesar de sus fealdades. Sé bien que para crear un árbol se condena a una semilla a pudrirse. Si ocurre demasiado tarde, el primer acto de resistencia siempre es perdedor. Pero es el despertar de la resistencia. Quizá salga un árbol de ella, igual que lo hace de una semilla.

Francia ha interpretado su papel. Para ella consistía en proponerse para el aplastamiento, puesto que el mundo arbitraba sin colaborar ni combatir, y en verse enterrar por un tiempo en el silencio. Cuando se da el asalto, necesariamente hay hombres a la cabeza. Esos mueren casi siempre. Pero para que el asalto sea tal, es necesario que los primeros mueran.

Ese es el papel que ha prevalecido, ¡puesto que hemos aceptado, sin ilusión, oponer un soldado nuestro a tres soldados suyos y nuestros agricultores a sus obreros! ¡Me niego a ser juzgado por las fealdades de la desbandada!, ¿Se juzgará por sus hinchazones a quien acepta quemarse en vuelo? Él también se afeará por ello.

# CAPÍTULO XVIII

Eso no impide que esta guerra, fuera del sentido espiritual que nos la hacía necesaria, nos haya aparecido como una guerra extraña en la ejecución. La palabra no me ha dado vergüenza nunca. Apenas habíamos declarado la guerra, a falta de estar en condiciones de atacar, ¡empezamos a esperar que quisieran exterminarnos!

Está hecho.

Hemos dispuesto de gavillas de trigo para vencer a los tanques. Las gavillas de trigo no han valido para nada. Y hoy el exterminio está consumado. Ya no hay ni ejército, ni reservas, ni comunicaciones, ni material.

Sin embargo, yo prosigo mi vuelo con una seriedad imperturbable. Me sumerjo hacia el ejército enemigo a ochocientos kilómetros por hora y a tres mil quinientas revoluciones por minuto. ¿Por qué? ¡Vaya! ¡Para asustarlo! ¡Para que evacue el territorio! Puesto que nos son inútiles las informaciones deseadas, esta misión no puede tener otro objetivo.

Extraña guerra.

De hecho, exagero. He perdido mucha altitud. Los mandos y las palancas se han descongelado. He recuperado, a nivel, mi velocidad normal. Me hundo hacia el ejército alemán a quinientos treinta kilómetros por hora y sólo a dos mil doscientas revoluciones por minuto. Es una lástima. Les daré mucho menos miedo.

¡Y nos reprocharán que le llamemos extraña a esta guerra!

¡Los que dicen que esta guerra es una «guerra extraña» somos nosotros! Tanto da que nos parezca extraña. Tenemos el derecho de burlarnos de ella como nos plazca, porque todos los sacrificios los adquirimos a nuestra cuenta. Tengo el derecho de bromear sobre mi muerte, si la broma me alegra. Dutertre, también. Tengo el derecho de saborear las paradojas. Porque, ¿por qué llamean todavía esos pueblos? ¿Por qué ha sido arrojada a granel esta población sobre la acera? ¿Por qué nos lanzamos con una convicción inquebrantable hacia un matadero automático?

Tengo todos los derechos, porque, en este segundo, sé bien lo que hago. Acepto la muerte. No es el riesgo lo que acepto. No es el combate lo que acepto. Es la muerte. He aprendido una gran verdad. La guerra no es la aceptación del riesgo. No es la aceptación del combate. Para el combatiente es, a ciertas horas, la aceptación pura y simple de la muerte.

Estos días, a la hora en la que la opinión extranjera juzgaba insuficientes nuestros sacrificios, me he preguntado, al mirar partir las tripulaciones a destrozarse: «¿A qué nos entregamos, quién nos paga todavía?».

Porque morimos. Porque desde hace quince días hay ciento cincuenta mil franceses que han muerto. Quizá esos muertos no ilustren una resistencia extraordinaria. Yo no celebro la resistencia extraordinaria. Esa resistencia es imposible. Pero hay un montón de soldados de infantería que se hacen asesinar en una granja indefendible. Hay grupos de aviación que se funden como cera echada al fuego.

Y así nosotros, los del Grupo 2/33, ¿por qué seguimos aceptando morir? ¿Por la estima del mundo? Pero la estima implica la existencia de un juez. ¿Y quién de nosotros le concede a quién el derecho de juzgar? Nosotros luchamos en nombre de una causa que estimamos común. La libertad, no sólo de Francia sino de todo el mundo, está en juego: nos parece demasiado cómodo el puesto de árbitro. Somos nosotros quienes juzgamos a los árbitros. Los de mi Grupo 2/33 juzgan a los árbitros. Que no vengan a decirnos a nosotros —ni a los de los demás grupos—, que partimos sin decir una palabra con una oportunidad contra tres de volver (cuando la misión es fácil), ni a ese amigo al que la explosión de un obús le ha destruido la cara y que así ha renunciado para toda la vida a enternecer jamás a una mujer, que se ve frustrado de un derecho fundamental tanto como se está frustrado tras los muros de una cárcel, muy abrigado en su fealdad, muy instalado en su virtud tras la muralla de su fealdad, ¡que no vengan a decirnos que nos juzgan los espectadores! Los toreros viven para los espectadores, y nosotros no somos toreros. Si se le afirmase a Hochedé: «Debes partir porque los testigos te aprecian», Hochedé respondería: «Hay un error. Soy yo, Hochedé, quien aprecia a los testigos...».

Porque, después de todo, ¿por qué seguimos combatiendo? ¿Por la democracia? Si morimos por la democracia, somos solidarios de las democracias. Entonces, ¡que combatan ellas a nuestro lado! Pero la más poderosa, la única que habría podido salvarnos, se declaró incompetente ayer y se sigue declarando hoy. Bien. Está en su derecho. Pero de ese modo nos indica que combatimos únicamente por nuestros intereses. No obstante, sabemos muy bien que todo está perdido. Entonces, ¿por qué seguimos muriendo?

¿Por desesperación? ¡Pero si no hay desesperación ninguna! Uno no conoce nada de una derrota si espera descubrir desesperación en ella.

Hay una verdad más alta que los enunciados de la inteligencia. Algo ocurre a través de nosotros y nos gobierna, algo que padezco sin comprenderlo aún. Un árbol no tiene lenguaje alguno. Nosotros somos de un árbol. Hay verdades que son evidentes, aunque no se puedan formular. Yo no muero para oponerme a la invasión, porque no hay ningún refugio donde atrincherarse con aquellos que amo. No muero para salvar un honor que rechazo que esté en juego: recuso a los jueces. Tampoco muero por desesperación. Pero siento que Dutertre, que está consultando el mapa, habiendo calculado que Arras se sitúa allá abajo, en alguna parte en el ciento setenta y cinco, me dirá antes de treinta segundos: «Rumbo al ciento setenta y cinco, mi capitán...».

Y yo aceptaré.

## CAPÍTULO XIX

—Ciento setenta y dos.

—Oído. Ciento setenta y dos.

Va por el ciento setenta y dos. Epitafio: «Mantuvo correctamente ciento setenta y dos en la brújula». ¿Cuánto tiempo aguantará este extraño desafío? Navego a setecientos cincuenta metros de altitud bajo un techo de nubes pesadas. Si me elevase treinta metros, Dutertre quedaría ya a ciegas. Tenemos que permanecer muy visibles y ofrecer así un blanco fácil a los disparos alemanes. Setecientos metros es una altitud prohibida. Uno le sirve de punto de mira a toda una llanura. Se drena el tiro de todo un ejército, uno es accesible a todos los calibres. Uno permanece una eternidad en los campos de tiro de cada una de las armas enemigas. Ya no son tiros, son palos. Es como si a mil palos se les desafiara a que derribasen una nuez.

He estudiado mucho el problema: no es asunto de paracaídas. Cuando el avión averiado caiga hacia el suelo, ya sólo abrir la trampilla de escape ocupará más segundos que los que concederá la caída. Esa apertura exige siete vueltas de una manivela que se resiste. Además, a plena velocidad la trampilla se deforma y no se desliza.

Es así. ¡Haría mucha falta tragarse un día esa medicina! El ceremonial no es complejo: mantener ciento setenta y dos en la brújula. Me he equivocado al envejecer. Eso es. Era tan feliz en la infancia... Lo digo, pero, ¿es cierto? Yo ya caminaba en mi vestíbulo a ciento setenta y dos en la brújula. Por causa de los tíos.

Ahora es cuando la infancia se hace dulce. No sólo la infancia, sino toda la vida pasada. La veo en su perspectiva, como si fuera una campiña...

Me parece que yo soy uno. Eso que siento lo he conocido siempre. Sin duda, mis alegrías o mis tristezas han cambiado de propósito, pero los sentimientos han seguido siendo los mismos. Así, yo era feliz o desgraciado. Me castigaban o me perdonaban. Yo trabajaba bien. Yo trabajaba mal. Eso dependía de los días...

¿Mi recuerdo más lejano? Yo tenía una institutriz tirolesa que se llamaba Paula.

Pero eso no es ni siquiera un recuerdo: es el recuerdo de un recuerdo. Cuando yo tenía cinco años, Paula ya no era más que una leyenda en mi vestíbulo. Durante años, mi madre nos dijo en la época de fin de año: «¡Hay una carta de Paula!». Para nosotros, los niños, era una alegría muy grande. Pero, ¿por qué estábamos contentos? Ninguno de nosotros se acordaba de Paula. Ella había vuelto a su Tirol. Por lo tanto, a su casa tirolesa. Una especie de casita del tiempo[1] perdida en la nieve. Y Paula se mostraba a la puerta los días de sol, como en todas las casitas del tiempo.

—¿Es bonita Paula?

—Encantadora.

—¿Hace buen tiempo a menudo en el Tirol?

—Siempre.

Siempre hacía buen tiempo en el Tirol. La casita del tiempo empujaba a Paula afuera, muy lejos, a su césped de nieve. Cuando aprendí a escribir me hacían escribirle cartas a Paula. Yo le decía: «Querida Paula, estoy muy contento de escribirle...». Eran un poco como oraciones, puesto que yo no la conocía...

—Ciento setenta y cuatro.

—Oído. Ciento setenta y cuatro.

Va por el ciento setenta y cuatro. Habrá que modificar el epitafio. Es llamativo cómo se reúne la vida de repente. He hecho mi equipaje de recuerdos. Nunca más servirán para nada. Ni para nadie. Tengo el recuerdo de un gran amor. Mi madre nos decía: «Paula escribe que os bese a todos por ella...». Y mi madre nos besaba a todos por Paula.

—¿Sabe Paula que he crecido?

—Pues claro que lo sabe.

Paula lo sabía todo.

—Mi capitán, están disparando.

¡Paula, me están disparando! Echo un vistazo al altímetro: seiscientos cincuenta metros. Las nubes están a setecientos metros. Bueno. No puedo hacer nada. Pero bajo mi nube el mundo no es negruzco, como yo creía presentir: es azul. Maravillosamente azul. Es la hora del crepúsculo y la llanura está azul. Llueve en algunos sitios. Azul de lluvia...

—Ciento sesenta y ocho.

—Oído. Ciento sesenta y ocho.

---

[1]    Higrómetro en forma de casita alpina que iba marcando el estado del tiempo según se moviera la muñeca de dentro.

Va por el ciento sesenta y ocho. El camino a la eternidad hace muchos cambios de dirección... Pero, ¡qué tranquilo me parece ese camino! El mundo parece un vergel. Hace un momento se mostraba con la sequedad de un dibujo técnico. Todo me parecía inhumano. Pero vuelo bajo, en una especie de intimidad. Hay árboles aislados o reunidos en pequeños grupos. Los encontramos. Y campos verdes. Y casas de tejas rojas con alguien delante de la puerta. Y buenos aguaceros azules por todo alrededor. Con un tiempo así, no hay duda de que Paula nos haría entrar aprisa...

—Ciento setenta y cinco.

Mi epitafio pierde mucho de su dura nobleza: «Mantuvo ciento setenta y dos, ciento setenta y cuatro, ciento sesenta y ocho, ciento setenta y cinco...». Tengo un aspecto más bien versátil. ¡Vaya! ¡Mi motor tose! Está enfriándose. Así que cierro los flaps del capó. Bueno. Como es la hora de abrir el depósito adicional, tiro de la palanca. ¿No se me olvida nada? Echo un vistazo a la presión del aceite. Todo está en orden.

—Empieza a hacer mal tiempo, mi capitán...

¿Lo oyes, Paula? Empieza a hacer mal tiempo. Sin embargo, no puedo no extrañarme por ese azul de la tarde. ¡Es realmente extraordinario! Es un color muy profundo. Y esos árboles frutales, quizá ciruelos, que parece que desfilasen. He entrado en ese paisaje. ¡Se acabaron los escaparates! Soy un merodeador que se ha saltado la tapia. Camino a grandes zancadas sobre alfalfa mojada y robo unas ciruelas. Paula, es una guerra extraña. Es una guerra melancólica y totalmente azul. Me he extraviado un poco. He encontrado este país extraño al envejecer... ¡Oh, no!, no tengo miedo de él. Es un poco triste, nada más.

—¡Zigzaguee, capitán!

¡Ese es un juego nuevo, Paula! Una patada a la derecha, una patada a la izquierda, se desvía el tiro. Cuando yo me caía me hacía chichones. Sin duda tú me los curabas con compresas de árnica. Mi necesidad de árnica va a ser famosa. Ya sabes, de todas maneras... ¡es maravilloso el azul de la tarde!

He visto allá adelante tres lanzadas divergentes. Tres largas varillas verticales y brillantes. Estelas de balas trazadoras o de obús luminoso de pequeño calibre. Era completamente dorado. Y en el azul de la tarde he visto que brotaba bruscamente el resplandor de ese candelabro de tres brazos...

—¡Capitán! ¡A la izquierda disparan muy fuerte! ¡Desvíese!
Patada.
—Ah, la cosa se agrava...
Quizá...

La cosa se agrava, pero yo estoy en el interior de las cosas. Dispongo de todos mis recuerdos, de todas las provisiones que he hecho y de todos mis amores. Dispongo de mi infancia, que se pierde en la noche como una raíz. He empezado la vida en la melancolía de un recuerdo... La cosa se agrava, pero no reconozco en mí nada de lo que yo creía sentir frente a estos zarpazos de estrellas fugaces.

Estoy en un país que me llega al corazón. Es el final del día. Hay grandes parches de luz a la izquierda, entre las tormentas, que crean fragmentos de vidriera. Casi puedo palpar con la mano, a dos pasos de mí, todas las cosas que son buenas. Hay ciruelos con ciruelas. Esta tierra con olor a tierra. Debe ser bueno caminar a través de las tierras húmedas. ¿Sabes, Paula?, avanzo lentamente, meciéndome de izquierda a derecha como una carreta de heno. Tú crees que el avión es rápido... ¡claro, si lo piensas! Pero si te olvidas de la máquina, si miras, simplemente estarás paseando por el campo...

—Arras...

Sí. Delante, muy lejos. Pero Arras no es una ciudad. Arras no es nada más que una mecha roja sobre un fondo azul nocturno. Sobre un fondo de tormenta. Porque, definitivamente, a la izquierda y adelante se prepara un tremendo chaparrón. El crepúsculo no explica esa penumbra. Hacen falta macizos de nubes para filtrar una luz tan sombría...

Crece la llama de Arras. No es la llama de un incendio. Un incendio se ensancha como un chancro, con un sencillo reborde de carne viva alrededor. Pero esta mecha roja, alimentada permanentemente, es la de una lámpara que humease un poco. Es una llama sin nerviosismo, con su duración asegurada, muy bien instalada sobre su reserva de aceite. La noto moldeada con una carne compacta, casi pesada, que el viento agita a veces igual que inclinaría un árbol. Eso es... un árbol. Ese árbol ha agarrado a Arras en la red de sus raíces. Y todos los jugos de Arras, todas las reservas de Arras y todos los tesoros de Arras ascienden, convertidos en savia, para alimentar al árbol.

Veo esa llama, a veces demasiado pesada, perder el equilibrio a derecha o a izquierda, escupir un humo más negro, y luego reconstruirse de nuevo. Pero no distingo todavía la ciudad. Toda la guerra se resume en esa débil luz. Dutertre dice que la cosa se agrava. Desde delante, él observa mejor que yo. Eso no impide que me sorprenda primero por una especie de indulgencia, este acontecimiento lanza pocas estrellas.

Sí, pero....

Ya sabes, Paula, que en los cuentos de hadas de la infancia el caballero marchaba a través de pruebas terribles hacia un castillo misterioso y encantado. Trepaba por los glaciares. Superaba precipicios, hacía que fracasasen las traiciones. Al final, el castillo se le aparecía en el centro de una llanura azul, suave al galope como césped. Ya se creía vencedor... ¡Ah, Paula! ¡Una vieja experiencia de los cuentos de hadas no engaña! Siempre era eso lo más difícil...

Corro así hacia mi castillo de fuego en el azul de la tarde, como antes... Tú te marchaste demasiado pronto para conocer nuestros juegos, te perdiste «El caballero Aklin». Era un juego de nuestra invención, porque despreciábamos los juegos de los demás. Se jugaba los días de grandes tormentas, cuando, después de los primeros rayos, sentíamos, por el olor de las cosas y por el brusco temblor de las hojas, que la nube estaba a punto de reventar. La espesura de los ramajes se cambiaba entonces, por un momento, en espuma susurrante y ligera. Esa era la señal... ¡ya nada podía retenernos!

Salíamos corriendo desde el fondo del extremo del parque en dirección a la casa, a lo largo de los céspedes, hasta perder el aliento. Las primeras gotas de los aguaceros de tormenta son grandes y caen espaciadas. El primero al que tocaban se declaraba vencido. Y luego el segundo. Y luego el tercero. Y luego los demás. El último superviviente se revelaba así como el protegido de los dioses, ¡el invulnerable! Hasta la tormenta siguiente tenía derecho a llamarse «el caballero Aklin»...

Eso había sido cada vez: en algunos segundos, una hecatombe de niños...

Yo juego todavía al caballero Aklin. Hacia mi castillo de fuego voy corriendo lentamente, hasta perder el aliento...

Pero ocurre que:

—¡Ah, capitán! Yo no he visto nunca eso...

Yo tampoco he visto eso nunca. Ya no soy invulnerable. ¡Ah! No sabía lo que esperaba...

## CAPÍTULO XX

A pesar de los setecientos metros, yo esperaba. A pesar de los parques de tanques, a pesar de la llama de Arras, yo esperaba. Yo esperaba desesperadamente. Me remontaba en la memoria hasta la infancia para volver a encontrar la sensación de una protección absoluta. No hay protección alguna para los hombres. Una vez que eres hombre, te dejan suelto... Pero, ¿quién puede algo contra el niño al que una Paula todopoderosa sujeta con una mano muy firme? Paula, he usado tu sombra como un escudo...

He utilizado todos los trucos. Cuando Dutertre me ha dicho: «La cosa se agrava», he utilizado esa misma amenaza para esperar. Estábamos en guerra: era muy necesario que la guerra se mostrase. Al mostrarse, se reducía a algunas estelas de luz: «Entonces, ¿ese es el famoso peligro de muerte que hay sobre Arras? Deje que me ría...».

El condenado se había hecho del verdugo la imagen de un robot lívido. Se presenta un hombre valiente cualquiera, que sabe estornudar, y hasta sonreír. El condenado se aferra a la sonrisa como a un camino hacia la liberación... Es sólo un fantasma de camino. El verdugo, aunque estornudando, cortará esa cabeza. Pero, ¿cómo negarse a la esperanza?

¿Cómo no me habría engañado a mí mismo sobre una acogida segura, puesto que todo se hacía íntimo y campestre, puesto que relucían tan suavemente las pizarras y las tejas mojadas, puesto que no cambiaba nada de un minuto para otro, ni parecía que fuese a cambiar? Puesto que nosotros, Dutertre, el ametrallador y yo, no éramos más que tres paseantes a través de los campos, que regresan lentamente sin tener que levantarse demasiado el cuello, porque realmente no llueve mucho. Puesto que en el corazón de las líneas alemanas no se revelaba nada que fuese verdaderamente digno de mención, y puesto que no había ninguna razón absoluta para que, más lejos, la guerra fuese otra. Puesto que parecía que el enemigo se hubiese dispersado, como fundido en la inmensidad de los campos, a razón tal vez de un soldado por casa, tal vez de un soldado por árbol, y de los que uno de ellos, de cuando en cuando, se acordaba de la guerra y disparaba. Le habían repetido la consigna: «Tú dispara a los aviones...». La consigna se mezclaba con el sueño. Él soltaba sus tres balas sin creer mucho en ello. Yo he cazado patos así, por la tarde, patos a los que no hacía mucho caso si el paseo era un poco tierno. Les disparaba hablando de otra cosa: eso no los molestaba mucho...

Se ve muy bien lo que se querría ver: ese soldado me apunta, pero sin convicción, y me falla. Los demás dejan pasar. Quizá en este momento, los que están en condiciones de ponernos zancadillas respiran con placer el olor de la tarde, o encienden cigarrillos, o rematan una broma... y dejan pasar. En ese pueblo donde están acantonados, quizá otros tiendan su cuenco hacia la sopa. Se despierta y muere un estruendo. ¿Es amigo, o enemigo? No tienen tiempo para saberlo, vigilan su cuenco mientras se llena: dejan pasar. Y yo intento atravesar, con las manos en los bolsillos, silbando y con tanta naturalidad como puedo, ese jardín que está prohibido a los paseantes, pero en el que cada guardia —que cuenta con la otra— deja pasar...

¡Soy tan vulnerable! Mi misma debilidad es una trampa para ellos: «¿Por qué os agitáis? Lo derribarán un poco más lejos...». ¡Es evidente! «¡Ve a que te cuelguen en otra parte...!». Hacen que la faena recaiga sobre otro para no dejar su turno para la sopa, para no interrumpir una broma, o por el simple gusto del viento de la tarde. Abuso así de su negligencia, consigo mi salvación de ese momento en que la guerra los cansa a todos, a todos juntos, como por casualidad. ¿Y por qué no? Y ya cuento vagamente con que de hombre en hombre, de brigada en brigada, de pueblo en pueblo conseguiré terminar a mi vez. Después de todo, nosotros no somos más que el paso de un avión por la tarde... ¡eso no hace ni que levanten la cabeza siquiera!

Claro está que yo esperaba regresar. Pero al mismo tiempo sabía que ocurriría algo. Uno está condenado al castigo, pero la cárcel que lo envuelve sigue muda todavía. Uno se aferra a ese silencio. Cada segundo se parece al segundo anterior. No hay ninguna razón plena para que el que va a caer cambie el mundo. Ese trabajo es demasiado pesado para él. Uno tras otro, cada segundo salva el silencio. Y el silencio parece ya eterno...

Pero se hace oír el paso de quien se sabe bien que va a venir.

Algo acaba de romperse en el paisaje. Así, la hoguera que parecía apagada cruje y emite una reserva de chispas. ¿Por qué misterio ha reaccionado en el mismo instante toda esta llanura? Cuando llega la primavera los árboles sueltan sus semillas. ¿Por qué esa primavera repentina de las armas? ¿Por qué ese diluvio luminoso que sube hacia nosotros y se muestra universal enseguida?

La sensación que tengo primero es de que me haya faltado prudencia. Lo he echado todo a perder. ¡A veces basta con un guiño o con un gesto cuando el equilibrio es demasiado precario! Un alpinista tose, y provoca una avalancha. Y ahora que la ha provocado, todo ha concluido.

Hemos caminado pesadamente en ese pantano azul ya ahogado por la noche. Hemos removido ese fango tranquilo, y ocurre que suelta burbujas de oro hacia nosotros, a decenas de millares.

Acaba de entrar en danza un pueblo de malabaristas. Un pueblo de malabaristas desgrana sus proyectiles hacia nosotros, a decenas de millares. Éstos, debido a la falta de variación angular, nos parecen inmóviles al principio, pero, parecidos a esas bolitas que el arte del malabarista no proyecta, sino que libera, empiezan su ascenso con lentitud. Veo lágrimas de luz que fluyen hacia mí a través de un aceite de silencio. De ese silencio que baña el juego de los malabaristas.

Cada ráfaga de ametralladora o de cañón de tiro rápido descarga centenares de obuses o de balas fosforescentes, que se encadenan como las cuentas de un rosario. Se extienden hacia nosotros mil rosarios elásticos, se estiran hasta romperse y crujen a nuestra altura.

En efecto, vistos de costado, los proyectiles que nos han fallado muestran una velocidad vertiginosa en su paso tangencial. Las lágrimas se convierten en relámpagos. Y ocurre que me veo ahogado en una gran cantidad de trayectorias que tienen el color de tallos de trigo. Aquí estoy, centro de un denso arbusto de lanzadas. Aquí estoy, amenazado por no sé qué vertiginoso trabajo de agujas. Toda la llanura se ha ligado a mí y teje a mi alrededor una red fulgurante de líneas de oro.

¡Ah! Cuando me inclino hacia la tierra descubro esos estratos de burbujas luminosas que ascienden con la lentitud de veleros en la niebla. Descubro ese lento remolino de semillas: ¡así es como vuela la cáscara del trigo que se trilla! Pero si miro en horizontal, ¡no hay más que gavillas de lanzas! ¿Son tiros? ¡Claro que no! ¡Me atacan con arma blanca! ¡No veo más que espadas de luz! Me siento... ¡No se trata de peligro! ¡Me deslumbra el lujo en el que me sumerjo!

—¡Ah!

He despegado veinte centímetros de mi asiento. Para el avión ha sido como un golpe de ariete. Se ha roto, pulverizado... pero, no... pero, no... siento que todavía responde a los mandos. No es nada más que el primer golpe de un diluvio de golpes. Sin embargo, no he observado ninguna explosión. Sin duda, el humo de las explosiones se confunde con el suelo sombrío: levanto la cabeza y miro.

Ese espectáculo es definitivo.

## CAPÍTULO XXI

Inclinado hacia la tierra, no me había dado cuenta del espacio vacío que se había agrandado poco a poco entre las nubes y yo. Las balas trazadoras vertían una luz de trigo: ¿cómo habría sabido yo que en la cima de su ascenso distribuían uno a uno, lo mismo que se clavan los clavos, esos materiales oscuros? Los descubro acumulados ya en pirámides vertiginosas que se desvían hacia atrás con la lentitud de los bancos de hielo. A la escala de tales perspectivas, tengo la sensación de estar inmóvil.

Sé muy bien que en cuanto se han alzado esas construcciones, su poder se agota. Cada uno de esos copos no ha dispuesto más que de una centésima de segundo del derecho de vida o de muerte. Pero me han rodeado a mis espaldas. Su aparición ha hecho que se oprima de repente mi nuca con el peso de una reprobación formidable.

Esta sucesión de explosiones mates, cuyo sonido queda cubierto bajo el estruendo de los motores, me impone la ilusión de un silencio extraordinario. No siento nada. El vacío de la espera se profundiza en mí, como si se lo deliberase.

Pienso... pienso, sin embargo: «¡Disparan demasiado alto!», y volteo la cabeza para ver desviarse hacia atrás, como a pesar suyo, a una familia de águilas. Ellas renuncian. Pero no hay nada que esperar.

Las armas que nos han fallado reajustan sus disparos. Las murallas de explosiones se reconstruyen a nuestro nivel. En unos segundos, cada foco de fuego alza su pirámide de explosiones, que abandona enseguida, caducadas, para golpear en otra parte. Los tiros no nos buscan: nos encierran.

—Dutertre, ¿están lejos todavía?

—... Si pudiésemos aguantar tres minutos más habríamos terminado... pero...

—Tal vez pasemos...

—¡Nunca!

Es siniestro ese negro grisáceo, ese negro de manadas lanzadas a granel. La llanura era azul. Inmensamente azul. Azul de fondo de mar...

¿Cuánta supervivencia puedo esperar? ¿Diez segundos? ¿Veinte? Las sacudidas de las explosiones me preocupan ya constantemente. Las que ocurren cerca actúan sobre el avión como la caída de rocas de un volquete. Después de eso, el avión entero emite un sonido casi musical. Extraño suspiro... Pero eso son golpes fallidos. Aquí los hay como rayos. Cuanto más cerca están, más se simplifican. Ciertos choques son elementales: es que la explosión nos ha marcado entonces con sus esquirlas. La fiera no empuja al buey que mata. Planta sus garras con seguridad, sin patinar. Toma posesión del buey. Así se incrustan simplemente los golpes acertados en el avión, igual que en el músculo.

—¿Está herido?

—¡No!

—¡Oiga, ametrallador! ¿Está herido?

—¡No!

Pero esos choques, que hay que describir bien, no cuentan. Repiquetean sobre una corteza, sobre un tambor. En lugar de reventar los depósitos, habrían podido abrirnos igualmente el vientre. Pero el vientre mismo no es más que un tambor. ¡Nos importa muy poco el cuerpo! No es el cuerpo lo que cuenta... ¡eso es extraordinario!

Acerca del cuerpo tengo un par de cosas que decir. Pero en la vida diaria estamos ciegos a la evidencia. Para que se muestre esa evidencia, se necesita urgencia en tales condiciones. Se necesita esa lluvia de luces ascendentes, se necesita ese asalto de lanzadas, se necesita, en fin, que se alce ese tribunal para el último juicio. Entonces se comprende.

Durante el cambio de ropa previo, yo me preguntaba: «¿Cómo se presentan los últimos momentos?». La vida desmintió siempre los fantasmas que yo inventaba. Pero esta vez se trataba de caminar desnudo bajo el desenfreno de puños imbéciles, sin siquiera un codo plegado para proteger la cara.

La prueba, yo hacía una prueba con ello para mi carne. La imaginaba sufrida en mi carne. El punto de vista que adoptaba era necesariamente el de mi mismo cuerpo. ¡Nos hemos ocupado tanto del cuerpo! Tanto lo hemos vestido, lavado, cuidado, afeitado, abrevado, alimentado... Nos hemos identificado con este animal doméstico. Lo hemos llevado a la casa del sastre, a la del médico, a la del cirujano. Hemos sufrido con él. Hemos llorado con él. Hemos amado con él. Decimos de él: «Soy yo». Y ocurre que esa ilusión se desploma de repente. ¡Qué bien ignoramos el cuerpo! Se lo relega al rango de servidumbre. Que la cólera se haga un poco más viva, que el amor se exalte, que el odio se establezca, y entonces cruje esa famosa solidaridad.

¿Está tu hijo atrapado en el incendio? ¡Tú lo salvarás! ¡No se te puede retener! ¡Te estás quemando! A uno le da igual. Tú dejas en prenda esos harapos de carne para quien los quiera. Descubres que no te aferrabas mucho a lo que tanto te importaba. Si hay un obstáculo, ¡venderías tu mano por el lujo de echar una mano! Tú te alojas en tu mismo acto. Tu acto, eres tú. ¡Ya no te encuentras en otro sitio! Tu cuerpo es tuyo, pero ya no es tú. ¿Vas a golpear? No te dominará nadie amenazándote tu cuerpo. ¿Tú? Es la muerte del enemigo. ¿Tú? Es el salvamento de tu hijo. Tú cambias. Y no tienes la sensación de perder con el cambio. ¿Tus miembros? Herramientas. A uno le trae sin cuidado una herramienta que salta cuando está cortando. ¡Y te cambias por la muerte de tu rival, por el salvamento de tu hijo, por la curación de tu enfermo, por tu descubrimiento si eres inventor! Ese compañero del grupo está herido de muerte. La cita dice: «Entonces le dijo a su observador: estoy jodido. ¡Vete! ¡Salva los documentos!...». ¡Sólo importa salvar los documentos, o al niño, la curación del enfermo, la muerte del rival, el descubrimiento! Tu significado se muestra impresionante. Es tu deber, es tu odio, es tu amor, es tu fidelidad, es tu invento. Tú ya no encuentras nada distinto en ti.

El fuego no sólo ha hecho caer la carne, sino al mismo tiempo el culto a la carne. El hombre ya no se interesa en sí mismo. Sólo se le impone eso que es. Si muere, no se suprime: se confunde. No se pierde: se encuentra. Esto no es en absoluto un deseo de moralista. Es una verdad usual, es una verdad de todos los días que una ilusión de todos los días se cubra con una máscara impenetrable. ¿Cómo habría podido yo prever, mientras me vestía y sentía miedo por causa de mi cuerpo, que me preocupaban las tonterías? Sólo en el momento de devolver ese cuerpo es cuando todos, siempre, descubren con estupefacción lo poco que se aferran al cuerpo. Pero, ciertamente, en el curso de mi vida, cuando no me gobierna nada urgente y cuando mi significado no está en juego, no concibo problemas más graves que los de mi cuerpo.

¡Qué poco me importas, cuerpo mío! ¡Estoy expulsado fuera de ti, ya no tengo esperanza y no me falta nada! Reniego de todo lo que era hasta este momento. No era yo quien pensaba, ni quien sentía. Era mi cuerpo. Mal que bien, al tirar de él he debido traerlo hasta aquí, donde descubro que ya no tiene ninguna importancia.

A los quince años de edad recibí mi primera lección: a un hermano menor que yo, hacía varios días que lo consideraban desahuciado. Una madrugada, hacia las cuatro, me despierta su enfermera:

—Su hermano pregunta por usted.

—¿Se encuentra mal?

Ella no responde nada. Me visto con prisa y me reúno con mi hermano.

Él me dice con una voz corriente:

—Quería hablarte antes de morir. Voy a morir.

Una crisis nerviosa lo crispa y lo hace callar. Durante la crisis dice «no» con la mano. Y yo no comprendo el gesto. Me imagino que el niño rechaza la muerte. Pero, una vez en calma, me explica:

—No te asustes... no sufro. No me duele nada. No puedo evitarlo. Es mi cuerpo.

Su cuerpo, territorio extranjero, ya otro.

Pero este hermano menor, que morirá dentro de veinte minutos, desea ser serio. Siente la necesidad apremiante de dictar su herencia. Me dice: «Quisiera hacer mi testamento...». Se sonroja, evidentemente está orgulloso de actuar como un hombre. Si fuese constructor de torres, me confiaría la torre que tiene que construir. Si fuese padre, me confiaría a su hijo para que lo instruyese. Si fuese piloto de avión de guerra, me confiaría los papeles de a bordo. Pero no es más que un niño. Me confía sólo un motor de vapor, una bicicleta y una carabina.

No nos morimos. Nos imaginamos que tememos a la muerte; tememos lo inesperado, la explosión, nos tememos a nosotros mismos. ¿La muerte? No. Ya no hay muerte cuando la encontramos. Mi hermano me dijo: «No te olvides de escribir todo esto...». Cuando se deshace el cuerpo, se muestra lo esencial. El hombre no es más que un nudo de relaciones. Las relaciones son lo único que cuenta para el hombre.

Abandonamos al cuerpo como a un caballo viejo. ¿Quién piensa en sí mismo en la muerte? A ése no lo he encontrado nunca...

—¿Capitán?

—¿Qué?

—¡Formidable!

—Ametrallador...

—Eh... Sí...

—¿Qué...

Mi pregunta salió volando en el choque.

—¡Dutertre!

—¿...tán?

—¿Herido?

—No.

—Ametrallador...

—¿Sí?

—¿Her...

Es como si yo hubiese embestido un muro de bronce. Y oigo:

—¡Ah! ¡Allí! ¡Allí!...

Levanto la cabeza al cielo para medir la distancia a la que están las nubes. Evidentemente, cuanto más observo de costado, tanto más amontonados unos sobre otros me parecen los copos negros. En vertical parecen menos densos. Por eso descubro, engarzado por encima de nosotros, esa diadema monumental de florones negros.

Los músculos de los muslos tienen un poder sorprendente. Apreté de golpe el timón de profundidad, como si quisiera derribar una pared. Lancé el avión de través. Patinó violentamente hacia la izquierda, con vibraciones desgarradoras. La diadema se deslizó a la derecha. Hice que se inclinase por encima de mi cabeza. Sorprendí el tiro enemigo, que golpeaba en otro sitio. Vi que a la derecha se acumulaban montones de estallidos inútiles. Pero antes de que hubiese iniciado el movimiento contrario con el otro muslo, la diadema se había restablecido ya por encima de mí. Los del suelo volvieron a instalarla. El avión, suspirando, se desplomó otra vez en la ciénaga. Pero toda la presión de mi cuerpo aplastó por segunda vez el timón de profundidad. Lancé el avión en un viraje contrario (¡al diablo con los virajes correctos!) y la diadema se inclinó hacia la izquierda.

¿Durar? ¡Esto no puede durar! Por muchas patadas gigantes que diese, el diluvio de lanzas se recomponía, allí, delante de mí. La corona se restableció. Los choques vuelven a agarrarme del vientre. Y, si miro hacia abajo, encuentro, muy centrado en mí, ese ascenso de burbujas de una lentitud vertiginosa. Es inconcebible que estemos enteros todavía. Y sin embargo, me veo invulnerable. ¡Me siento vencedor! ¡Soy vencedor en cada segundo!

—¿Heridos?

—No...

No están heridos. Son invulnerables. Son vencedores. Soy propietario de una tripulación de vencedores...

A partir de ese momento, no me parece que cada explosión nos amenaza, sino que nos endurece. Durante una décima de segundo, me imagino cada vez que mi aparato está pulverizado. Pero sigue respondiendo a los mandos y lo levanto, como a un caballo, tirando con fuerza de las riendas. Entonces me destenso y me invade un júbilo vago. No he tenido tiempo de experimentar miedo más que como una contracción física, la que provoca un ruido grande, por ejemplo, cuando ya se me ha concedido el suspiro de la liberación. Yo debería experimentar el escalofrío del choque, después el miedo y después la distensión. ¡Piénsenlo! ¡El tiempo, no! Experimento el escalofrío y luego la distensión. Escalofrío, distensión. Falta una fase: el miedo. Y no vivo esperando a la muerte en el segundo siguiente, vivo en la resurrección al salir del segundo precedente. Vivo en una especie de reguero de alegría. Vivo en la estela de mi júbilo. Y empiezo a experimentar un placer portentosamente inesperado. Es como si mi vida me fuese dada cada segundo. Como si mi vida se hiciese más sensible cada segundo. Vivo. Estoy vivo. Todavía estoy vivo. Sigo estando vivo. Yo no soy más que una fuente de vida. Me llega la embriaguez de la vida. Se dice «la embriaguez del combate», ¡pero es la embriaguez de la vida! ¿Saben que nos forjan los que nos disparan desde abajo, eh?

Depósitos de aceite, depósitos de gasolina, todo está agujereado. Dutertre ha dicho: «¡Se acabó! ¡Suba!». Una vez más mido con los ojos la distancia que me separa de las nubes, y me elevo. Una vez más inclino el avión hacia la izquierda, y luego hacia la derecha. Una vez más echo un vistazo a la tierra. No olvidaré ese paisaje. La llanura entera chisporrotea con cortas mechas luminosas. Sin duda son los cañones de tiro rápido. Prosigue el ascenso de las burbujas en el inmenso acuario azulado. La llama de Arras refulge en rojo oscuro, como un hierro sobre el yunque; esa llama de Arras muy bien instalada sobre reservas subterráneas, por donde el sudor de los hombres, la invención de los hombres, el arte de los hombres, los recuerdos y el patrimonio de los hombres, al anudar su ascenso en esta cabellera, se transforman en una quemadura que se lleva el viento.

Ya me acerco a los primeros montones de niebla. Todavía hay a nuestro alrededor flechas de oro ascendentes que agujerean desde abajo el vientre de la nube. Cuando ya me está encerrando la nube, se me ofrece la última imagen por un último agujero. Durante un segundo, la llama de Arras me aparece encendida para la noche, como una lámpara de aceite en una profunda nave de iglesia. Sirve a un culto, pero cuesta caro. Mañana, lo habrá consumido y consumado todo. Me llevo como testimonio la llama de Arras.

—¿Va bien, Dutertre?

—Va bien, mi capitán. Doscientos cuarenta. En veinte minutos descenderemos bajo la nube. Nos encontraremos en alguna parte sobre el Sena...

—¿Va bien, ametrallador?

—Eh... sí... mi capitán... va bien.

—¿No ha tenido demasiado calor?

—Eh... no... sí.

No sabe nada de eso. Está contento. Pienso en el ametrallador Gavoille.

Una noche, en el Rin, ochenta proyectores de guerra atraparon a Gavoille en sus haces. Construyeron una basílica gigantesca a su alrededor. Y ocurrió que el tiro se enmarañó. Entonces, Gavoille oyó que su ametrallador estaba hablando para sí mismo en voz baja. (Los laringófonos son indiscretos.) El ametrallador se hacía sus propias confidencias: «¡Pues bien, amigo mío!... ¡Pues bien, amigo mío!... ¡Esto no lo encuentras en lo civil ni corriendo!...». El ametrallador estaba contento.

Respiro con lentitud. Me he llenado bien el pecho. Respirar es maravilloso. Hay montones de cosas que voy a comprender... pero primero pienso en Alias. No. Es en mi granjero en quien pienso primero. Por tanto voy a interrogarlo sobre el número de instrumentos... ¡Eh, qué quiere usted! A mí me siguen las ideas. Ciento tres. A propósito... los indicadores de gasolina, las presiones de aceite... ¡cuando los depósitos están agujereados, más vale vigilar esos instrumentos! Los vigilo. Los revestimientos de caucho aguantan el golpe. ¡Eso sí que es una mejora maravillosa! Vigilo también los giróscopos: esta nube es poco habitable. Es una nube de tormenta. Nos sacude con dureza.

—¿No cree que podríamos descender?

—Diez minutos... Sería mejor que esperásemos diez minutos más...

Entonces esperaré diez minutos más. ¡Ah, sí!, estaba pensando en Alias. ¿Cuenta mucho con volver a vernos? El otro día nos retrasamos media hora. En general, media hora es grave... Corrí a unirme con el grupo, que estaba cenando. Empujé la puerta, me dejé caer en la silla al lado de Alias. Justo en ese momento, el comandante levantaba su tenedor cargado con un montón de fideos. Se apresuraba a engullirlos. Pero se sobresaltó, se interrumpió y me miró con la boca abierta. Los fideos colgaban, inmóviles.

—¡Ah!... Esto... ¡me alegro de verlo! —Y se metió los fideos.

Para mí que el comandante tiene un grave defecto.

Se obstina en preguntar al piloto sobre las enseñanzas de la misión. Me interrogará. Me mirará con una paciencia temible mientras espera que le dicte las primeras verdades. Se habrá armado con una hoja de papel y un estilógrafo para no dejar que se pierda ni una sola gota de ese elixir. Eso me recordará mi juventud: «¿Cómo integra usted, aspirante Saint-Exupéry, las ecuaciones de Bernouilli?».

—Eeeh...

Bernoulli... Bernoulli... Y uno se queda allí, inmóvil bajo esa mirada, como un insecto adornado con un alfiler a través del cuerpo.

A Dutertre le corresponden los informes de la misión. Dutertre observa en vertical. Ve montones de cosas. Camiones, chalanas, tanques, soldados, cañones, caballos, estaciones, trenes en las estaciones, jefes de estación. Yo observo en oblicuo. Yo veo las nubes, el mar, los ríos, las montañas y el sol. Observo muy básicamente. Me hago una idea de conjunto.

—Usted sabe muy bien, mi comandante, que el piloto...

—¡Vamos! ¡Vamos! Siempre se divisa algo.

—Yo... ¡Ah, incendios! He visto incendios. Eso es interesante...

—No. Está ardiendo todo. ¿Qué más?

¿Por que es tan despiadado Alias?

## CAPÍTULO XXII

—¿Me interrogará esta vez?

Lo que recojo en mi misión no puede registrarse en un informe. Yo me «quedaría seco» como un colegial en la pizarra. Parecería muy desgraciado, pero no sería desgraciado. Acabada la desgracia... que ha desaparecido cuando han relucido las primeras balas. Si yo hubiese dado media vuelta un segundo demasiado pronto, lo habría ignorado todo de mí.

Habría ignorado la hermosa ternura que me sube el corazón. Regreso hacia los míos. Vuelvo. Me hago el efecto de un ama de casa que, al acabar sus recados, se encamina a la casa y que medita acerca de los platos con los que alegrará a los suyos. Mece de un lado a otro la cesta de las provisiones. De cuando en cuando levanta el periódico que las cubre: ahí todo va bien. No se ha olvidado de nada. Sonríe por la sorpresa que está preparando, y holgazanea un poco. Le echa un vistazo a los puestos.

Yo le echaría un vistazo con gusto a los puestos, si Dutertre no me obligase a vivir en esta cárcel blancuzca. Miraría el desfile de los campos. Es cierto que más vale tener paciencia todavía: este paisaje está envenenado. En él todo conspira. Los mismos palacetes provincianos que, con su césped un poco ridículo y sus docenas de árboles domesticados, parecen joyeros ingenuos para jóvenes cándidas, sólo son trampas de guerra. Al volar bajo, en lugar de señales de amistad, se recogen explosiones de torpedos.

A pesar del vientre de la nube, vuelvo del mercado de todas maneras. La voz del comandante tenía mucha razón: «Vaya a la esquina de la primera calle a la derecha y cómpreme cerillas...». Mi consciencia está en paz. Tengo las cerillas en el bolsillo. O, para ser exactos, se encuentran en el bolsillo de mi compañero Dutertre. ¿Cómo hace para acordarse de todo lo que ha visto? Eso le concierne a él. Y yo pienso en cosas serias. Después del aterrizaje, si se nos ahorra el desorden de una nueva mudanza, le lanzaré un desafío a Lacordaire y lo ganaré al ajedrez. Detesta perder. Yo también. Pero ganaré yo.

Lacordaire estaba borracho ayer. O un poco, al menos: no quisiera deshonrarlo. Se había emborrachado para consolarse. Al regreso de un vuelo se había olvidado de controlar su tren de aterrizaje y posó el avión sobre el vientre. Alias, desgraciadamente presente, había mirado el avión con melancolía, pero no había abierto la boca. Vuelvo a ver al viejo piloto Lacordaire. Esperaba los reproches de Alias. Unos reproches enérgicos le habrían sentado bien. Esa explosión lo hubiera permitido explotar también. Al repostar se le había reducido la ira. Pero Alias meneaba la cabeza. Alias meditaba acerca del avión; no le importaba mucho Lacordaire. Para el comandante, ese accidente no era más que una desgracia anónima, una especie de impuesto estadístico. No se trataba más que de una de esas distracciones estúpidas que sorprenden a los viejos pilotos. Le había sido infligida injustamente a Lacordaire. Aparte del desacierto de hoy, Lacordaire estaba limpio de toda imperfección profesional. Por eso Alias, sin interesarse más que por la víctima, solicitó lo más maquinalmente del mundo, al propio Lacordaire, su opinión sobre los daños. Sentí que subía un punto la ira contenida de Lacordaire. Uno le pone amablemente la mano en el hombro al torturador, y le dice: «Esta pobre víctima... cómo debe sufrir, ¿eh?...». Los movimientos del corazón humano son insondables. Esa mano tierna que solicita su simpatía exaspera al torturador. Le lanza a la víctima una mirada negra. Lamenta no haberla sacrificado.

Así es. Vuelvo a mi casa. El Grupo 2/33 es mi casa. Y yo comprendo a los de mi casa. No puedo engañarme con Lacordaire. Lacordaire no puede engañarse conmigo. Siento esta comunidad con una sensación extraordinaria de evidencia: «¡Nosotros, los del Grupo 2/33! ¡Eh!». Así pues, los materiales sueltos ya se están vinculando...

Pienso en Gavoille y en Hochedé. Noto esta comunidad que me liga con Gavoille y con Hochedé. Me hago preguntas sobre Gavoille: ¿Cuál es su origen? Muestra una hermosa esencia de tierra adentro. Me vuelve un cálido recuerdo, que de repente me perfuma el corazón. Cuando estábamos acantonados en Orconte, Gavoille vivía en una granja, como yo. Un día me dijo:

—La granjera ha matado un cerdo. Nos invita a comer morcillas.

Nosotros éramos tres, Israel, Gavoille y yo, para comernos la hermosa corteza negra y crujiente. La campesina nos sirvió un vinito blanco. Gavoille me dijo: «Se lo he comprado para darle el gusto. Tienes que firmar». Era uno de mis libros. Y no sentí ninguna molestia. Firmé con gusto, para dar gusto. Israel se llenaba la pipa, Gavoille se rascaba el muslo, la campesina parecía muy contenta al recibir un libro firmado por el autor. La morcilla perfumaba. Yo estaba un poco borracho por el vinito blanco y no me sentía extranjero, a pesar de haber firmado un libro, lo que siempre me ha parecido un poco ridículo. No me sentía rechazado. A pesar de ese libro, yo no ponía cara de autor, ni de espectador. Yo no venía de afuera. Amablemente, Israel me miraba firmar. Gavoille, con simplicidad, seguía rascándose el muslo. Y yo sentía por ellos una especie de vago agradecimiento. Ese libro habría podido darme el aspecto de un testigo abstracto. Y eso que yo no ponía cara ni de intelectual ni de testigo, a pesar del libro. Yo era de los suyos.

El trabajo de testigo me ha dado horror siempre. ¿Qué soy, si no participo? Para ser, necesito participar. Me alimento de la calidad de los compañeros, esa calidad que se ignora porque se da muy poca importancia a sí misma, y no por humildad. Gavoille no se tiene en cuenta, ni tampoco Israel. Son una red de vínculos con su trabajo, su oficio y su deber. Con esa morcilla que humea. Y me embriago con la densidad de sus presencias. Puedo callarme. Puedo beberme el vinito blanco. Puedo hasta firmar ese libro sin apartarme de ellos. No hay nada que estropee esta fraternidad.

Para mí no se trata de denigrar los métodos de la inteligencia, ni las victorias de la consciencia. Admiro las inteligencias puras. Pero, ¿qué es un hombre si le falta sustancia? ¿Si sólo es una mirada y no un ser? Descubro la sustancia en Gavoille y en Israel. Igual que la descubría en Guillaumet.

Las ventajas que podría sacar de una actividad de escritor, por ejemplo esta libertad de la que acaso podría disponer y que me permitiría, si me disgustase mi trabajo en el Grupo 2/33, conseguir desprenderme de ella para otras funciones, las repruebo con una especie de espanto. Eso no es más que la libertad de no ser en absoluto. Cada obligación hace llegar a ser.

En Francia hemos estado a punto de reventar por la inteligencia sin sustancia. Gavoille es. Ama, detesta, se alegra, refunfuña. Está moldeado por los vínculos. Y lo mismo que saboreo frente a él esta morcilla crujiente, saboreo las obligaciones del oficio que nos funde juntos en un tronco común. Quiero al Grupo 2/33.

No lo quiero como espectador que descubre un hermoso espectáculo. No me importa el espectáculo. Quiero al Grupo 2/33 porque soy de él, porque me alimenta y porque contribuyo a alimentarlo.

Y ahora que vuelvo de Arras, soy de mi grupo más que nunca. He adquirido un vínculo más. He reforzado en mí ese sentimiento de comunidad que se saborea en el silencio. Israel y Gavoille han padecido riesgos más duros quizá que los míos. Israel ha desaparecido. Pero de este paseo de hoy yo no debía volver tampoco. Eso me da un poco más de derecho a sentarme a su mesa, y a callarme con ellos. Ese derecho se compra muy caro. Pero cuesta muy caro: es el derecho a «ser». Por eso he firmado ese libro sin que me molestase... no echaba nada a perder.

Y ocurre que me sonrojo con la idea de balbucear dentro de un rato, cuando me interrogue el comandante. Me avergonzaré de mí mismo. El comandante pensará que soy un poco estúpido. Si esas historias con el libro no me molestan es que, aunque hubiese parido una biblioteca entera, esas referencias no me salvarían de la vergüenza que me amenaza. Esta vergüenza no es un juego para mí. No soy el escéptico que se permite el lujo de prestarse a alguna costumbre conmovedora. No soy el hombre de ciudad que juega a hacerse el campesino en vacaciones. Fui a buscar una vez más la prueba de mi buena fe con Arras. He comprometido mi carne en la aventura. Toda mi carne. Y la he comprometido como perdedora. Le he dado a esas reglas del juego todo lo que he podido. Para que sean algo distinto de reglas de juego. He adquirido el derecho de sentirme avergonzado dentro de poco, cuando me interrogue el comandante. Es decir, de participar. De estar ligado. De comunicar. De dar y de recibir. De ser más que yo mismo. De acceder a esta plenitud que tanto me llena. De sentir este amor que les tengo a mis compañeros, este amor que no es un impulso venido desde fuera, que no busca expresarse —jamás—, salvo quizá a la hora de las cenas de despedida. Entonces uno está un poco ebrio, y la benevolencia del alcohol hace que uno se incline hacia los comensales como un árbol cargado de frutos para dar. El amor que siento por el grupo no necesita enunciarse. Está compuesto solamente de vínculos. Es mi misma sustancia. Yo soy del grupo. Y eso es todo.

Cuando pienso en el grupo, no puedo no pensar en Hochedé. Podría contar su valor de guerra, pero me sentiría ridículo. No se trata en absoluto de valor: Hochedé ha hecho de la guerra un don absoluto. Probablemente, mejor que todos nosotros. Hochedé está permanentemente en ese estado que me ha sido difícil conquistar. Yo renegaba cuando me cambiaba la ropa. Hochedé no reniega. Hochedé ha llegado donde nosotros vamos. Donde yo quería ir.

Hochedé es un antiguo suboficial ascendido recientemente a subteniente. Seguramente dispone de una cultura mediocre. No sabría aclarar nada sobre sí mismo. Pero está construido, está finalizado. Cuando se trata de Hochedé, la palabra *deber* pierde toda redundancia. Querríamos someternos al deber como se somete Hochedé. Frente a Hochedé, me reprocho todas mis pequeñas renuncias, mis negligencias, mis perezas y, por encima de todo, si hay lugar, mis escepticismos. No es una señal de virtud, sino de envidia bien entendida. Yo quisiera existir mientras Hochedé exista. Un árbol bien establecido sobre sus raíces, es hermoso. La permanencia de Hochedé es hermosa. Hochedé no podría decepcionar. Así pues, no contaré nada de las misiones de guerra de Hochedé. ¿Voluntario? Todos nosotros somos siempre voluntarios para todas las misiones. Pero por una oscura necesidad de creer en nosotros mismos. Entonces nos pasamos un poco. Hochedé es voluntario de manera natural. Él «es» esta guerra. Es tan natural que, si se trata de sacrificar una tripulación, el comandante piensa enseguida en Hochedé: «Dígame, pues, Hochedé...». Hochedé se sumerge en la guerra como un monje en su religión. ¿Por qué combate? Combate para sí mismo. Hochedé se fusiona con cierta sustancia que hay que salvar y que es su propio significado. A estas alturas, la vida y la muerte se mezclan un poco. Hochedé ya está fusionado. Quizá sin saberlo, no teme mucho a la muerte. Durar, hacer durar... Para Hochedé, morir y vivir se concilian.

Lo que al principio me deslumbró de él fue su preocupación cuando Gavoille intentó pedirle prestado su cronómetro para medir velocidades en la base.

—Mi teniente... no... eso me molesta.

—¡Eres un estúpido! ¡Es para un ajuste de diez minutos!

—Mi teniente... hay uno en el almacén de la escuadrilla.

—Sí. ¡Pero no ha querido desistir de marcar las dos y siete desde hace seis semanas!

—Mi teniente... un cronómetro no se presta... no estoy obligado a prestar mi cronómetro... ¡usted no puede exigirlo!

La disciplina militar y el respeto jerárquico pueden solicitar de un Hochedé que, justo después de ser abatido entre llamas y haber salido indemne de milagro, se reinstale en otro avión para otra misión, que esta vez será peligrosa... pero no que entregue en manos irrespetuosas un cronómetro de gran lujo, que le costó tres meses de sueldo y que cada vez volvía a subir al avión con un cuidado completamente maternal. Al ver gesticular a los hombres, se nota que no comprenden nada de los cronómetros.

Y cuando Hochedé, vencedor, con su buen derecho establecido al fin y su cronómetro contra el pecho, salió de la oficina de la escuadrilla todo sulfurado aún de indignación, yo lo habría abrazado. Yo estaba descubriendo los tesoros de amor de Hochedé. Luchará por su cronómetro. Su cronómetro existe. Y él morirá por su país. Su país existe. Hochedé, que está ligado a ellos, existe. Está moldeado por todos sus vínculos con el mundo.

Por eso quiero a Hochedé sin sentir la necesidad de decírselo. Así perdí a Guillaumet —el mejor amigo que he tenido— muerto en vuelo, y evito hablar de él. Nosotros pilotábamos en las mismas líneas y participábamos en las mismas creaciones. Éramos de la misma sustancia. Me siento un poco muerto en él. He hecho de Guillaumet uno de los compañeros de mi silencio. Soy de Guillaumet.

Soy de Guillaumet, soy de Gavoille, soy de Hochedé. Soy del Grupo 2/33. Soy de mi país. Y todos los del grupo son de este país...

## CAPÍTULO XXIII

¡Cuánto he cambiado! Esos días estaba amargado, comandante Alias. Esos días, mientras la invasión blindada no encontraba más que la nada, las misiones sacrificadas le han costado al Grupo 2/33 diecisiete tripulaciones de veintitrés. Me parecía que aceptábamos, y usted el primero, jugar a los muertos para las necesidades de la figuración. ¡Ah, comandante Alias! Yo estaba amargado, ¡y me equivocaba!

Nos aferrábamos al pie de la letra, y usted el primero, a un deber cuyo espíritu se había oscurecido. Usted nos empujaba por instinto, no ya a vencer, eso era imposible, sino a transformarnos. Usted sabía, tanto como nosotros, que los informes adquiridos no se le transmitirían a nadie. Pero usted salvaba los ritos que le estaban ocultos al poder. Usted nos interrogaba seriamente, somo si pudiesen servir para algo nuestras respuestas, sobre los parques de tanques, las chalanas, los camiones, las estaciones y los trenes en las estaciones. Usted llegaba a parecerme hasta de una indignante mala fe:

¡Sí! ¡Claro que sí! Se observa muy bien desde el sitio del piloto.

Sin embargo, usted tenía razón, comandante Alias.

Tomé en cuenta esta multitud sobre la que vuelo ya por encima de Arras. Sólo estoy ligado a quien doy. Sólo comprendo a quien abrazo. Sólo existo cuando me riegan las fuentes de mis raíces. Soy de esa multitud. Esa multitud es mía. A quinientos treinta kilómetros por hora y doscientos metros de altitud, ahora que he salido de debajo de mi nube, por la noche me ajusto a ella como un pastor que, de un vistazo, censa, reúne y traba al rebaño. Esta multitud ya no es una multitud: es un pueblo. ¿Cómo podría estar yo sin esperanza?

A pesar del empeoramiento de la derrota, llevo en mí, como al salir de un sacramento, este grave y duradero júbilo. Me sumerjo en la incoherencia, pero soy como un vencedor. ¿Cuál es el compañero que regresa de su misión y no lleva a ese vencedor en sí mismo? El capitán Pénicot me ha contado su vuelo de esta mañana: «Cuando me parecía que una de las armas automáticas disparaba demasiado cerca, me desviaba derecho sobre ella, a ras de suelo y a toda velocidad, y soltaba una ráfaga de ametralladora que apagaba limpiamente esa luz rojiza, igual que el viento fuerte una vela. Una décima de segundo después pasaba en tromba sobre el equipo... ¡Era como si el arma hubiese explotado! Encontraba al equipo desperdigado y derribado por la huida. Tenía la impresión de estar jugando a los bolos». Pénicot se reía. Pénicot se reía magníficamente. ¡Pénicot, capitán vencedor!

Sé que la misión habrá transfigurado hasta a ese ametrallador de Gavoille que, atrapado de noche en la basílica construida por ochenta proyectores de guerra, pasó bajo el arco de espadas, como en una boda de soldados.

—Puede usted girar a noventa y cuatro.

Dutertre acaba de fijarse en el Sena. He descendido hacia los cien metros. A quinientos treinta kilómetros por hora, el suelo trae hacia nosotros grandes rectángulos de alfalfa o de trigo y bosques triangulares. Siento un placer físico al observar esa desbandada de hielos que mi quilla divide incansablemente. El Sena aparece ante mí. Cuando lo sobrevuelo oblicuamente, se esconde, como si girase sobre sí mismo. Ese movimiento proporciona el mismo placer que la pasada flexible de un golpe de guadaña. Estoy bien instalado. Soy el patrón a bordo. Los depósitos aguantan. Le ganaré una ronda al póquer a Pénicot, y luego venceré a Lacordaire al ajedrez. Así es como soy cuando soy vencedor.

—Mi capitán... están disparando... estamos en zona prohibida...

Es él quien calcula la navegación. Estoy limpio de todo reproche.

—¿Disparan mucho?

—Disparan como pueden...

—¿Damos una vuelta?

—Oh, no...

El tono es desengañado. Hemos conocido el diluvio. Entre nosotros, el tiroteo aéreo es sólo una lluvia de primavera.

—Dutertre... ya sabe... ¡es una idiotez hacerse derribar en casa!

—... No derribarán nada... eso los pone a prueba.

Dutertre está amargado.

Yo no estoy amargado. Yo estoy contento. Me gustaría hablarles de mi casa a los hombres.

—Eh... sí... disparan como unos...

¡Anda, si ése está vivo! Me doy cuenta de que mi ametrallador todavía no ha manifestado nunca su existencia espontáneamente. Ha asimilado toda la aventura sin sentir la necesidad de comunicarse. A menos que no sea él quien haya pronunciado «¡Ah! ¡Ahí! ¡Ahí!», en lo más fuerte del cañoneo. De todas maneras, no fue un derroche de confidencias.

Pero aquí se trata de su especialidad: la ametralladora. Cuando se trata de su especialidad, ya no se puede retener a los especialistas.

No puedo no contraponer esos dos universos. El universo del avión y el del suelo. Acabo de arrastrar a Dutertre y a mi ametrallador más allá de los límites permitidos. Hemos visto arder Francia. Hemos visto relucir el mar. Hemos envejecido a gran altitud. Nos hemos inclinado hacia una tierra lejana como sobre vitrinas de museo. Hemos jugado al sol con el polvo de los cazas enemigos. Y después hemos vuelto a descender. Nos hemos lanzado al incendio. Lo hemos sacrificado todo. Y allí hemos aprendido más acerca de nosotros mismos que lo que hubiésemos aprendido en diez años de meditación. Hemos salido al fin de ese monasterio de diez años...

Y ocurre que en esa carretera, que quizá sobrevolamos para subir hacia Arras, cuando encontramos la caravana, ésta ha avanzado, como mucho, quinientos metros.

El tiempo en el que transportan un vehículo averiado hasta la cuneta, que cambian una rueda, que golpetean inmóviles el volante, el tiempo de dejar que un camino que cruza se deshaga de sus propios restos, es el tiempo en el que nosotros habremos llegado a la escala.

Pasamos por encima de toda la derrota. Nos parecemos a esos peregrinos a los que no atormenta el desierto, aunque les resulta difícil, porque ya viven de corazón en la ciudad santa.

La noche que cae encerrará a esta multitud desordenada en su establo de desdicha. El rebaño se apretuja. ¿Hacía qué gritarán? Pero nos es dado correr hacia los compañeros, me parece como si nos apresurásemos hacia una fiesta. Y así, una simple cabaña, si está iluminada a lo lejos, cambia la noche más dura de invierno en una noche de Navidad. Allá donde vamos seremos acogidos. Allá donde vamos comulgaremos con el pan de la noche.

Por hoy, basta de aventura: estoy contento y cansado. Abandonaré en manos de los mecánicos el avión, enriquecido con sus agujeros. Me quitaré mis pesadas ropas de vuelo y me sentaré muy sencillamente para la cena entre los compañeros...

Estamos retrasados. Los compañeros que se retrasan ya no vuelven. ¿Están retrasados? Demasiado tarde. ¡Tanto peor para ellos! La noche los vuelca en la eternidad. El grupo cuenta sus muertos a la hora de cenar.

Los desaparecidos embellecen en el recuerdo. Se les viste para siempre con su sonrisa más clara. Nosotros renunciamos a esa ventaja. Surgiremos de contrabando, al modo de los ángeles malos y los cazadores furtivos. El comandante no se tragará su bocado de pan. Nos mirará. Dirá quizás: «¡Ah!... aquí están ustedes...». Los compañeros se callarán. Apenas nos mirarán.

Antes yo tenía poca estima por las personas mayores. Me equivocaba. No envejecemos nunca. ¡Comandante Alias! Los hombres son puros también a la hora del regreso: «Aquí estás, tú que eres de los nuestros...». Y el pudor hace el silencio.

Comandante Alias, comandante Alias... He saboreado esta comunidad que lo rodea igual que un ciego del fuego. El ciego se sienta y tiende las manos, no sabe de dónde le viene su placer. De nuestras misiones regresamos preparados para una recompensa de sabor desconocido, que simplemente es el amor.

Nosotros no reconocemos el amor en ello. El amor en el que pensamos de ordinario es un patetismo más tumultuoso. Pero aquí se trata del amor verdadero: una red de vínculos que hace que nos transformemos.

## CAPÍTULO XXIV

Le he interrogado a mi granjero sobre el número de instrumentos.

Y mi granjero me ha respondido:

—Yo no sé nada de su negocio. Hay que creer que faltan algunos de los instrumentos: los que nos habrían hecho ganar la guerra... ¿Quiere usted cenar con nosotros?

—Ya he cenado.

Pero me han instalado a la fuerza entre la sobrina y la granjera:

—Tú, sobrina, échate un poco para allá... Hazle sitio al capitán.

Y no me descubro ligado únicamente a los compañeros. Estoy ligado a todo mi país a través de ellos. Una vez que el amor ha germinado, le salen raíces que ya no dejan de crecer.

Mi granjero reparte el pan en silencio. Las preocupaciones del día lo han ennoblecido con una gravedad austera. Quizá por última vez, garantiza ese reparto como la práctica de una religión.

Y pienso en los campos de los alrededores que han creado la materia de ese pan. Mañana los invadirá el enemigo. ¡Que no se esperen un tumulto de hombres armados! La tierra es grande. Tal vez la invasión no muestre por aquí más que a un centinela solitario, perdido a lo lejos en la inmensidad de los campos, una marca gris en la linde de los trigales. En apariencia, nada habrá cambiado, pero basta una señal, si se trata del hombre, para que todo sea diferente.

El vendaval que se moverá sobre la cosecha se parecerá siempre al vendaval sobre el mar. Pero si nos parece más amplio aún el vendaval sobre la cosecha, es porque hace el censo de un patrimonio, extendiéndolo. Garantiza el futuro. Es una caricia a la esposa, una mano pacífica en una cabellera.

Mañana, ese trigo habrá cambiado. El trigo es una cosa diferente de un alimento carnal. Alimentar al hombre no es como engordar al ganado. ¡El pan interpreta muchos papeles! Hemos aprendido a reconocer en el pan a un instrumento de la comunidad de los hombres, por causa del pan que compartir juntos. Hemos aprendido a reconocer en el pan la grandeza del trabajo, por causa del pan que ganar con el sudor de la frente. Hemos aprendido a reconocer en el pan al vehículo esencial de la compasión, por causa del pan que se distribuye en las horas de miseria. El sabor del pan compartido no tiene igual. Sin embargo, ocurre que todo el poder de ese alimento espiritual, del pan espiritual que nacerá de ese campo de trigo, está en peligro. Mi granjero, al partir el pan mañana, quizá ya no sirva la misma religión familiar. Quizá mañana el pan ya no alimente la misma luz de las miradas. Con el pan es como con el aceite de las lámparas. Se transforma en luz.

Observo a la sobrina, que es muy hermosa, y me digo: a través de ella, el pan se vuelve gracia melancólica. Se vuelve pudor. Se vuelve la dulzura del silencio. Sin embargo, si ese mismo pan alimenta mañana la misma lámpara, tal vez ya no cree la misma llama, en virtud de una simple mancha gris en la linde de un océano de trigo. Lo esencial del poder del pan habrá cambiado.

He luchado para preservar la cualidad de una luz, mucho más aún que para salvar el alimento de los cuerpos. He luchado para la irradiación particular en la que se transfigura el pan en las casas de mi patria. Lo que me conmueve primero de esa muchachita secreta es la corteza inmaterial. Es no sé qué lazo que hay entre las líneas de una cara. Es el poema en la página, y no la página.

Ella se ha sentido observada. Ha levantado los ojos hacia mí. Me parece que me ha sonreído... apenas ha sido como un soplo sobre la fragilidad de las aguas. Esa aparición me perturba. Siento que está presente misteriosamente el alma particular que es de aquí, y no de otra parte. Saboreo una paz de la que me digo: «Es la paz de los reinos silenciosos...».

He visto resplandecer la luz de los trigos.

La cara de la sobrina ha vuelto a ser lisa sobre un fondo de misterio. La granjera suspira, mira a su alrededor y se calla. El granjero, que medita acerca del día por venir, se encierra en su sensatez. Bajo su silencio para con todos, hay una riqueza interior parecida al patrimonio de un pueblo; e igualmente amenazada.

Una extraña evidencia hace que me sienta responsable de esas provisiones invisibles. Salgo de mi granja. Voy a pasos lentos. Llevo esa carga que me resulta más dulce que pesada, como lo sería un niño dormido contra mi pecho.

Yo me había prometido esta conversación con mi pueblo. Pero no tengo nada que decir. Soy parecido al fruto muy pegado al árbol en el que pensaba hace algunas horas, cuando se calmó la inquietud. Me siento ligado a los de mi casa, simplemente. Soy de ellos, igual que ellos son míos. Cuando mi granjero ha repartido el pan, no ha dado nada. Ha compartido e intercambiado. El mismo trigo ha transitado en nosotros. El granjero no se empobrecía, se enriquecía: se alimentaba con un pan mejor, puesto que se había transformado en pan de una comunidad. Cuando he despegado este mediodía para ellos, en misión de guerra, yo tampoco les he dado nada. Nosotros, los del grupo, no les damos nada. Nosotros somos su parte del sacrificio de guerra. Comprendo por qué hace la guerra Hochedé sin grandes palabras, como un herrero que forja para el pueblo. «¿Quién es usted? —Soy el herrero del pueblo». Y el herrero trabaja feliz.

Si ahora, cuando parece que ellos desesperan, yo espero, tampoco me distingo de ellos. Soy simplemente su parte de esperanza. Claramente estamos vencidos ya. Todo está en suspenso. Todo se desploma. Pero yo sigo sintiendo la tranquilidad de un vencedor. ¿Son contradictorias estas palabras? No hago caso de las palabras. Soy semejante a Pénicot, a Hochedé, a Alias y a Gavoille. Nosotros no disponemos de lenguaje alguno para justificar nuestra sensación de victoria. Pero nos sentimos responsables. Nadie puede sentirse responsable y desesperado a la vez.

Derrota... victoria... Sé que utilizo mal esas fórmulas. Hay victorias que enaltecen, y otras que degradan. Derrotas que asesinan, y otras que despiertan. La vida no es enunciable por estados, sino por procesos. La única victoria de la que no puedo dudar es la que se aloja en el poder de las semillas. Plantada la semilla a lo largo de las tierras negras, ahí está, ya victoriosa. Pero hay que desarrollar el tiempo para asistir a su triunfo en el trigo.

Esta mañana no era más que un ejército desbaratado, una multitud desordenada. Pero, si hay una sola consciencia donde ya se ate, una multitud desordenada ya no está desordenada. Las piedras de la cantera sólo están desordenadas en apariencia, si hay un hombre perdido en la cantera, será el único que piense en una catedral. No me inquieta el lodo disperso si da cobijo a una semilla. La semilla lo drenará para construir.

Cualquiera que acceda a la contemplación, se vuelve semilla. Cualquiera que descubra una evidencia, tira a todos de la manga para mostrársela. Cualquiera que invente, proclama enseguida su invento. No sé cómo se expresará o actuará un Hochedé. Pero me importa poco. Él propagará a su alrededor su fe tranquila. Entreveo mejor el fundamento de las victorias: quien se garantice un puesto de sacristán o de alquilador de sillas en la catedral construida, ya está vencido. Pero quien lleve en el corazón una catedral que construir, ya es vencedor. La victoria es fruto del amor. Sólo el amor reconoce la cara que moldear. Sólo el amor gobierna hacia él. La inteligencia sólo vale si está al servicio del amor.

El escultor está cargado con el peso de su obra: poco importa si ignora cómo la moldeará. De empujón en empujón, de error en error, de contradicción en contradicción, irá directo hacia su creación a través de la arcilla. La inteligencia y el buen juicio no son creadores. Si el escultor no es más que ciencia e inteligencia, sus manos carecerán de genio.

Nos hemos engañado demasiado tiempo acerca del papel de la inteligencia. Nos hemos olvidado de la sustancia del hombre. Hemos creído que el talento de las almas bajas podía ayudar al triunfo de las causas nobles, que el egoísmo hábil podía ensalzar el espíritu de sacrificio, que la sequedad de corazón podía fundar la fraternidad o el amor con el viento de los discursos. Nos hemos olvidado del Ser. La semilla del cedro, lo quiera o no, se convertirá en cedro. La semilla de espino se convertirá en espino. A partir de este momento me negaré a juzgar al hombre por las fórmulas que justifican sus decisiones. Nos engañamos demasiado fácilmente acerca de la garantía de las palabras, igual que acerca de la dirección de los actos. Ignoro si quien se encamina a su casa va a la discordia o al amor. Me preguntaré: «¿Qué hombre es?». Sólo entonces sabré hacia dónde empuja y dónde irá. A fin de cuentas, siempre vamos hacia donde empujamos.

El germen, frecuentado por el sol, encuentra siempre su camino a través del pedregullo del suelo. Si ningún sol lo atrae hacia él, el lógico puro se ahoga en la confusión de los problemas. Recordaré la lección que me dio mi propio enemigo. ¿Qué dirección tiene que elegir la columna blindada para conquistar la retaguardia del adversario? No puede responder. ¿Qué es necesario que sea la columna blindada? Es necesario que sea —contra el bastión— el peso del mar.

¿Qué hay que hacer? Esto. O lo contrario. O cualquier otra cosa. No se trata del determinismo del futuro. ¿Qué hay que ser? Ahí está claramente la pregunta esencial, porque únicamente la mente fertiliza la inteligencia. La deja preñada de la obra por venir. La inteligencia la llevará a término. ¿Qué debe hacer el hombre para crear el primer barco? La fórmula es demasiado complicada. A fin de cuentas, ese barco nacerá de mil tanteos contradictorios. Pero, ¿qué debe ser ese hombre? Aquí agarro la creación por la raíz. Debe ser comerciante o soldado, porque entonces, por amor a las tierras lejanas, despertará a los técnicos y atraerá a los obreros. ¡Y un día lanzará su barco! ¿Qué hay que hacer para que desaparezca un bosque entero? ¡Ah!, eso es demasiado difícil... ¿Qué hay que ser? ¡Hay que ser incendio!

Mañana entraremos en la noche. ¡Que mi país siga estando cuando regrese el día! ¿Qué hay que hacer para salvarlo? ¿Cómo enunciar una solución sencilla? Las necesidades son contradictorias. Importa que se salve el patrimonio espiritual, sin el cual la estirpe estará privada de su genio. Importa que se salve la estirpe, sin la cual el patrimonio estará perdido. A falta de un lenguaje que concilie los dos salvamentos, los lógicos estarán tentados de sacrificar el alma, o el cuerpo. Pero no les hago caso a los lógicos. Quiero que mi país esté —en su espíritu y en su carne— cuando vuelva el día. Para actuar según el bien de mi país, me será necesario apretar en todo momento en esa dirección, con todo mi amor. No hay ningún paso que el mar no encuentre, si aprieta.

No me es posible ninguna duda sobre la salvación. Con el ciego comprendo mejor la imagen de mi hoguera. Si el ciego marcha hacia la hoguera, es que ha nacido en él la necesidad del fuego. El fuego lo gobierna ya. Si el ciego busca la hoguera, es que ya la ha encontrado. Y así, el escultor ya tiene su creación si aprieta la arcilla. Igual que nosotros. Sentimos el calor de nuestros vínculos: por eso ya somos vencedores.

Ya nos es perceptible nuestra comunidad. Por supuesto, tendremos que expresarla para unirnos a ella. Esto es un esfuerzo de la consciencia y del lenguaje. Pero, para no perder nada de su sustancia, nos hará falta también hacernos sordos a las trampas de las lógicas provisionales, de los chantajes y de las polémicas. Ante todo, no debemos renegar de nada de lo que somos.

Por eso, en el silencio de mi noche de pueblo, apoyado en una pared, a la vuelta de mi misión sobre Arras —y me parece que iluminado por esa misión—, empiezo a imponerme reglas sencillas que no traicionaré jamás.

Puesto que soy de ellos, no renegaré nunca de los míos, hagan lo que hagan. No hablaré nunca contra ellos delante de otro. Si es posible emprender su defensa, los defenderé. Si me cubren de vergüenza, encerraré esa vergüenza en el corazón y me callaré. Piense lo que piense entonces de ellos, no serviré nunca de testigo de cargo. Un marido no va de casa en casa a informar él mismo a los vecinos que su mujer es una desvergonzada. Así no salvará su honor. Porque su mujer es de su casa y él no puede ennoblecerse yendo contra ella. Una vez vuelto a su casa es cuando tiene el derecho de manifestar su cólera.

Así pues, no me desvincularé de una derrota que me humillará a menudo. Soy de Francia. De la Francia que creaba los Renoir, los Pascal, los Pasteur, los Guillaumet y los Hochedé. También creaba los incapaces, los políticos y los tramposos. Pero me parece demasiado fácil requerir a unos y negar todo parentesco con los otros.

La derrota divide. La derrota deshace lo que estaba hecho. Ahí hay una amenaza de muerte: yo no contribuiré a esas divisiones, ni adjudicaré la responsabilidad del desastre a aquellos de los míos que piensen distinto que yo. No hay nada que sacar de esos procesos sin juez. Todos hemos sido vencidos. Yo he sido vencido. Hochedé ha sido vencido. Hochedé no hace recaer la derrota en los demás. Él se dice: «Yo, Hochedé, yo, de Francia, he sido débil. La Francia de Hochedé ha sido débil. He sido débil en ella, y ella débil en mí». Hochedé sabe muy bien que si se atrinchera de los suyos, sólo se glorificará a sí mismo. Y que desde entonces ya no será el Hochedé de una casa, de una familia, de un grupo y de una patria. Ya no será más que el Hochedé de un desierto.

Si acepto ser humillado por mi casa, puedo actuar sobre mi casa. Es tan mía como yo soy de ella. Pero si me niego a la humillación, la casa se desbaratará como quiera, y yo iré solo, muy glorioso, pero más vencido que un muerto.

Para ser, lo primero que importa es hacerse cargo. Pero hace apenas unas horas yo estaba ciego. Estaba amargado. Pero juzgo con más claridad. Por lo mismo que, desde que me siento de Francia, me niego a quejarme de los demás franceses, por eso mismo no concibo que Francia se queje del mundo. Todos somos responsables de todos. Francia era responsable del mundo. Francia habría podido ofrecer al mundo la medida común que lo hubiese unido. Francia habría podido servirle al mundo de piedra angular. Si Francia hubiese tenido sabor a Francia, el mundo entero se habría hecho resistente a través de ella. Desde este momento, reniego de mis reproches al mundo. Francia se debía a sí misma servirle de alma, si es que le faltaba.

Francia habría podido ligarse consigo misma. Mi Grupo 2/33 se ha ofrecido sucesivamente como voluntario para la guerra de Noruega, y luego la de Finlandia. ¿Qué representaban Noruega y Finlandia para los soldados y los suboficiales de mi patria? Siempre me ha parecido que aceptaban morir, confusamente, por un cierto sabor de las fiestas de Navidad. El salvamento de ese sabor en el mundo parecía que justificaba ante ellos el sacrificio de su vida. Si nosotros hubiésemos sido la Navidad del mundo, el mundo se habría salvado a través de nosotros.

En el mundo, la comunidad espiritual de los hombres no ha jugado a nuestro favor. Pero al fundar esa comunidad de los hombres en el mundo, habríamos salvado al mundo y a nosotros mismos. Hemos incumplido esa tarea. Cada uno es responsable de todos. Cada uno es el único responsable. Cada uno es el único responsable de todos. Por primera vez comprendo uno de los enigmas de la religión, del que ha salido la civilización que reivindico como mía: «Llevar los pecados de los hombres...». Y cada uno lleva todos los pecados de todos los hombres.

## CAPÍTULO XXV

¿Quién ve en eso una doctrina de débiles? El jefe es quien se hace cargo de todo. Dice: he sido vencido. No dice: mis soldados han sido vencidos. Así habla el hombre verdadero. Hochedé diría: yo soy responsable.

Comprendo el sentido de la humildad. No es la denigración de sí mismo. Es el principio mismo de la acción. Si con la intención de absolverme a mí mismo, excuso mis desgracias por la fatalidad, me someto a la fatalidad. Si los excuso por la traición, me someto a la traición. Pero si me hago cargo de la falta, reivindico mi poder de hombre. Puedo actuar sobre lo que soy. Soy una parte constituyente de la comunidad de los hombres.

Por lo tanto, hay alguien en mí al que combato para crecer como persona. Ha sido necesario este viaje difícil para que yo distinga así en mí, mal que bien, entre el individuo al que combato y el hombre que crece. No sé lo que vale la imagen que me viene, pero me digo: el individuo es sólo una ruta. Únicamente cuenta el Hombre que camina por ella.

Ya no puedo satisfacerme con verdades de polémica. De qué sirve acusar a los individuos. Son sólo vías y pasos. Ya no puedo dar cuenta del hielo de mis ametralladoras por las negligencias de los funcionarios, ni de la ausencia de pueblos amigos por su egoísmo. Efectivamente, la derrota se manifiesta por los fracasos individuales. Pero una civilización moldea a los hombres. Si aquella con la que me identifico está amenazada por el desfallecimiento de los individuos, tengo derecho a preguntarme por qué no los ha moldeado diferentes.

Una civilización, igual que una religión, se acusa a sí misma si se queja de la molicie de sus fieles. Ella se debe a sí misma ensalzarlos. Del mismo modo, si se queja del odio de los infieles, se debe a sí misma convertirlos. Sin embargo, la mía, que ha hecho sus pruebas anteriormente, que ha inflamado a sus apóstoles, que ha quebrado a los violentos, que ha liberado a pueblos de esclavos, hoy no ha sabido ni ensalzar, ni convertir. Si deseo desprender la raíz de las causas diversas de mi fracaso, si tengo la ambición de volver a vivir, primero me hace falta volver a encontrar el fermento que he perdido.

Porque con una civilización pasa como con el trigo. El trigo alimenta al hombre, pero a su vez el hombre salva al trigo, cuya semilla recolecta. La reserva de grano se respeta, de generación de trigo en generación de trigo, como un legado.

No me basta con saber qué trigo deseo para que éste suba. Si quiero salvar a un tipo de hombre —y a su poder—, debo salvar también los principios que lo fundamentan.

Sin embargo, aunque he conservado la imagen de la civilización que reivindico como mía, he perdido las reglas que la llevaban. Esta noche descubro que las palabras que utilizaba ya no conmovían lo esencial. Así que predicaba la democracia sin sospechar que con eso enunciaba, sobre las cualidades y el destino del hombre, no ya un conjunto de reglas, sino un conjunto de deseos. Yo deseaba que los hombres fuesen fraternos, libres y felices. Por supuesto. ¿Quién no estaría de acuerdo? Yo sabía presentar «cómo» debe ser el hombre. Y no «quién» debe ser.

Yo hablaba, sin precisar las palabras, de la comunidad de los hombres. Como si el clima al que hacía alusión no fuese fruto de una arquitectura particular. Me parecía que evocaba una evidencia natural. No hay evidencia natural alguna. Una tropa de fascistas y un mercado de esclavos también son comunidades de hombres.

Yo ya no habitaba como arquitecto en esa comunidad de los hombres. Me beneficiaba de su paz, de su tolerancia y de su bienestar. No sabía nada de ella, excepto que me alojaba allí. Me alojaba allí como sacristán, o como alquilador de sillas. Por lo tanto, como parásito. Por lo tanto, como vencido.

Así son los pasajeros del barco. Utilizan el barco sin darle nada. Prosiguen sus juegos protegidos por los salones, que ellos creen que son un marco absoluto. Ignoran el trabajo de las cuadernas maestras bajo la presión eterna del mar. ¿Con qué derecho se quejarán si la tormenta deshiciera su barco?

Si los individuos se han degradado, si yo he sido vencido, ¿de qué me quejaría?

Hay una medida común en las cualidades que les deseo a los hombres de mi civilización. Hay una piedra angular para la comunidad particular que deben fundar. Es un principio del que todo salió anteriormente: raíces, tronco, ramas y frutos. ¿Cuál es? Era semilla pujante en el terreno fértil de los hombres. Únicamente él puede hacerme vencedor.

Me parece que comprendo muchas cosas en mi extraña noche de pueblo. El silencio es de una cualidad extraordinaria. El menor ruido llena el espacio por entero, igual que una campana. Nada me es extranjero. Ni ese murmullo de ganado, ni esa llamada lejana, ni ese ruido de una puerta que se cierra. Todo ocurre como si fuese en mí mismo. Tengo que apresurarme a captar el sentido de un sentimiento que puede desvanecerse...

Me digo: «Es el tiroteo de Arras...». El tiroteo ha roto una corteza. Sin duda, todo este día he preparado en mí mismo la morada. Yo no era más que un gerente gruñón. Eso es el individuo. Pero ha aparecido el Hombre. Se ha instalado en mi lugar, sencillamente. Ha mirado a la multitud desordenada, y ha visto a un pueblo. Su pueblo. El Hombre, como medida de ese pueblo y de mí. Por eso, al correr hacia el Grupo me parecía que estaba corriendo hacia una gran hoguera. El Hombre miraba por mis ojos —el Hombre como una medida de los compañeros.

¿Es eso una señal? Estoy tan dispuesto a creer en las señales... Esta noche todo es entendimiento tácito. Cada ruido me llega como un mensaje claro y oscuro a la vez. Oigo que unos pasos tranquilos llenan la noche:

—¡Eh! Buenas noches, capitán...

—¡Buenas noches!

No lo conozco. Entre nosotros ha sido como un «¡eh!» de barqueros de una barca a otra.

Una vez más he tenido la sensación de un parentesco milagroso. El Hombre que me habita esta noche no termina de contabilizar a los suyos. El Hombre como una medida de los pueblos y de las razas...

Aquél regresaba, con su provisión de preocupaciones, de pensamientos y de imágenes. Con su cargamento propio, encerrado en sí mismo. Habría podido abordarlo y hablarle. En la blancura de un camino de pueblo habríamos intercambiado algunos de nuestros recuerdos. Así es como se intercambian tesoros los comerciantes, si se cruzan de regreso de las islas.

En mi civilización, quien difiere de mí, lejos de perjudicarme, me enriquece. Por encima de nosotros, nuestra unidad se fundamenta en el

Hombre. Así, nuestras discusiones por la noche en el Grupo 2/33, lejos de perjudicar a nuestra fraternidad, la respaldan, porque nadie desea oír su propio eco ni mirarse en un espejo.

En el Hombre se encuentran del mismo modo los franceses de Francia y los noruegos de Noruega. El Hombre los ata en su unidad, al mismo tiempo que enaltece sin contradecirse sus costumbres particulares. El árbol también se manifiesta por las ramas, que no se parecen a las raíces. Por lo tanto, si allá en Noruega se escriben cuentos sobre la nieve, si se cultivan tulipanes en Holanda, si se improvisa el flamenco en España, todos estamos enriquecidos en el Hombre. Quizá sea eso por lo que nosotros, los del grupo, hayamos deseado combatir por Noruega...

Y ocurre que me parece llegar al final de una larga peregrinación. No descubro nada, pero, como al salir del sueño, vuelvo a ver sencillamente lo que ya no miraba.

Mi civilización se apoya en el culto al Hombre a través de los individuos. Durante siglos, ha intentado mostrar al Hombre, igual que hubiese enseñado a distinguir una catedral a través de las piedras. Ha predicado a ese Hombre que dominaba al individuo...

Porque el Hombre de mi civilización no se define a partir de los hombres. Son los hombres los que se definen por él. En él hay, como en todo Ser, algo que no explican los materiales de los que está hecho. Una catedral es una cosa muy distinta de una suma de piedras. Es geometría y arquitectura. No son las piedras las que la definen, es ella la que enriquece a las piedras con su propio significado. Esas piedras están ennoblecidas al ser piedras de una catedral. Las piedras más diversas sirven para su unidad. La catedral absorbe en su cántico hasta a las gárgolas más gesticulantes.

Pero me he olvidado poco a poco de mi verdad. He creído que el Hombre representaba a los hombres, igual que la Piedra representa a las piedras. He confundido catedral con suma de piedras, y poco a poco el legado ha desaparecido. Hay que restaurar al Hombre. Él es la esencia de mi cultura. Él es la llave de mi Comunidad. Él es el principio de mi victoria.

## CAPÍTULO XXVI

Es fácil fundamentar el orden de una sociedad sobre la sumisión de todos a unas reglas fijas. Es fácil formar un hombre ciego para que se someta sin protestar a un maestro o a un libro sagrado. Pero el éxito es alto de otra manera, que consiste en hacer reinar al hombre sobre sí mismo para liberarlo.

Pero, ¿qué es liberar? Si libero en un desierto a un hombre que no siente nada, ¿qué significa su libertad? No hay más libertad que la de «alguien» que va a algún sitio. Liberar a ese hombre sería enseñarle la sed y trazar un camino hacia un pozo. Solamente entonces se le propondrían razonamientos a los que ya no les faltaría significado. Liberar una piedra no significa nada si no hay gravedad, porque, una vez libre, la piedra no iría a ningún sitio,

Sin embargo, mi civilización ha intentado fundamentar las relaciones humanas sobre el culto al Hombre más allá del individuo, para que el comportamiento de cada uno respecto a sí mismo, o a los demás, ya no fuese conformismo ciego con las costumbres del termitero, sino un libre ejercicio del amor.

El camino invisible de la gravedad libera a la piedra. Los pasos invisibles del amor liberan al hombre. Mi civilización ha intentado hacer de cada hombre el Embajador de un mismo príncipe. Ha considerado al individuo como camino o mensaje mayor que sí mismo, ha ofrecido direcciones imantadas a la libertad de su ascenso.

Conozco bien el origen de ese campo de fuerzas. Durante siglos, mi civilización ha contemplado a Dios a través de los hombres. El hombre estaba creado a imagen de Dios. Se respetaba a Dios en el hombre. Los hombres eran hermanos en Dios. Ese reflejo de Dios le concedía a cada hombre una dignidad inalienable. Las relaciones del hombre con Dios fundamentaban a la vista los deberes de cada uno respecto a sí mismo o a los demás.

Mi civilización es heredera de los valores cristianos. Reflexionaré sobre la construcción de la catedral para comprender mejor su arquitectura.

La contemplación de Dios creaba a los hombres iguales, porque son iguales en Dios. Y esa igualdad tenía un significado claro. Porque no se puede ser igual más que en algo. El soldado y el capitán son iguales en la nación. La igualdad no es más que un motivo de sentido si no hay nada donde atar esa igualdad.

Comprendo claramente por qué esa igualdad, que era la igualdad de los derechos de Dios a través de los individuos, prohibía que se limitase el ascenso de un individuo: Dios podía decidir emplearlo como camino. Pero como se trataba también de la igualdad de los derechos de Dios «sobre» los individuos, comprendo por qué los individuos, cualesquiera que fuesen, estaban sometidos a los mismos deberes y al mismo respeto de las leyes. Manifestando a Dios, eran iguales en sus derechos; sirviendo a Dios, eran iguales en sus deberes.

Comprendo por qué una igualdad establecida en Dios no conlleva ni contradicción, ni desorden. La demagogia se introduce cuando, a falta de medida común, el principio de igualdad degenera en principio de identidad. Entonces, el soldado le niega el saludo al capitán, porque al saludar al capitán el soldado honraría a un individuo, y no a la nación.

Mi civilización, heredando de Dios, ha hecho que los hombres sean iguales en el Hombre.

Comprendo el origen del respeto que los hombres se tienen unos a otros. El sabio le debía respeto al fogonero mismo, porque a través del fogonero respetaba a Dios, de quien el fogonero también era embajador. Fueran las que fuesen la valía del uno y la mediocridad del otro, ningún hombre podía aspirar a reducir a otro a la esclavitud. A un Embajador no se lo humilla. Pero ese respeto del hombre no suponía la prosternación degradante ante la mediocridad del individuo, o ante la necedad o la ignorancia, puesto que primero se honraba esa cualidad de Embajador de Dios. Así fundamentaba relaciones nobles el amor de Dios entre los hombres, los asuntos se trataban de Embajador a Embajador, por encima de la cualidad de los individuos.

Mi civilización, heredando de Dios, ha fundado el respeto del Hombre a través de los individuos.

Comprendo el origen de la fraternidad de los hombres. Los hombres eran hermanos en Dios. Sólo se puede ser hermano en algo. Si no hay lazo que los una, los hombres están yuxtapuestos, no ligados. No se puede ser hermano a secas. Mis compañeros y yo somos hermanos «en» el Grupo 2/33. Los franceses lo son «en» Francia.

Mi civilización, heredando de Dios, a hecho que los hombres sean hermanos en el Hombre.

Comprendo el significado de los deberes de caridad que se me habían predicado. La caridad servía a Dios a través del individuo. Le era debida a Dios, cualquiera que fuese la mediocridad del individuo. Esa caridad no humillaba al beneficiario, ni lo amarraba con las cadenas de la gratitud, puesto que no era a él, sino a Dios a quien se dirigía el don. Por el contrario, el ejercicio de esa caridad no era nunca un homenaje entregado a la mediocridad, a la necedad o a la ignorancia. El médico debía comprometer su vida en sus cuidados al apestado más vulgar. Servía a Dios. No se sentía disminuido por la noche en blanco pasada a la cabecera de un ladrón.

Mi civilización, heredera de Dios, ha hecho así de la caridad un don al Hombre a través del individuo.

Comprendo el significado profundo de la Humildad que se le exige al individuo. No rebajaba en absoluto, elevaba. Lo iluminaba en su papel de Embajador. De la misma manera que lo obligaba a respetar a Dios a través del prójimo, lo obligaba a respetarse a sí mismo, a hacerse mensajero de Dios, camino para Dios. Imponía que se olvidase de sí mismo para acrecentarse, porque si el individuo se ensalza sobre su propia importancia, el camino se convierte enseguida en muro.

Mi civilización, heredera de Dios, ha predicado también el respeto a sí mismo, es decir, el respeto del Hombre a través de sí mismo.

Comprendo al fin por qué ha establecido el amor de Dios que los hombres sean responsables los unos de los otros y les haya impuesto la Esperanza como una virtud. Puesto que hacía Embajador del mismo Dios a cada uno de ellos, en las manos de cada uno de ellos se apoyaba la salvación de todos. Nadie tenía el derecho de desesperar, puesto que era mensajero de algo mayor que él. La desesperanza era la negación de Dios en sí mismo. El deber de la Esperanza habría podido traducirse como: «Entonces, ¿tú te crees tan importante? ¡Cuánta fatuidad hay en tu desesperación!».

Mi civilización, heredera de Dios, ha hecho que cada uno sea responsable de todos los hombres y que todos los hombres sean responsables de cada uno. Un individuo debe sacrificarse por la salvación de una colectividad, pero con eso no se trata de una aritmética imbécil. Se trata del respeto del Hombre a través del individuo. En efecto, la grandeza de mi civilización es que cien mineros deban arriesgar su vida para salvar a un solo minero enterrado. Salvan al Hombre.

Con esta luz, comprendo claramente el significado de la libertad. Es la libertad de un crecimiento de árbol en el campo de fuerza de su semilla. Es el clima del ascenso del Hombre. Es semejante a un viento favorable. Por gracia únicamente del viento, los veleros son libres en el mar.

Un hombre construido así dispondría del poder del árbol. ¡Qué espacio no cubriría con sus raíces! ¡Qué masa humana no absorbería para desarrollarla plenamente al sol!

# CAPÍTULO XXVII

Pero lo he estropeado todo. He dilapidado la herencia. He dejado que se descomponga la noción del Hombre.

Sin embargo, para salvar ese culto a un Príncipe contemplado a través de los individuos, y a la alta cualidad de las relaciones humanas

que fundamentaba ese culto, mi civilización había gastado una energía y un genio considerables. Todos los esfuerzos del «Humanismo» han tendido solamente a ese objetivo. El Humanismo se ha dado permiso exclusivo para iluminar y perpetuar la primacía del Hombre sobre el individuo. El Humanismo ha predicado el Hombre.

Pero cuando se trata de hablar del Hombre, el lenguaje se hace incómodo. El Hombre se distingue de los hombres. Si se habla sólo de las piedras, no se dice nada esencial de la catedral. Si se intenta definirlo por cualidades de hombre, no se dice nada esencial del Hombre. El Humanismo ha trabajado así en una dirección cerrada de antemano. Ha intentado captar la noción del Hombre con una argumentación lógica y moral y transportarlo así a las consciencias.

Ninguna explicación verbal remplaza jamás a la contemplación. La unidad del Ser no es trasladable en palabras. Si yo deseara enseñar a unos hombres cuya civilización ignorase el amor por una patria o por una hacienda, no dispondría de ningún argumento para conmoverlos. Son los campos, los pastizales y el ganado lo que forma una hacienda. Cada uno de ellos, y todos juntos, tienen el papel de enriquecer. Sin embargo, en la hacienda hay algo que se escapa del análisis de los materiales, puesto que es de unos propietarios que, por amor a su hacienda, se arruinarían para salvarla. Muy al contrario, es ese «algo» lo que ennoblece con una cualidad particular a los materiales. Se convierten en un ganado de una hacienda, pastizales de una hacienda, campos de una hacienda...

Así nos convertimos en hombre de una patria, de un oficio, de una civilización, de una religión. Pero para identificarse con tales Seres, es conveniente fundarlos en uno mismo primero. Y allí donde no exista el sentimiento de la patria, no lo transportará lenguaje alguno. Sólo con actos se funda en uno mismo al Ser con el que nos identificamos. Un Ser no está en el dominio del lenguaje, sino en el de los actos. Nuestro Humanismo se ha olvidado de los actos. Ha fracasado en su tentativa.

En esto, el acto esencial ha recibido un nombre. Es el sacrificio.

Sacrificio no significa amputación, ni penitencia. Es esencialmente un acto. Es un don de sí mismo al Ser con el que pretendemos identificarnos. Sólo comprenderá lo que es una hacienda quien le haya sacrificado una parte de sí mismo, quien haya luchado para salvarla y trabajado para embellecerla. Entonces le vendrá el amor por la hacienda. Una hacienda no es la suma de los intereses, eso es un error. Es la suma de los dones.

En tanto mi civilización se ha apoyado en Dios, ha salvado esa noción del sacrificio que creaba Dios en el corazón del hombre. El Humanismo ha olvidado el papel esencial del sacrificio. Ha pretendido transportar al Hombre por las palabras, y no por los actos.

Ya sólo disponía de esa misma palabra embellecida con una mayúscula para salvar la visión del Hombre a través de los hombres. Nos arriesgamos a resbalarnos por una pendiente peligrosa y a confundir un día al Hombre con el símbolo del promedio o del conjunto de los hombres. Nos arriesgamos a confundir nuestra catedral con la suma de las piedras.

Y poco a poco hemos ido perdiendo la herencia.

En lugar de afirmar los derechos del Hombre a través de los individuos, hemos empezado a hablar de los derechos de la Colectividad. Hemos visto que se introduce insensiblemente una moral de lo Colectivo que desatiende al Hombre. Esa moral explicará claramente por qué debe sacrificarse el individuo a la Comunidad. Pero ya no explicará, sin artificios de lenguaje, por qué debe sacrificarse una Comunidad por un solo hombre. Por qué es equitativo que mueran mil para liberar a uno solo de la cárcel de la injusticia. Todavía nos acordamos de ello, pero lo olvidamos poco a poco. Sin embargo, es en este principio, que nos distingue tan claramente del termitero, donde reside ante todo nuestra grandeza.

A falta de un método eficaz, nos hemos resbalado desde la Humanidad, que se apoyaba en el Hombre, hacia ese termitero, que se apoya en la suma de los individuos.

¿Qué teníamos para oponer a las religiones del Estado o de la Masa? ¿En qué se había convertido nuestra gran imagen del Hombre nacido de Dios? Apenas se la reconocería aún, a través de un vocabulario que estaba vacío de su sustancia.

Olvidando al Hombre poco a poco, hemos limitado nuestra moral a los problemas del individuo. Hemos exigido de cada uno que no perjudicase a otro individuo. De cada piedra que no perjudicase a otras piedras. Y efectivamente, no se perjudican una a otra cuando están desordenadas en un campo. Pero perjudican a la catedral que habrían creado, y que a cambio habría creado su propio significado.

Hemos seguido predicando la igualdad de los hombres. Pero, al haber olvidado al Hombre, no hemos comprendido nada de lo que hablábamos. A falta de saber en qué basar la Igualdad, hemos hecho de ella una afirmación vaga, de la que ya no hemos podido servirnos. En el plano de los individuos, ¿cómo definir la Igualdad entre el sabio y el bruto, el imbécil y el genio? En el plano de los materiales, la igualdad exige, si pretendemos definir y realizar, que todos ocupen un lugar idéntico y que interpreten el mismo papel. Lo que es absurdo. El principio de Igualdad degenera entonces en principio de Identidad.

Hemos seguido predicando la Libertad del hombre. Pero, al haber olvidado al Hombre, hemos definido nuestra Libertad como una licencia vaga, limitada exclusivamente por el perjuicio provocado al prójimo. Eso está vacío de significado, porque no hay ningún acto que no comprometa al prójimo. Si me mutilo siendo soldado, me fusilan. No existe el individuo solo. Quien se refugia de eso, perjudica a una comunidad. Quien está triste, entristece a los demás.

De nuestro derecho a una libertad comprendida así, no hemos podido servirnos ya sin contradicciones insuperables. A falta de saber definir en qué caso era válido nuestro derecho, y en qué caso ya no lo era, hemos cerrado hipócritamente los ojos para salvar un principio oscuro, sobre los obstáculos innumerables que toda sociedad aporta necesariamente a nuestras libertades.

En cuanto a la Caridad, ni siquiera nos hemos atrevido a predicarla. En efecto, antiguamente, el sacrificio que crea los Seres adquiría el nombre de Caridad cuando honraba a Dios a través de su imagen humana. A través del individuo, le dábamos a Dios, o al Hombre. Pero olvidándonos de Dios, o del Hombre, no le dábamos más que al individuo. Desde entonces, la Caridad adquiría a menudo el rostro de un procedimiento inaceptable. Es la Sociedad, y no el humor individual, lo que debe asegurar la equidad en el reparto de las provisiones. La dignidad del individuo exige que no se vea reducido al vasallaje por las generosidades de otro. Sería paradójico ver que quienes tienen reivindiquen, además de la posesión de sus bienes, la gratitud de quienes no tienen.

Pero, por encima de todo, nuestra caridad mal comprendida se volvía contra su objetivo. Basada exclusivamente en los impulsos de compasión respecto a los individuos, nos habría prohibido todo castigo educador. A pesar de que la Caridad verdadera, al ser ejercicio de un culto expresado al Hombre más allá del individuo, imponía que se combatiese al individuo para engrandecer con ello al Hombre.

Así hemos perdido al Hombre. Y a perder al Hombre hemos vaciado de calor esa misma fraternidad que nos predicaba nuestra civilización, puesto que se es hermano en algo y no hermano a secas. El reparto no garantiza la fraternidad. La fraternidad se ata solamente en el sacrificio. Se ata en el don común a algo más vasto que ella misma. Pero confundiendo esta raíz de toda existencia verdadera con una disminución estéril, hemos reducido nuestra fraternidad a no ser más que una tolerancia mutua.

Hemos dejado de dar. Ahora bien, si yo pretendo no darme más que a mí mismo, no recibo nada, pues no construyo nada de lo que soy, y por lo tanto no soy nada. Si vienen después a exigirme que muera por intereses, me negaré a morir. En primer lugar, el interés ordena vivir. ¿Cuál es el impulso de amor que pagaría mi muerte? Morimos por una casa, no por los objetos y las paredes. Morimos por una catedral, no por las piedras. Morimos por un pueblo, no por una multitud. Morimos por amor al Hombre, si es la piedra angular de una Comunidad. Morimos únicamente por eso de lo que se puede vivir.

Nuestro vocabulario parecía casi intacto, pero nuestras palabras, que se habían vaciado de sustancia real, nos llevaban hacia contradicciones sin salida si pretendíamos utilizarlas. Estábamos reducidos por ello a cerrar los ojos ante esos litigios. Estábamos reducidos, a falta de saber construir, a dejar las piedras desordenadas en el campo, y a hablar con prudencia de la Colectividad, sin atrevernos a precisar mucho lo que hablábamos, porque, en efecto, no hablábamos de nada. Colectividad es una palabra vacía de significado mientras la Colectividad no se ate a algo. Una suma no es un Ser.

Si nuestra Sociedad podía parecer deseable todavía, si el Hombre conservaba en ella algún prestigio, era en la medida en la que la civilización verdadera, a la que traicionamos con nuestra ignorancia, seguía extendiendo sobre nosotros su magnificencia condenada y nos salvaba a pesar de nosotros mismos.

¿Cómo habrían comprendido nuestros adversarios lo que nosotros ya no comprendíamos? De nosotros sólo han visto esas piedras desordenadas. Han intentado devolverle un sentido a una Colectividad que nosotros ya no sabíamos definir, pues nos faltaba acordarnos del Hombre.

Desde el primer golpe, unos han ido alegremente hasta llegar a las conclusiones más extremas de la lógica. De esa colección han hecho una colección absoluta. Las piedras deben ser idénticas a las piedras. Y cada piedra debe reinar únicamente sobre sí misma. La anarquía se acuerda del culto al Hombre, pero lo aplica con rigor al individuo. Y las contradicciones que nacen de ese rigor son peores que las nuestras.

Otros han reunido esas piedras esparcidas en desorden por el campo. Han predicado los derechos de la Masa. La fórmula no satisface mucho. Porque si es intolerable ciertamente que un solo hombre tiranice a una Masa, es igual de intolerable que la Masa aplaste a un solo hombre.

Otros se han apropiado de esas piedras sin poder, y con esa suma han hecho un Estado. Tal Estado tampoco transciende a los hombres. También es la expresión de una suma. Es el poder de la Colectividad delegado en manos de un individuo. Es el reino de una piedra que pretende identificarse con las demás en el conjunto de las piedras. Ese Estado predica claramente una moral de lo Colectivo que seguimos rechazando, pero hacia la que seguimos encaminándonos nosotros mismos, lentamente, por falta de acordarnos del Hombre, que sería lo único que justificaría nuestro rechazo.

Esos fieles de la nueva religión se opondrían a que varios mineros arriesguen su vida para el salvamento de un solo minero enterrado. Porque entonces el montón de piedras se perjudica. Terminarán con el herido grave si entorpece el avance de un ejército. Estudiaran el bien de la Comunidad con la aritmética, y la aritmética los gobernará. Perderán con ello superarse hacia algo mayor que ellos mismos. En consecuencia, odiarán lo que difiera de ellos, puesto que no dispondrán de nada por encima de sí mismos con lo que confundirse. Toda costumbre, toda raza y todo pensamiento extranjero se les convertirá necesariamente en una afrenta. No dispondrán en absoluto del poder de absorber, porque para convertir al Hombre en sí, no conviene amputarlo, sino expresárselo a sí mismo, ofrecer un objetivo a sus aspiraciones y un territorio a sus energías. Convertir siempre es liberar. La catedral puede absorber las piedras, que adquieren un sentido en ella. Pero el montón de piedras no absorbe nada y, a falta de estar en condiciones de absorber, aplasta. Así es él, ¿pero de quién es la culpa?

Ya no me extraña que el montón de piedras, que es muy pesado, lo haya llevado sobre las piedras desordenadas.

Sin embargo, soy yo quien es el más fuerte.

Soy el más fuerte si vuelvo a encontrarme. Si nuestro Humanismo restaura al Hombre. Si sabemos fundar nuestra Comunidad y si, para fundarla, utilizamos el único instrumento que es eficaz: el sacrificio. Nuestra Comunidad, tal como nuestra civilización la ha construido, no es tampoco la suma de nuestros intereses, era la suma de nuestros dones.

Soy el más fuerte porque el árbol es más fuerte que los materiales del suelo. Los canaliza hacia él. Los transforma en árbol. La catedral es más radiante que el montón de piedras. Soy el más fuerte porque únicamente mi civilización tiene el poder de atar en su unidad, sin amputarlas, las diversidades particulares. Vivifica la fuente de su fuerza al mismo tiempo que se irriga con ella.

A la hora de la partida, he pretendido recibir antes de dar. Mi pretensión era vana. Aquí ocurría como con la triste lección de gramática. Hay que dar antes de recibir, y construir antes de habitar.

He fundado mi amor por los míos en ese don de la sangre, igual que la madre funda el suyo en el don de la leche. Ahí está el misterio. Para fundar el amor, hay que empezar por el sacrificio. El amor puede solicitar después otros sacrificios y emplearlos en todas las victorias. El hombre tiene que dar siempre el primer paso. Debe nacer antes de existir.

He vuelto de misión habiendo fundado mi parentesco con la pequeña granjera. Su sonrisa ha sido transparente para mí, y a través de ella he visto mi pueblo. A través de mi pueblo, mi país. A través de mi país, los demás países. Porque soy de una civilización que ha elegido al Hombre como piedra angular. Soy del Grupo 2/33, que quiso combatir por Noruega.

Es posible que mañana Alias me designe para otra misión. Hoy me he vestido para el servicio de un dios respecto al cual yo estaba ciego. El tiroteo de Arras ha roto la corteza y he visto. Todos los de mi casa han visto igualmente. Por lo que si despego al alba, conoceré por qué combato todavía.

Pero deseo acordarme de lo que he visto. Necesito de un credo sencillo para acordarme.

Combatiré por la supremacía del Hombre sobre el individuo, como la del universo sobre lo particular.

Creo que el culto a lo Universal ensalza y ata las riquezas particulares, y funda el único orden verdadero, que es el de la vida. Un árbol es un orden, a pesar de que sus raíces difieran de las ramas.

Creo que el culto a lo particular arrastra sólo a la muerte, pues funda el orden en la semejanza. Confunde la unidad del Ser con la identidad de sus partes. Destruye la catedral para alinear las piedras. Por lo tanto, combatiré a quien pretenda imponer una costumbre particular a las demás costumbres, un pueblo particular a los demás pueblos, una raza particular a las demás razas, un pensamiento particular a los demás pensamientos.

Creo que la supremacía del Hombre funda la única Igualdad y la única Libertad que tienen significado. Creo en la igualdad de los derechos del Hombre a través de cada individuo. Y creo que la Libertad es la del ascenso del Hombre. Igualdad no es Identidad. La Libertad no es la exaltación del individuo contra el Hombre. Combatiré a quienquiera que pretenda sojuzgar en un individuo —o en una masa de individuos— la libertad del Hombre.

Creo que mi civilización denomina Caridad al sacrificio consentido al Hombre para establecer su reino. La caridad es donación al Hombre a través de la mediocridad del individuo. La caridad funda al Hombre. Combatiré a cualquiera que, al pretender que mi caridad honra la mediocridad, reniegue del Hombre y aprisione así al individuo en una mediocridad definitiva.

Combatiré por el Hombre. Contra sus enemigos. Pero también contra mí mismo.

# CAPÍTULO XXVIII

Me he reunido con los compañeros. Debíamos juntarnos hacia la medianoche para recibir las órdenes. El Grupo 2/33 tiene sueño. Las llamas de la gran hoguera se han vuelto brasas. Parece que el grupo todavía aguanta, pero no es más que una ilusión. Hochedé consulta tristemente su famoso cronómetro. Pénicot, en un rincón, cierra los ojos, con la nuca contra la pared. Gavoille, sentado en una mesa, con la mirada difusa y las piernas colgando, hace muecas como un niño a punto de llorar. Azambre parpadea ante un libro. El comandante, el único alerta, pero pálido como para asustar, con papeles en la mano bajo una lámpara, conversa en voz baja con Geley. De hecho, «conversa» es sólo una imagen. El comandante habla. Geley menea la cabeza y dice «Sí, por supuesto». Geley se aferra a sus «Sí, por supuesto». Se adhiere con más fuerza cada vez a los enunciados del comandante, igual que el hombre que se ahoga al cuello del nadador. Si yo fuese Alias, le diría sin cambiar de tono: «Capitán Geley... será usted fusilado al amanecer...». Y esperaría la respuesta.

El grupo no ha dormido desde hace tres días y se mantiene en pie como un castillo de naipes.

El comandante se levanta, va hacia Lacordaire, lo saca de un sueño en el que tal vez me ganaba al ajedrez.

—Lacordaire... usted saldrá al amanecer. Misión vuelos rasantes.

—Bien, mi comandante.

—Debería usted dormir...

—Sí, mi comandante.

Lacordaire vuelve a sentarse. El comandante, que está saliendo, arrastra a Geley en su estela, igual que arrastraría un pescado muerto en el extremo de un sedal. Sin duda hace, no tres días, sino una semana que Geley no se acuesta. Igual que Alias, no sólo ha pilotado sus misiones de guerra, sino que ha llevado a la espalda la responsabilidad del grupo. La resistencia humana tiene sus límites. Los de Geley están sobrepasados. Sin embargo, ahí están los dos, el nadador y su ahogado, partiendo en busca de órdenes fantasmas.

Vezin, desconfiado, ha venido junto a mí. Vezin, que también duerme de pie como un sonámbulo.

—¿Duermes?

—Yo...

Yo he apoyado la nuca en el respaldo de un sillón. Yo también estaba durmiéndome, pero la voz de Vezin me atormenta:

—¡Esto acabará mal!

Esto acabará mal... Prohibición *a priori*... Acabará mal...

—¡Estás dormido!

—Yo... no... ¿Qué es lo que acabará mal?

—La guerra.

¡Vaya novedad! Vuelvo a hundirme en mi sueño. Respondo vagamente:

—... ¿Qué guerra?

—¿Cómo que «qué guerra»?

Esta conversación no llegará lejos. ¡Ah!, Paula, ¡si fuera por los Grupos Aéreos de las institutrices tirolesas, el Grupo 2/33 entero estaría desde hace mucho tiempo en la cama!

El comandante empuja la puerta como un vendaval:

—Está decidido. Nos mudamos.

Detrás de él se mantiene muy despierto Geley. Pospondrá hasta mañana sus «Sí, por supuesto». Esta noche pedirá prestadas otra vez para faenas agotadoras las reservas que él mismo ignoraba que tuviese.

Nosotros nos levantamos. Diremos: «Ah... bueno...». ¿Qué podríamos decir?

No diremos nada. Nos encargaremos de la mudanza. Lacordaire será el único que espere al alba para despegar, con el fin de completar su misión. Irá directamente a la nueva base, si vuelve.

Mañana no diremos nada tampoco. Para los testigos, mañana seremos unos vencidos. Los vencidos deben callarse. Igual que las semillas.

# ÍNDICE

# Índice

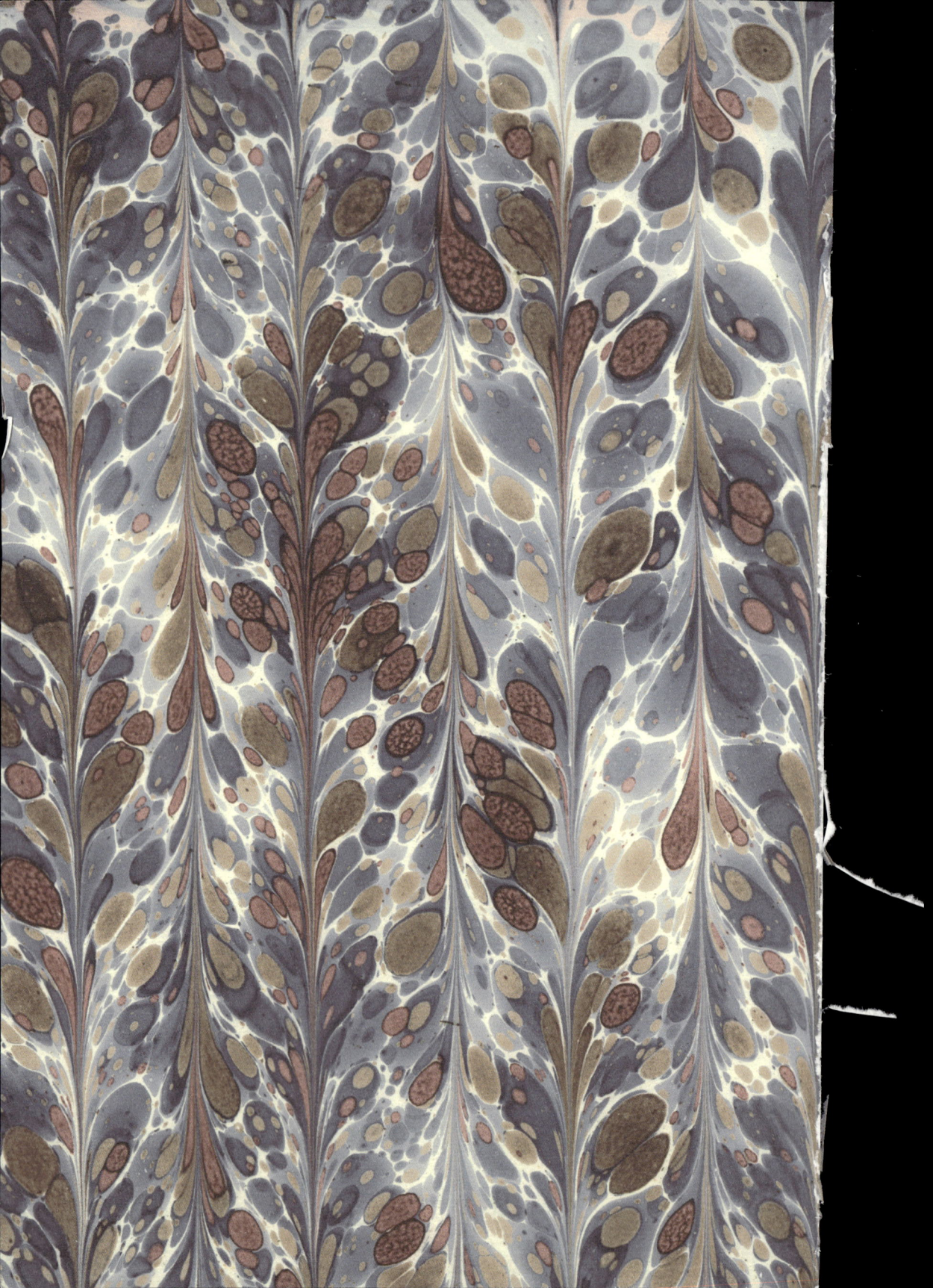